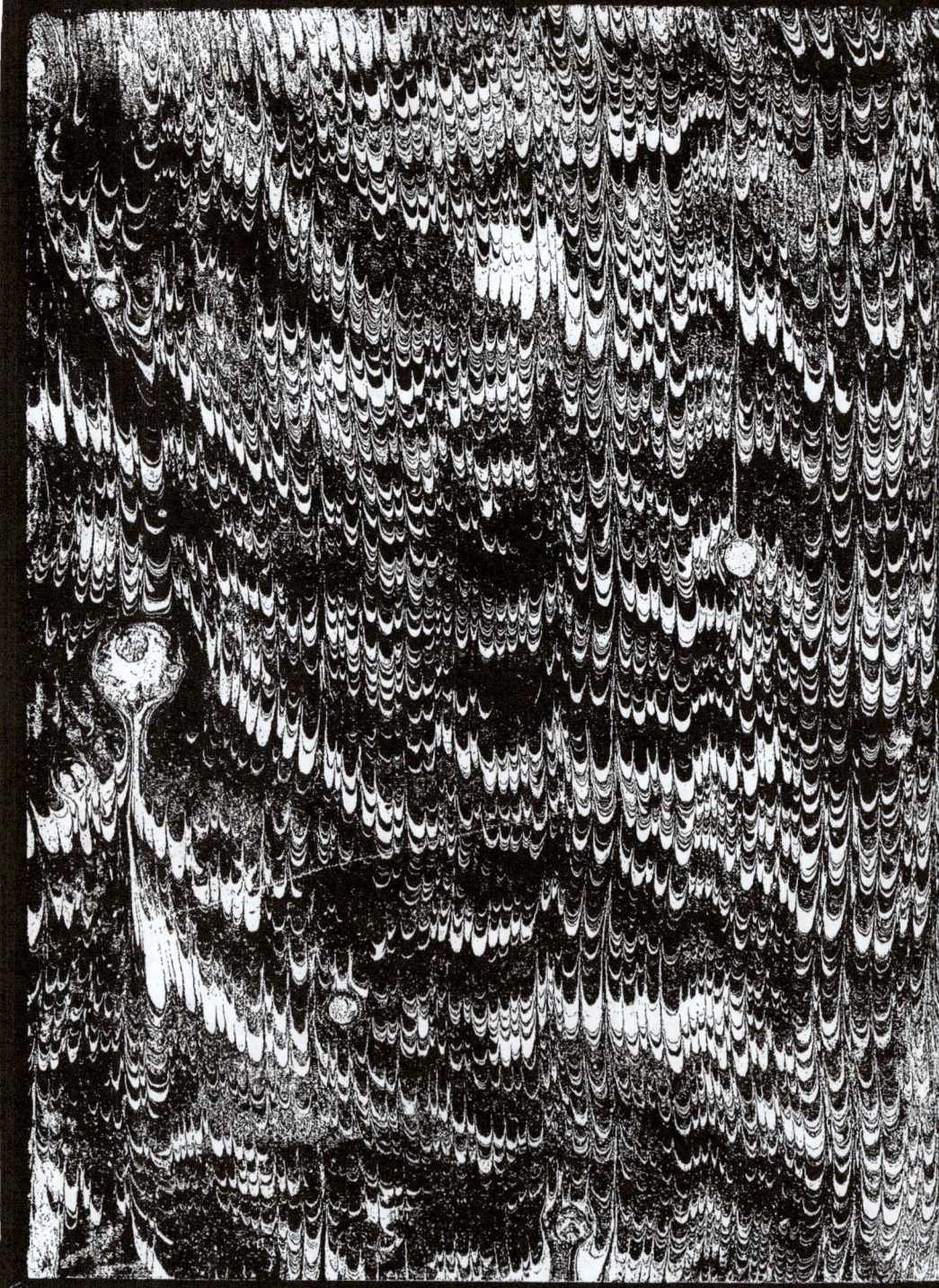

S. en Actt. 1260.
367
4184

# NOVVELLES
# OBSERVATIONS
# ET CONIECTVRES
## SVR
# L'IRIS;

Par le Sieur DE LA CHAMBRE, Conseiller du Roy en ses
Conseils, & son premier Medecin Ordinaire.

## A PARIS,

Chez IACQVES D'ALLIN, ruë Saint Iacques, au coin de
la ruë de la Parcheminerie, à l'Image S. Estienne.

### M. DC. LXII.
*Auec Priuilege de sa Majesté.*

# A V R O Y,

IRE,

*Quand vous sçaurez que l'Iris est le subjet de cét Ouurage, vous jugerez bien qu'elle ne pouuoit paroistre au iour sans la lumiere du Soleil; & que pour se lais-*

á iij

*fer voir aux yeux des hommes , elle deuoit auparauant eftre efclairée des Rayons & des Regards de voftre Majefté. Vous verrez bien encore que cét Arc merueilleux ayant feruy de Couronne au Roy des Roys , & deuant eftre le Throfne où il fera efclater fa gloire & fa puiffance , ie ne pouuois fans prophaner cette illuftre marque de la fupréme Royauté, la prefenter qu'au plus grand Roy de la terre. Enfin apres l'auoir confiderée comme le Portrait de Voftre Majefté par les merueilles de fa naiffance , par l'excellence de fa beauté , & par l'admiration & l'efperance qu'elle donne à tout le monde ; il ne m'eftoit pas permis de la dedier à d'autres qu'à voftre Majefté , fans alterer cette parfaite reffemblance & fans faire quelque forte d'injure aux deux plus belles chofes de l'Vniuers. Mais quand ces*

*raisons n'excuseroient pas ma Hardiesse,*
*l'opinion dont ie me suis flatté d'auoir*
*reüssi dans le dessein que i'ay entrepris,*
*& d'auoir enfin decouuert vn secret qui*
*a esté caché à la connoissance de tous les*
*Hommes, me fait croire que mon Tra-*
*uail ne vous sera pas desagreable, &*
*qu'il n'est pas mesme tout à fait indigne*
*de vostre Majesté. Ouy, SIRE, il est*
*de la gloire & de la felicité de vostre*
*Regne, que les sciences y fassent au-*
*tant de nouuelles conquestes que vos ar-*
*mes, qu'il n'y ait rien d'impenetrable*
*à l'esprit ny à la valeur de vos sujets,*
*& que dans les Triomphes qui honore-*
*ront vos victoires, l'Ignorance se trou-*
*ue au rang des Ennemis que vous au-*
*rez surmontez. Aussi quand cet heu-*
*reux temps sera venu, les Lettres que*
*vous aurez protegées consacreront vostre*
*Nom & vos Vertus à l'immortalité, &*

# EPISTRE.

*apres vous auoir fait de plus nobles &*
*de plus esclatantes Couronnes que ne sont*
*toutes celles du Soleil, elles publieront*
*par tout , que si l'Iris a esté la Mer-*
*ueille des siecles passez, Vostre Majesté*
*le sera sans doute de tous ceux qui sont*
*à venir. Ce sont les vœux , S I R E , de*
*celuy qui est*

*DE VOSTRE MAIESTE',*

Le tres-humble, tres-obeissant,
& tres-fidelle sujet,

## LA CHAMBRE.

# NOVVELLES
# OBSERVATIONS
## ET CONIECTVRES
### SVR LA NATVRE
## DE L'IRIS.

VOY qu'il n'y ait rien dans la Nature qui ne foit admirable, & que les plus petites chofes qui s'y trouuent portent auec elles les marques & les traits de la Sageffe incomprehenfible de celuy qui les a faites : Il y en a pourtant quelques-vnes qui attirent plus generalement l'admiration des hommes, & qui ne fe peuuent iamais prefenter à leurs yeux qu'elles ne jettent l'eftonne-

A

ment dans leur efprit. Mais il faut auffi confeffer qu'il n'y en a point qui ait efté fi fouuent & fi iuftement admirée que l'Arc que le
Soleil peint dans les nuës, ayant paffé dans
tous les fiecles parmy les fçauans, auffi bien
que parmy les ignorans, pour le plus merueilleux ouurage, & pour le plus rauiffant object qui pouuoit eftre expofé à la veuë des hommes. On peut mefme dire que Dieu a confir-
mé la creance qu'ils en ont euë quand il l'appelle le fidelle tefmoin de fa magnificence ; &
quand pour fe rendre plus augufte, il s'en fert
de couronne, & en fait le thrône de fa gloire:
comme s'il n'auoit rien trouué dans l'vniuers
qui nous peuft faire conceuoir l'efclat & la
grandeur ineffable de fa Majefté, que cet admirable enfant de la lumiere. Auffi a-t'il cet
auantage qu'en rauiffant l'efprit par les merueilles de fa naiffance, il charme les yeux par fa
beauté ; Et que fans donner la terreur que d'autres pareils fpectacles laiffent ordinairement
dans l'ame, il infpire vne joye fecrette dans
le cœur, & femble n'auoir efté fait que pour
l'ornement du ciel & pour les delices de la
terre. De forte qu'il ne faut s'eftonner fi auec
ces grandes qualitez il a fait naiftre en toutes

sortes d'esprits le desir d'en connoistre la Nature ; si tous les Philosophes se sont efforcez de la descouurir; ET si de temps en temps ceux qui ont creu y auoir fait quelque nouuelle descouuerte , l'ont transmise à la posterité comme le plus agreable & le plus noble fruit de leurs estudes. Mais certes apres auoir veu tout le progrez qu'ils y ont fait , on est contraint d'auoüer que parmy eux comme parmy les Poëtes , l'Iris est tousiours fille de l'Admiration , & que si ce qu'ils disent est vray , que le pinceau des peintres n'en a jamais sçeu exprimer parfaitement les couleurs ; on peut asseurer auec plus de verité que leur plume a esté dans la mesme impuissance , & qu'il y a encore dequoy occuper amplement celle de leurs successeurs.

Employons-y donc hardiment la nostre, & sans craindre le blasme d'auoir entrepris vn dessein qui est au dessus de nos forces, & sans nous flatter aussi de l'esperance d'y pouuoir mieux reüssir que les autres , joignons nos petits efforts aux leurs , & mettons de bonne foy dans le thresor public le peu que nous pensons auoir acquis dans la recherche d'vne chose dont la cognoissance est desirée de tout le mon-

de , & qui eſt conuenable à la ſaiſon ou nous
ſommes; puiſque l'on ne peut mieux parler de
l'Iris qui eſt la meſſagere de la paix & de la
ſerenité , qu'en vn temps d'orages & de trou-
bles.

# DV LIEV OV SE
## FAIT L'IRIS.

### CHAPITRE PREMIER.

LA premiere & la plus importante question que l'on puisse faire sur l'Iris, est de sçauoir le Lieu ou elle se fait : car comme ce n'est autre chose que la lumiere du Soleil qui se teint en diuerses couleurs, & qui se termine en Arc dans les nuës qui luy sont opposées ; il est impossible de conceuoir comment elle prend cette figure, ny comment elle souffre vne si grande alteration, si on ne sçait precisement l'endroit ou ces changemens se font : Et s'il est vray, comme ie pretends monstrer, qu'il a esté ignoré jusques icy de tous ceux qui ont escrit de ce merueilleux Meteore ; il s'ensuit par necessité que tout ce qu'ils en ont dit est inutile, & ne nous sçauroit apprendre le secret de sa naissance, ny la verité de sa nature.

A iij

Or quoy qu'il y ait eu en general deux opinions differentes sur ce subjet ; les vns ayant creu que l'Oeil est le lieu ou l'Arcanciel se forme ; les autres que c'est la Nuë où il paroist. La premiere ne merite pas d'estre examinée, n'ayant aucun fondement raisonnable qui la puisse soustenir. Car elle suppose que l'Iris n'est qu'vne vaine apparence & vne tromperie de l'œil, lequel se figure des couleurs dans les nuës qui n'y sont point effectiuement, & qui n'ont point d'autre existence que celle qu'il leur donne en luy-mesme : Sans auoir consideré, non seulement que l'Aranciel se voit dans les miroirs & dans toutes les choses qui ont la vertu de representer les objets ; mais encore que ses couleurs sont de mesme nature que celles que le Soleil jette contre les murailles quand sa lumiere passe au trauers des triangles de chrystal ou des verres pleins d'éau. Car ces deux experiences font voir éuidemment que l'Iris n'est point vne feinte & vn pur ouurage de l'œil, & qu'elle doit estre mise au rang des autres objets sensibles qui ont leur existence propre & independante de l'operation des sens, comme nous monstrerons plus amplement cy=apres.

Nous n'auons donc qu'à examiner l'autre

opinion qui eſt la plus communement receuë,
& qui tient que l'Arcanciel ſe fait dans la Nuë
ou nous le voyons paroiſtre. En effet il ſemble
qu'il n'y ait point d'autre endroit où il ſe puiſſe
faire que celuy-là ; ᴇᴛ ſi l'Iris des fontaines ſe
forme au lieu où on la void, il y a grande apparence qu'il en doit eſtre de meſme de celle
du Ciel. Mais il eſt facile de répondre à ces
raiſons, & nous en auons de plus fortes qui
jointes à l'obſeruation que nous auons faite du
lieu veritable ou ſe fait l'Arcanciel, monſtrent
éuidemment qu'il ne ſe forme point dans la
nuë où il paroiſt.

Premierement il eſt certain que les Iris
qu'on nomme artificielles, comme ſont celles qui ſe font par le moyen des verres pleins
d'eau & des triangles de chryſtal, ne ſe font
point ou elles paroiſſent : car c'eſt vne choſe
indubitable que les murailles ny tous les autres
ſubjets ou elles ſe font voir, ne ſont point capables de donner à la lumiere les modifications
qui ſont neceſſaires pour la changer en tant de
couleurs, & que c'eſt dans le verre meſme ou
elle prend cette teinture qu'elle porte apres ſur
ces corps-là. Or ſi cela eſt veritable, c'eſt vn
grand prejugé, que l'Iris Celeſte ne ſe fait pas

*Que l'Iris ne ſe fait pas dans la nuë ou on la void.*

au lieu ou elle paroiſt non plus que les artificielles , eſtant compoſée des meſmes eſpeces
de couleurs, dependant de la meſme cauſe &
ayant tous les meſmes accidens qu'elles ont.

En ſecond lieu on voit ſouuent des arbres &
des edifices au de là des cornes de l'Arcanciel
qui paroiſſent teints de ſes couleurs : ce qui eſt
vne preuue conuaincante, non ſeulement qu'il
ne ſe fait pas dans les nuës qui ne ſont point
là & qui ny peuuent eſtre ; mais encore qu'il
eſt ſouſtenu dans l'air qui eſt entre ces arbres
& les yeux de ceux qui le regardent. Et à
ce propos ie me ſouuiens qu'eſtant à Lyon
dans vne maiſon baſtie ſur le Rhoſne , ie vis
ſur les quatre heures apres midy du mois de
Iuillet 1624. vn Arcanciel dont vne des cornes s'auançoit juſques ſur le milieu de la riuiere qui n'eſtoit pas eſloigné de moy de cent cinquante pas , & qui paſſant ſur la prairie & ſur les
arbres voiſins les faiſoit paroiſtre tous peints de
ſes couleurs quoy qu'affoiblies & beaucoup
moins éclattantes que celles qui eſtoient ſur
la nuë. Or en cette obſeruation il n'y auoit
rien qui peuſt tromper mes yeux, ny aucun
ſoupçon qu'il y euſt des nuages ſur la riuiere
& ſur la prairie ; et partant ie puis aſſeurer que

du

du moins vne grande partie de cette Iris ne ſe faiſoit & n'eſtoit pas ſur les nuës.

Mais ce que ie conſideré encore en ce meteore & que l'on n'a point à mon aduis obſerué ; c'eſt qu'outre qu'il portoit plus de la moitié de ſon cercle , vne de ſes cornes eſtant bien plus proche de moy que l'autre , il paroiſſoit couché obliquement & ne tomboit pas droit ſur l'oriſon comme il ſemble que les autres font touſiours : Et quand les yeux ne m'euſſent pas aſſeuré de ceſte ſituation la raiſon me la deuoit faire croire ; car le corps de la nuë qui en ſouſtenoit la principale partie eſtant fort auancé vers l'Orient , il falloit de neceſſité que puis qu'vne de ſes cornes s'eſtendoit juſques ſur le milieu de la riuiere , l'Arc biaiſaſt pour atteindre juſques-là.

En troiſieſme lieu , on void ſouuent que l'Arcanciel ne rompt pas ſon cercle quoy que les nuës qui le ſouſtiennent viennent à manquer , & on ne laiſſe pas de le remarquer aux endroits ou la nuë ne paroiſt point , du moins où elle eſt ſi foible qu'il n'y a pas d'apparence qu'elle ait toutes les conditions que l'on demande pour la production de l'Iris.

Dailleurs il arriue ſouuent que l'Arcanciel ſe

B

forme tout d'vn coup dans vne nuë qui eſtoit
dés long-temps auparauant oppoſée au Soleil, & qui auoit toutes les conditions pour
le pouuoir produire ; tout au contraire, il diſparoiſt ſouuent la meſme nuë ou il auoit paru demeurant touſiours en ſa meſme conſtitution : d'où vient donc qu'il ne ſe faiſoit pas
auparauant, & pourquoy ceſſe-il apres, puiſque les meſmes diſpoſitions ſe trouuent dans
le ſubjet où il ſe doit former ? Aſſeurement,
il faut que ce deffaut vienne d'ailleurs que
du Soleil & de cette nuë.

Enfin ceux qui vont dans les montagnes
voyent ſouuent l'Iris eſtendu ſur la terre, il
y en a meſme qui ont marché deſſus comme il m'eſt arriué deux ou trois fois ; ET ç'a
eſté vne opinion receuë de tout temps &
qu'Ariſtote a confirmée, qu'il y a de certains
arbres qui deuiennent plus odorans quand
l'Iris tombe & s'arreſte ſur eux : Or ſi cela eſt
ainſi, l'Iris ne ſe fait pas où elle paroiſt, puis
qu'il eſt indubitable qu'elle ne ſe fait pas ſur
la terre, ny ſur les arbres.

Mais quand ces experiences ne nous per-
ſuaderoient pas cette verité, il ne faudroit
que conſiderer la maniere dont on veut que

l'Iris se fasse dans la nuë ou l'on la void ,
pour iuger que ce ne peut estre le lieu de sa
naissance. Car elle ne peut s'y former que par
Reflexion ou par Refraction ; ce ne peut estre
par vne simple reflexion , parce que la reflexion toute seule ne change point la lumiere
en couleur comme nous monstrerons cy-
apres ; et que la nuë n'est pas capable de faire reflechir les rayons auec tant de force
& d'vniformité comme il seroit necessaire
pour faire paroistre l'Iris de si loing que
nous la voyons ; parce qu'elle est transparente , molle , & inégale , et qu'vne forte reflexion ne se peut faire que sur des corps opaques , durs & dont les surfaces sont vnies.

  Outre qu'il faudroit qu'elle fust caue pour *Que la nuë*
reflechir la lumiere en arc , quoy que les *n'est point*
*concaue.*
yeux n'ayent iamais remarqué cette cauité
pretenduë ; et que mesme il est impossible
qu'elle s'y trouue , les vapeurs n'estant pas
susceptibles de cette figure ; et quand elles
le seroient , la parfaite rondeur venant à
leur manquer comme il pourroit souuent
arriuer , il faudroit que l'Arc perdist aussi
la parfaite rondeur de son cercle , & qu'il
prist de differentes figures que l'on n'a ia-

mais obſeruées. Ioint que dans toutes les Iris
artificielles qui ſont circulaires, il n'y a aucune caüité qui ſe r'encontre en leur production.

*Que l'I-
ris ne ſe for-
me point
dàs les gout-
tes de pluye.*
Pour remedier à ces inconuenients on a
dit, que la nuë doit ſe fondre en gouttes
d'eau pour former l'Iris, & que ces gouttes eſtant de la nature des miroirs r'en-
uoyent vers nous la lumiere du Soleil. Mais
outre qu'il faudroit que ces gouttes fuſſent
diſpoſées en arc comme l'Iris, & qu'il n'y
en euſt point aillieurs que dans l'eſtenduë
du cercle qu'elle fait, autrement celles qui
ſeroient hors de cet eſpace reflechiroient
la lumiere & formeroient des couleurs
comme les autres, ce qui chocque la raiſon & l'experience; outre que l'Iris ſe void
ſans qu'il pleuue en aucune part, & par
conſequent ſans que les nuës ſoient chargées de gouttes d'eau : Il eſt certain que ceux
qui ont mis cela en auant n'ont point
conſideré, ny la maniere dont ſe fait la
veuë, ny comment les gouttes de pluye ſe
forment.

Car les objeéts ne ſe voyent point que
quand leurs images font vn angle ſenſible

dans l'œil, & si l'angle en est trop petit ils ne
se voyent point du tout : c'est pourquoy les
choses fort esloignées ne se peuuent apperceuoir que par le moyen des lunettes d'approche qui en eslargissent les angles ; ET c'est
vne erreur de croire qu'vn rayon de lumiere puisse toucher la veuë s'il n'a quelque largeur ; parce que si ce n'est qu'vne ligne, il
ne fait point d'angle & n'est receu que
comme vn point, qui non plus que les autres choses indiuisibles ne peut estre sensible.

Cela presupposé ; Il est impossible que la
lumiere qui se reflechist sur ces gouttes pretenduës puisse faire vn angle sensible dans
l'œil estant si esloignées & si petites qu'elles
sont : Car il ne faut pas croire que les gouttes de pluye soient si grosses dans la nuë
qu'elles nous paroissent quand elles tombent ; ce ne sont que comme des atomes qui
s'vnissent apres en tombant & font des gouttes plus ou moins grosses selon qu'elles tombent de plus ou de moins haut. En effet
ceux qui sont dans les montagnes & qui
passent à trauers les nuës qui se changent
en pluye, ne remarquent que ces petites
gouttes, & à mesure qu'ils descendent dans

les vallées la pluye se grossit; c'est pourquoy l'Hyuer quand les nuës sont fort basses les gouttes sont tousiours fort menuës, & l'Esté elles sont plus grosses, les nuës estant alors plus esleuées.

Si cela est ainsi, comment la lumiere qui se reflechit sur ces atomes, peut elle faire vn angle sensible dans l'œil? Et quand mesme les gouttes seroient aussi grosses que nous les voyons tomber, comment dans vn si grand esloignement, ses rayons ayans vne si petite base & s'approchant incessamment l'vn de l'autre, pourroient ils se porter iusques aux yeux auec l'estenduë qui est necessaire pour estre visibles? Et c'est la raison pour laquelle l'Iris des fontaines ne se peut voir que dans vne certaine distance qui est incomparablement plus petite que celle de l'Arcanciel. Enfin les experiences que nous auons apportées cy-deuant, destruisent toute cette reflexion pretenduë; car l'Arcanciel ne paroist pas tousiours sur la nuë, & toutes les Iris artificielles se font plustost par refraction que par reflexion comme il est aisé à juger.

C'est ce qui a obligé la pluspart des

Philofophes à dire que l'Arcanciel fe formoit
par refraction , les rayons de la lumiere fe
rompant dans la nuë & fe changeant en des
couleurs plus ou moins claires felon qu'ils
penetrent des parties plus ou moins opaques.

Mais les mefmes difficultez qui deftruifent
l'opinion precedente deftruifent encores celle-cy ; car ou la refraction fe feroit dans le
corps de la nuë , ou dans les gouttes de pluye
qui s'y forment ; et de quelque façon que ce
fuft , il faudroit que l'Arc ne fe vift que dans
la profondeur de la nuë ; parce que les rayons
qui fe rompent quoy qu'ils perdent la premiere rectitude qu'ils auoient, vont toufiours
en auant ; cependant on le remarque fouuent au deuant de la nuë , & fes cornes en
font quelquefois fi efloignées qu'elles paroiffent plus proches de nos yeux que d'elle. Et
cette feule obferuation rend vaines toutes les
autres penfées que l'on a euës fur la production de l'Iris dans la nuë où elle paroift
comme font celles de Cabeus , & d'autres
efcriuains de ce fiecle.

Toutes ces raifons m'ayant fouuent paffé
par l'efprit, & voyant que dans l'Iris des

triangles & des verres pleins d'eau, il y auoit
touſiours trois corps, aſſauoir, le Soleil qui
jette la lumiere, le triangle & le verre où
elle ſe teint en couleur, & la muraille où
elle ſe fait voir; ie iugé qu'il falloit de neceſſité que la meſme choſe ſe trouuaſt dans
l'Iris celeſte, & qu'outre le Soleil & la nuë
ou elle paroiſt, il y euſt vn troiſieſme corps
qui fiſt le meſme effet que le triangle & le
verre, & au trauers duquel les rayons du
Soleil paſſant, y ſouffriſſent la meſme alteration qu'ils prennent en les trauerſant.

*Que l'I-*
*ris ne ſe for-*
*me point*
*dans les va-*
*peurs qui*
*ſont deuant*
*la nuë.*

Ie ſçauois bien qu'Albert le Grand qui
auoit eu la meſme conſideration, croyoit
qu'il y auoit touſiours deuant la nuë ou paroiſt l'Iris, vn air pluuieux ou des vapeurs
groſſieres à trauers leſquelles la lumiere venant à paſſer ſe changeoit en couleurs, comme elle fait en trauerſant le verre plein
d'eau, & que la nuë qui eſtoit derriere les
receuoit tout de meſme que la muraille fait
celle des triangles & des verres. Mais cela
ne ſatisfaiſoit pas à mes doutes, puiſque l'I-
ris paroiſt ſouuent quand l'air eſt ſerein de
toutes parts, qu'elle ſe void aillieurs que ſur
la nuë, & qu'il doit y auoir vn grand eſloignement

gnement entre le lieu où elle se fait & le lieu
où elle paroist, pour faire que l'Arc paroisse
si grand qu'il est. Car l'experience nous apprend que plus le verre plein d'eau est proche de la muraille plus les cercles de l'Iris
sont petits, & que quand on esparpille l'eau
deuant le Soleil, l'Arc qu'il produit est fort
estroit, parce que les rayons n'ont pas la liberté de s'estendre & de s'écarter iusques où
il faudroit pour former vn plus grand cercle; tout de mesme que lors qu'ils passent
par vn trou, la figure du Soleil qu'ils portent
auec eux est plus grande où plus petite selon que la muraille où ils s'arrestent est plus
proche où plus esloignee du trou. De sorte que si ces vapeurs estoient deuant la
nuë, elles seroient trop proches d'elle
pour y former vn si grand Arc; & si elles
en estoient fort esloignées, les couleurs ne
se pourroient pas porter si loing auec la viuacité qu'elles ont; parce que ces vapeurs
n'auroient pas assez de corps pour faire la
Refraction qui est necessaire à cette viuacité:
c'est pourquoy l'Iris des fontaines n'a pas des
couleurs si viues que celles des triangles ou
des verres pleins d'eau, parce que les gouttes

C

n'ayant pas vn corps continu ne font pas vne Refraction fi vnie comme elle fe fait dans vne plus grande maffe.

Ces raifons me firent donc penfer qu'il fal- loit qu'il y euft vn autre corps plus efpais que les vapeurs & plus continu que les gout- tes de pluye ; en vn mot ie me figuré d'a- bord qu'il falloit qu'entre le Soleil & le lieu où fe void l'Arcanciel, il y euft vne nuë ou ce merueilleux changement fe fift.

*Qu'il y a vne nuë en- tre le Soleil & le lieu où l'Iris pa- roift.* Et certe ma conjecture s'eft trouuée con- forme à l'experience, n'ayant iamais depuis remarqué aucune Iris où ie n'aye obferué vne nuë deuant le Soleil ; iufques l'a qu'il m'eft fouuent arriué de predire la naiffance de ce meteore en confiderant les nuës qui deuoient paffer deuant cét aftre, lefquelles apparemment auoient la confiftance necef- faire à fa production. Enfin, i'ay fait la mef- me obferuation dans l'Iris de la Lune, car en l'année 1625. pendant vne nuict tres-fereine, cette planette eftant montée fur l'orifon à la hauteur de 45. degrez où enuiron, elle me fit voir fon Iris dans vne nuë qui luy eftoit oppofée vers le couchant, en ayant vne au- tre plus proche d'elle où vray femblablement fa lumiere prenoit les trois couleurs qui forment ce Meteore. Car bien qu'elle ne m'oftaft pas la veuë de la Lune, il eftoit aifé à iuger qu'elle eftoit entre elle & la nuë oppo-fée, comme il arriue fouuent en celle où fe fait l'Iris du Soleil, laquelle tantoft le cache à nos yeux & tantoft le laiffe voir en toute liberté felon qu'elle fe rencontre dans le rayon vifuel qui le porte à nos yeux, où felon qu'elle en eft efloignée.

Il faut pourtant remarquer que lors que nous difons que pour former l'Arcanciel il faut qu'il y ait vne autre nuë que celle où il paroift, cela ne fe doit pas prendre à la ri-gueur : car quoy que pour l'ordinaire ces deux nuës foient differentes & feparées l'v-ne de l'autre, il peut arriuer quelquefois que la nuë fur laquelle on le verra fera fi grande qu'elle s'eftendra iufques deuant le Soleil, & en ce cas ce ne fera veritablement qu'vne nuë, mais qui aura diuerfes parties, dont l'v-ne feruira à le former & l'autre à le rece-uoir ; mais ces deux parties peuuent paffer pour les deux nuës dont nous parlons.

Enfin, ce qui confirme merueilleufement cette opinion, c'eft que lors que l'Iris paroift

C ij

fur la nuë, s'il pleut entre le Soleil & elle, on
void dans les gouttes de pluye les couleurs
de l'Iris qui refpondent à l'Arcanciel qui eft
dans la nuë; foit qu'ayant le dos tourné vers
luy nous le voyons dans la pluye qui eft au

*Voyez la figure page* deuant de nous; foit qu'il pleuue entre nous
& luy, comme nous auons fouuent obfer-
ué. Car c'eft là vne marque euidente que la
lumiere s'eftant modifiée dans la nuë qui eft
deuant le Soleil, porte les couleurs qu'elle a
prifes, fur tous les corps qui font dans l'air &
qui font capables de les fouftenir; Et que les
mefmes rayons qui forment l'Arc qui eft
dans la nuë paffant à trauers les gouttes de
pluye qui font entre deux, y font paroiftre les
mefmes couleurs; tout de mefme qu'en ex-
pofant vn triangle au Soleil on void fon Iris
fur la muraille & fur la fumée que l'on fait
efleuer entre luy & elle.

Apres tout fi l'on veut confiderer que par
le moyen de cette hypothefe, on rend fi facilement raifon de la figure, de la difpofition
des couleurs, & de toutes les autres apparences les plus extraordinaires de ce Meteore
ou les autres opinions trouuent tant de peine & fi peu de fatisfaction comme nous fe-

rons voir cy-apres ; on fera contraint d'a-
uoüer que ce fondement eft tout à fait neceffaire à la Nature pour le produire , & à
la Philofophie pour en comprendre le fe-
cret.

Cette nuë eft donc le lieu veritable &
comme le fein où le Soleil forme les couleurs de l'Iris qu'il refpand apres dans l'air
& les compaffe en arc fur les nuës & fur
les autres corps qui peuuent feruir de fonds
pour les fouftenir ; car il leur arriue la mefme chofe qu'à celles que produifent les verres pleins d'eau & les triangles de chryftal,
lefquelles ne peuuent eftre veuës quand elles fortent hors d'eux , fi elles ne font re-
cüeillies & appuyées fur vne muraille où
fur quelque autre corps opaque.

Si cela eft ainfi , il eft inutile de deman-
der tout cêt appareil que l'on s'eft imaginé
deuoir eftre dans la nuë ou paroift l'Arcanciel ; il n'y faut point rechercher cette
concauité qu'on s'y eft figurée , ny toutes
ces gouttes de pluye qui doiuent feruir
comme l'on croid dautant de miroirs pour
reprefenter le Soleil , ny tous ces diuers angles de reflexion ou l'on dit que fe font les

C iij

couleurs ; Car fi l'Iris ne fe fait point en cette nuë là , quand toutes ces difpofitions s'y
trouueroient elles ne feruiroient de rien à fa
production ; ET fi elles y eftoient neceffaires , il faudroit qu'elles fuffent dans celle
qui eft deuant le Soleil , puis que c'eft la
feule ou fe fait l'Arcanciel. Mais celle-cy n'a
befoin que d'eftre tranfparente pour donner
paffage aux rayons du Soleil , foit qu'elle fe
change en gouttes d'eau comme il arriue
fouuent , foit qu'elle demeure dans la fimple confiftance de vapeur fans fe changer
en pluye ; pouuant en cét eftat former les
couleurs , comme on void dans les couronnes qui fe font alentour des aftres & des
chandelles. Quant à celle où paroift l'Iris,
il fuffit qu'elle foit opaque & obfcure pour
arrefter la lumiere & les couleurs qui fe refpandent fur elle.

*Comment l'Iris des fontaines fe fait.*   Il eft donc certain que l'Iris celefte ne fe
fait point où elle paroift : ET fi l'on dit que
celles des fontaines fe forme au mefme lieu
où elle fe fait voir , on fe trompe & l'on ne
prend pas garde que les gouttes d'eau où la
lumiere fe teint en couleur ne font pas les
mefmes où elle paroift ; car apres qu'elle s'eft

modifiée dans celles qui font les premieres
expofées au Soleil, elle réjalliſt ſur les autres & y fait paroiſtre les couleurs dont elle
s'eſt chargée, de la meſme façon qu'elle fait
ſur la nuë.

Ce n'eſt pas pourtant à dire qu'il n'y ait
des Iris qui paroiſſent au lieu où elles ſe forment ; on void celles que la lumiere produit dans les gouttes de roſée, dans les dia-
mants & dans les couronnes qui ſe font a-
lentour des aſtres & des chandelles quand
l'air eſt fort humide ; ET quand on regarde
les objets à trauers le triangle de chryſtal on
les y apperçoit peints des meſmes couleurs
de l'Arcanciel ; ET meſme quand les rayons
du Soleil en paſſant par les triangles forment l'Iris ſur les murailles, ſi on place les
yeux vers le lieu où elle paroiſt on l'apperçoit dans le triangle. Mais il ne s'enſuit pas
de là qu'il en ſoit de meſme de l'Iris des fontaines; ET la maniere dont elle ſe fait voir en
eſt vne preuue conuaincante : Car pour la remarquer il faut eſtre entre le Soleil & elle,
& auoir le Soleil à dos ; au lieu que pour
voir toutes les autres qui ſe font où elles paroiſſent, il faut qu'elles ſoient entre le Soleil

*Quelles Iris
paroiſſent au
lieu où elles
ſe forment.*

C iiij

& celuy qui les regarde & qu'on ait le Soleil en face.

Et la raifon en eft que l'Iris ne fe peut voir dans les fubjets où elle fe fait que par les rayons, qui apres s'eftre rompus dans ces corps là fe portent aux yeux ; de forte qu'il eft neceffaire qu'elle foit entre le Soleil & nous, & que nous ayons le Soleil en veuë; parce que les rayons qui font rompus, quoy qu'ils perdent leur rectitude par la Refraction qu'ils fouffrent, vont toufiours en auant & ne retournent pas en arriere comme ceux qui font reflechis ; c'eft pourquoy il faut que les yeux foyent expofez au Soleil pour les receuoir. Mais quand l'Iris paroift où elle ne fe fait pas, elle ne fe peut voir que par des rayons reflechis qui ne peuuent fe porter aux yeux qu'on ne tourne le dos au Soleil, fi ce n'eft qu'il y ait vne double reflexion : D'où il s'enfuit que l'Iris des fontaines eft de cét ordre la puis qu'on ne la peut voir qu'en cette fcituation.

*Il y a deux fortes de reflexion.* Mais il faut encore remarquer qu'il y a deux fortes de Reflexion, l'vne qui fe fait fur les corps dont la furface eft polie & fans aucune inegalité ; l'autre qui fe fait fur des

superficies

superficies inégalles & raboteuſes ; ᴌᴀ premiere r'enuoye tous les rayons à angles eſgaux & vniformes & ne permet pas qu'ils
ſe portent aux yeux que dans les aſpects qui
reſpondent à ces angles ; hors d'eux ils ne
frappent point la veuë & ne laiſſent voir aucun des objets dont ils portent l'image ; comme on remarque dans les miroirs. Mais
quand les ſurfaces ſont inégales, tous les
rayons qui tombent ſur elles ne retournent
pas comme les precedens, la plus part ſe
couppent par les inégalitez de la ſurface &
retombent ſur elle en mille endroits ; de ſorte qu'ils y laiſſent l'image de l'objet comme
emprainte & comme ſi elle y eſtoit adherente, la laiſſant voir en toutes ſortes d'aſpects où
la ſurface peut eſtre veuë : ᴀᴜſſɪ quoy qu'en
effet il y ait là vne vraye reflexion, on dit
neantmoins qu'elle ſe void par vne veuë di-
recte comme les autres couleurs fixes. Or
comme l'Iris peut ſouffrir ces deux ſortes de
Reflexions, elle peut eſtre auſſi apperceuë
en ces deux manieres ; ᴇɴ effect celle qui
paroiſt ſur les murailles par le moyen des
triangles & des verres pleins d'eau, ſe void
en toutes ſortes d'aſpects & en quelque ſi-

tuation que l'on fe mette , parce que la muraille eft vn corps dont la furface eft toute
inégalle qui ne peut faire de reflexion vniforme : Telle eft encores l'Iris qui paroift fur la
nuë , car quoy que l'on en veüille dire elle
eft veuë en toutes fortes d'afpects , & autant
d'yeux qui la regardent , la voyent en mefme lieu & en mefme fituation comme nous
montrerons cy-apres. Mais il n'en eft pas ainfi de l'Arcanciel qui paroift fur la pluye, ny
de l'Iris des fontaines : comme l'vn & l'autre
tombe fur des gouttes d'eau dont les furfaces font efgales & qui font de la nature des
miroirs , on ne les peut voir qu'en certaines
lignes & foubs certains angles hors lefquels
on ne les apperçoit plus.

Le lieu où fe forme l'Arcanciel eftant à
mon aduis folidement eftably par toutes les
raifons & les experiences que nous auons apportées, il faut maintenant tafcher de décou-
urir ce qui s'y paffe & voir s'il eft poffible ces
fecrets refforts qui changent la lumiere en
couleurs & qui luy font prendre la figure
circulaire dans les nuës oppofées.

# DES COVLEVRS

## DE L'IRIS.

### CHAPITRE SECOND.

OMME c'eſt vne grande auan-
ce pour ceux qui ont à chercher vn threſor d'auoir trouué le lieu où il eſt caché,
nous pouuons dire auſſi qu'a-
yant à d'eſcouurir la Natu-
re de l'Iris qui eſt toute compoſée de ru-
bis, d'emeraudes & d'amethyſtes, nous
n'auons pas peu fait d'auoir rencontré la
mine où le Soleil forme toutes ces riches
pierreries ; ET que nous auons vn grand a-
uantage ſur ceux qui s'imaginent de la pouuoir trouuer ailleurs, n'ayant point à perdre le temps qu'ils employent à vne vaine
recherche, & n'eſtant point arreſtez par
mille difficultez qui les embaraſſent & dont
ils ne ſçauroient iamais ſortir. Il eſt vray que

28 DES COVLEVRS DE L'IRIS,
nous ne laiſſons pas d'en auoir d'autres à ſur-
monter, & que pour parler de la naiſſance
de ce merueilleux Meteore, il nous faut aller iuſques à la ſource de la lumiere, qui
comme dit le Sage eſt toute couuerte de tenebres, & qui eſblouyt incomparablement
plus l'eſprit qu'elle ne ſçauroit iamais faire les
yeux : Il nous faut montrer quel eſt cet admirable changement qui la fait paſſer en tant
de Couleurs differentes ; Quelles ſont les
meſures & les degrez dans leſquels elle ſe
partage à chacune ; En vn mot il nous faut
faire voir des choſes que l'on peut dire n'a-
uoir encore eſté apperceuës que des yeux du
Soleil & de ceux de la Nature.

---

*A ſçauoir ſi les couleurs de l'Iris ſont de veri-*
*tables Couleurs.*

ARTICLE PREMIER.

LA Premiere difficulté qui ſe preſente ſur
les Couleurs de l'Arcanciel eſt de ſçauoir ſi ce ſont de veritables Couleurs : l'Eſchole eſt cauſe du doubte qu'on en peut a-

uoir ; car ayant diuifé les Couleurs en Reelles & Apparentes , elle propofe pour exemple de ces dernieres , les Couleurs de l'Iris ;
de forte que les Couleurs Apparentes eftant
oppofées par cette diuifion à celles qui font
Reelles , il s'enfuit que les Couleurs de l'Iris
ne font pas Reelles & par confequent qu'elles ne font pas veritables.

Mais outre que les fens ne peuuent eftre
touchez que par des chofes reelles & pofitiues , & que par confequent les Couleurs de
l'Iris qui frappent les yeux doiuent eftre de
cét ordre-là ; il eft certain que tous les objects qui fe voyent dans les miroirs y doiuent enuoyer leurs images , & que tout ce
qui produit fon image doit eftre reel & ef-
fectif. De forte que les Couleurs de l'Iris fe
pouuant voir dans les miroirs , y doiuent
auffi enuoyer leurs efpeces & par confequent
eftre de veritables couleurs.

Mais ie dis bien dauantage , il n'y à aucune Couleur qui fe prefente à l'œil qui ne
foit reelle & veritable , non pas mefme celle qui nous fait paroiftre le Ciel & les païfages efloignez , de couleur bleuë : car bien
que ces corps-là ne foyent pas effectiuement

*Il n'y a point de Couleur qui ne foit Reel-le.*

D iij

bleus ; fi eft-ce que l'œil void vn bleu veritable , parce que ce n'eft autre chofe que la lumiere qui eft ainfi modifiée par la profondeur de l'air, & qui fe porte à la veuë auec cette modification : de forte que la lumiere ainfi modifiée eftant vne chofe reelle & pofitiue , il faut que cette couleur le foit auffi. Il en eft de mefme de l'Iris que les yeux humides & chaffieux voyent alentour des chandelles : car bien que fes couleurs ne foyent pas au lieu où elles femblent eftre ; ce font neantmoins de veritables couleurs que la lumiere prend en paffant au trauers des humiditez dont les yeux font chargez, y fouffrant les mefmes refractions qui produifent les couleurs des autres Iris.  Ainfi l'on peut dire que le Ciel & les païfages reculez font apparemment bleus ; mais non pas que le bleu dont ils femblent eftre colorez , foit vne couleur apparente : et s'il y en a quelqu'vne qui puiffe eftre appellée ainfi , c'eft la noirceur des tenebres ; parce que ce n'eft point veritablement vne couleur & qu'elle n'eft vifible que par accident comme nous dirons cy-apres.

Les Couleurs de l'Arcanciel font donc des Couleurs veritables & non point Apparentes:

fi ce n'eft qu'on vouluft donner ce nom à celles qui ne fe voyent qu'en certains afpeits, comme quelques-vns ont penfé : Mais cette fuitte
eft inutile puis que celles de l'Iris que les
triangles de chryftal & les verres pleins d'eau
font paroiftre fur les murailles fe voyent en
toutes fortes d'afpeits : Car puis qu'elles font
de mefme nature que celles de l'Arcanciel
eftant produites par les mefmes caufes & par
les mefmes moyens, celles-cy ne font pas plus
apparentes qu'elles & font toutes auffi reelles & effeitiues que les autres qui fe remarquent fur tous les corps vifibles.

　　S'il falloit donc reitifier la diuifion que
l'Efchole a donnée où en fubftituer vne autre
en fa place qui fuft plus reguliere, il faudroit
dire qu'il y a des Couleurs Fixes qui font attachées & adherentes à leurs fubjeits, ET d'autres qui font Mobiles & qui n'y tiennent point
comme font celles qui fe font par la lumiere
exterieure ; ET que de celles-cy les vnes ne fe
voyent que fous certains angles & en certaines
veuës ; & les autres en toutes fortes d'afpeits
felon que la lumiere fe reflechit fur des corps
polis où raboteux. Mais cecy fuppofe des
connoiffances que nous examinerons cy-

apres , il faut premierement voir fi toutes ces
Couleurs font de differente Nature.

---

*A fçauoir fi les Couleurs de l'Iris font de mef-*
*me efpece que les autres.*

### ARTICLE DEVXIESME.

*Il y a deux*
*fortes d'ob-*
*jets.*
POvr decider folidement cette queftion,
il faut prefuppofer que les fens ont deux
fortes d'objects , l'vn qui eft propre & particulier à chacun d'eux ; l'autre qui eft commun à tous où à plufieurs. Ainfi la couleur
eft l'object propre de la veuë par ce qu'il n'y
à que la veuë qui puiffe connoiftre la couleur, tel eft le fon à l'efgard de l'ouyë , la faueur à l'efgard du gouft , &c.

Mais la figure , la grandeur , le lieu , la
diftance , le nombre & le mouuement font
des objects communs , par ce que l'œil ne
iuge pas tout feul de la figure & de la grandeur des chofes , mais encore le toucher ; il
n'en connoift pas feul le mouuement & la
diftance , mais l'oreille en peut auffi donner
fon iugement & ainfi du refte.

Or

Or l'object propre a cet auantage qu'il ne trompe iamais le fens, & s'il y a de l'erreur elle vient des objects communs : car l'œil qui void vne Couleur peut bien fe tromper pour le lieu où elle eft , pour la grandeur & pour la figure qu'elle a ; mais il ne peut iamais errer dans l'efpece & la difference fous laquelle elle luy paroift ; Et il faut de neceffité qu'il la reçoiue telle qu'il fe la figure, parce que la nature des fens eft purement reprefentatiue, & qu'ils ne peuuent reprefenter que ce qu'ils reçoiuent ; Et par confequent il faut que l'œil reçoiue effectiuement la couleur bleuë s'il voit effectiuement cette couleur.

Puifque l'œil ne fe peut donc tromper dans le iugement qu'il fait de fon object propre, s'il arriue qu'il ne reconnoiffe aucune difference entre deux Couleurs pour ce qui concerne la nature de la Couleur , il faut de neceffité qu'elles foyent de mefme efpece : Or eft-il qu'il n'en remarque aucune entre celles de l'Iris que le Soleil peint fur la muraille où dans la nuë & celles que le peintre couche fur la toile quand il en fait le pourtrait , & par confequent elles font de mefme efpece.

E

Daillieurs , ces fortes de Couleurs que la lumiere produit augmentent & fortifient les Couleurs naturelles qui leur font femblables , et fi elles tombent fur d'autres qui ne le foient pas , elles en font paroiftre de nouuelles qui font toutes pareilles à celles qui naiffent du meflange des feules Couleurs fixes ; Or c'eft vne maxime auoüée de toute la Philofophie que les qualitez qui s'augmentent & fe fortifient l'vne l'autre font d'vne mefme efpece.

Enfin ces Couleurs mobiles touchent le fens de la mefme façon que celles qui font fixes , elles réjouïffent où bleffent les yeux comme celles-cy , elles diffipent où ramaffent les efprits comme elles ; en vn mot elles ont les mefmes effects & les mefmes prorietez , & par confequent elles font de mefme nature ; mais il faut voir en quoy confifte cette Nature.

*Quelle est la Nature de la Couleur.*

### Article troisiesme.

CE que nous auons de plus euident en vne matiere qui est si obscure & si difficile à descouurir, & qui est autant cachée à nostre esprit qu'elle est sensible à nos yeux, c'est que la lumiere entre dans la nature & dans l'essence des Couleurs qu'on appelle Apparentes : car tout le monde est d'accord, qu'elles ne font autre chose que la lumiere mesme qui est alterée & modifiée d'vne certaine maniere, & qui par cette modification prend toutes les diuerses apparences de couleurs que nous y remarquons. En effect quand la lumiere du Soleil est receuë dans vn triangle de chrystal & qu'elle fait paroistre vne Iris sur la muraille, c'est la lumiere mesme qui penetre le triangle & qui se porte sur la muraille ; dautant que la lumiere ne peut s'arrester dans le triangle estant transparent comme il est, il faut qu'elle passe outre & qu'elle suiue le mouuement naturel de

E ij

ſes rayons. Or les Couleurs de cette Iris ſe voyent au meſme endroit où tombent ces rayons, & par conſequent il eſt neceſſaire où que la lumiere ſe meſle auec la couleur, où qu'elle meſme ſe change en couleur : or il n'y à rien là qui puiſſe produire la couleur comme vne qualité diſtincte de la lumiere; parce que ce ſeroit où le triangle qui n'a point de couleur, où la muraille qui ne fait rien que la receuoir, puis qu'auant que l'Iris tombe ſur elle elle eſt dans l'air & dans le triangle meſme. Il reſte donc que la lumiere ſe change en couleur, & que la Couleur ne ſoit rien autre choſe que la lumiere modifiée de la façon que nous dirons cy-apres : Et partant nous pouuons conclure que la lumiere entre dans l'eſſence & dans la nature des Couleurs qu'on appelle Apparentes.

Si cela eſt ainſi & que ces ſortes de Couleurs ſoient de meſme eſpece que les autres qui ſont fixes & adherentes à leurs ſubjects comme nous venons de montrer; il ſenſuit que la lumiere eſt de l'eſſence de toutes les Couleurs & que toutes celles qui ſe preſentent aux yeux ne ſont que des lumieres diuerſement modifiées.

Certainement on ne ſçauroit conſiderer la
reſſemblance qu'il y a entre la Blancheur &
la lumiere ſans eſtre perſuadé que cette couleur eſt vne lumiere affoiblie & diminuée;
car elle bleſſe la veuë & diſſipe les eſprits
comme elle; elle éclaire les lieux ſombres &
ſert pour donner jour aux maiſons qui ſont
obſcures; elle ſe multiplie comme la clarté
des eſtoiles & des chandelles; c'eſt pourquoy les extremitez des choſes blanches paroiſſent doubles dans les miroirs, & ceux qui
ont la veuë foible, les voyent par tout aillieurs de la meſme ſorte : ce qui n'arriue
point aux choſes qui ſont noires, parce qu'elles ne contiennent pas tant de lumiere que
celles-là. Mais ce qui eſt encore tres conſi-
derable c'eſt que les choſes lumineuſes paroiſſent blanches & que le noir qui eſt contraire à la blancheur, a l'apparence des tenebres qui eſt la priuation de la lumiere; de ſorte qu'on peut dire que tout l'objeƈt de la
veuë s'eſtend comme ſur vne ligne qui part
de la lumiere & paſſe par la blancheur & par
les autres couleurs qui la ſuiuent, & ſe termine dans les tenebres.

Enfin qui conſiderera la nature des eſpeces vifibles qui fe refpandent en vn moment comme la lumiere, qui fe reflechiffent comme elle à angles efgaux, qui font fubjectes aux mefmes refractions qu'elle fouffre, qui fe meflent fi eftroitement auec elle & qui en vn mot ont toutes les mefmes proprietez qu'elle a; fera contraint d'auoïier que ce font des effufions & des écoulemens de quelque lumiere qui fe multiplie dans l'air comme celle des aftres & des autres corps lumineux.

Mais pour joindre à ces raifons qui font fenfibles celles de la plus haute Philofophie: Elle nous apprend qu'vne feule puiffance ne peut auoir qu'vn feul acte & vne feule forme, & que le fens de la veuë ne peut par confequent auoir qu'vne feule forme qui luy ferue d'objet propre, ny juger exactement que d'vne feule qualité; de forte que s'il connoift la lumiere & la couleur, il faut que toutes deux ne faffent qu'vn feul acte & qu'vne feule qualité & ainfi que la Couleur foit vne lumiere.

Daillieurs à proprement parler chaque fens ne iuge que d'vne contrarieté entre les extremitez de laquelle eft renfermée toute l'eftenduë de fon objet, ainfi l'ouye iuge du

fon & du filence, le gouſt de la faueur &
de ce qui eſt inſipide ; ET par la meſme raifon l'œil ne peut iuger que de la lumiere &
des tenebres qui eſt la feule contrarieté qui
comprend toute l'eſtenduë de fon objeĉt :
de forte, que s'il connoiſt les Couleurs, il
faut que ce ſoit ou comme lumieres, ou
comme tenebres ; ET puis que ce ne font pas
des tenebres ; pour les raiſons que chacun
fçait, il faut de neceſſité que ce ſoient des
lumieres.

A quoy il faut adjouſter qu'il y a meſme
rapport entre ce qui eſt viſible & ce qui eſt
inuiſible, qu'entre ce qui eſt coloré & ce
qui n'eſt pas coloré ; ET par conſequent par
la maxime des proportions qui fe changent
de l'vne à l'autre, il y a auſſi meſme raiſon
entre ce qui eſt viſible & ce qui eſt coloré,
qu'entre ce qui eſt inuiſible & ce qui n'eſt
pas coloré : Or eſt il que la raiſon qui eſt entre ce qui eſt viſible & ce qui eſt coloré
eſt fondée fur ce que la couleur eſt viſible,
il faut donc que ce qui n'eſt pas couleur foit
inuiſible ; ET partant la lumiere eſt vne couleur & la couleur eſt vne lumiere puis que
l'vne & l'autre eſt viſible.

Ces raiſons nous peuuent donc faire croire auec certitude que toutes les Couleurs
ſont des lumieres : MAIS elles ne decident
pas le point le plus important en cette matiere; A ſçauoir ſi toutes les Couleurs ne ſont
comme les apparentes que des lumieres em-
pruntées du Soleil & des autres corps lumineux , en ſorte qu'à l'exemple de celles-là,
elles s'eſuanouyſſent quand ces corps là diſ-
paroiſſent ; ET pour le dire en vn mot ſelon
la penſée du Poëte, que la nuiƈt oſte la couleur à toutes les choſes & que le retour du
Soleil la leur redonne. Ce qu'il faut ſoigneuſement examiner puis que les plus
grands eſprits qui ſe ſont voulu ſauuer des
erreurs de l'eſchole ſont tombez en celle-cy
comme nous allons faire voir.

A ſçauoir

*A ſçauoir ſi toutes les Couleurs ſe font de la lumiere du Soleil & des autres corps lumineux, comme les Apparentes.*

### ARTICLE QVATRIESME.

L'OPINION qui a regné ſi long-temps dans les Eſcholes, que les Couleurs procedent des premieres qualitez, s'eſt trouué ſi mal fondée qu'elle n'a plus de partiſans; ET apres que l'on a veu que la blancheur s'allioit eſgalement auec le chaud & auec le froid comme dans la chaux & dans la neige; ET auec l'humide & auec le ſec comme dans le laiɛt & dans la ceruſſe, & ainſi de toutes les autres eſpeces de couleur; c'eſt auec raiſon qu'on a abandonné des ſentimens ſi peu raiſonnables & qu'on a eu recours à la lumiere pour deſcouurir la nature d'vne qualité qu'on auoit couuerte de tant d'obſcuritez.

Et certainement on ne pouuoit conſiderer cette agreable varieté de couleurs dont elle forme les Iris & les Couronnes; ce rouge eſclatant dont elle peint les nuës au leuer

F

& au coucher du Soleil ; ny ce bleu celeste
dont elle couure toute la surface des Cieux;
on ne pouuoit dif-je remarquer toutes ces
chofes qui font des effects indubitables de la
lumiere que les aftres refpandent dans l'air,
fans tomber dans le foubçon que toutes les
autres Couleurs procedent de la mefme
fource.

Mais on ne s'eft pas contenté de ces premieres conjectures, on a cherché des raifons
pour les appuyer, & les apparences fe font
trouuées fi fauorables à cette opinion qu'elle paffe maintenant pour la plus vray-fem-
blable, du moins pour la plus ingenieufe.
Elle affeure donc qu'il eft non feulement
inutile de mettre la Couleur pour vne qualité diftincte de la lumiere exterieure, puisqu'auec celle-cy on rend raifon de tout ce
qui concerne les Couleurs : mais encore qu'il
eft neceffaire de la reconnoiftre pour le principe & la forme qui conftituë toute leur
effence ; par ce que fans elle on ne fçauroit
marquer les caufes ny les moyens qui feruent à les produire & à les conferuer, à les
changer & à les deftruire. Par exemple fi on
veut chercher vne autre caufe qui produife

la blancheur de la neige , il la faut trouuer
dans la fubftance où dans les accidens de la
neige ; ce ne fera pas dans fa fubftance , par
ce qu'elle n'en à point d'autre que celle de
l'eau à laquelle la blancheur n'eft point naturelle ; ce ne fera pas auffi dans fes accidens
puis que les premieres qualitez ne feruent de
rien à la production des Couleurs comme
nous auons montré , et qu'il ny en a aucune
parmy les fecondes qui ait ce pouuoir-là,
n'ayant pas mefme la vertu de produire aucune chofe comme toute l'efchole enfeigne.
Mais quand la neige vient a perdre cette
blancheur en fe fondant , il y a encore plus
de peine à dire d'où vient ce changement,
la neige fonduë n'eftant differente en aucune chofe de ce qu'elle eftoit auparauant, que
dans la diuerfe fituation & confiftance de fes
parties , où l'on ne peut trouuer la caufe de
deux couleurs fi oppofées fi on n'a recours à
la lumiere qui tombe & fe reflechift diuerfement fur elle.

Daillieurs les Couleurs fixes de toutes
ortes d'objects paroiffent differentes felon
qu'elles font efclairées , comme on peut voir
dans les peintures qui felon le iour qu'on

leur donne, felon quelles reçoiuent la lumiere à plomb où de biais, ont au jugement
des yeux vn coloris different : Le drap mefme le plus noir paroiſt au Soleil de couleur
rougeaſtre : Et quand l'eau qui n'a aucune
couleur brunit le papier, le ſuccre, le linge
& toute autre ſorte de teinture, cela ne peut
venir que de la lumiere qui ſe reflechit d'v-
ne autre façon ſur ces ſubjects là qu'elle ne
faiſoit auant qu'ils fuſſent moüillez. Apres
tout s'il y a des Couleurs fixes qui dependent abſolument de la lumiere exterieure,
il n'y a pas de raiſon pour laquelle on doiue tirer les autres qui ſont de meſme genre,
d'vne autre ſource & d'vn autre principe : or
il eſt certain que l'eſcume eſt naturellement
blanche & que ſa blancheur eſt du meſme
ordre que celle du ſuccre, du papier & des
marbres, eſtant fixe & permanente comme la
leur. Cependant l'eſcume ne prend cette
couleur que de la reflexion de la lumiere:
C'eſt pourquoy celle qui ſe fait ſur l'ancre,
ſur le ſang & autres ſemblables liqueurs, paroiſt blanche nonobſtant la couleur naturelle quelles ont. En effect comme ce n'eſt
qu'vn amas de petits globes formez de l'air &

de quelque humeur qui se meslent ensemble ; il n'y en a aucun qui ne renuoye les rayons qu'il reçoit , & plus ils sont petits plus les rayons s'approchent l'vn de l'autre & portent aux yeux la lumiere toute pure sans aucune interruption & sans aucun meslange d'obscurité , d'où naist la Blancheur : Et parce qu'vne chose ronde n'a aucun point qui ne puisse reflechir les rayons comme on peut iuger par les miroirs conuexes qui representent les objects en toutes sortes d'aspects , tout au contraire des plats & des concaues ; de là vient que la blancheur de l'escume se void aussi en toutes sortes de veuës & semble luy estre interieure & adherente. Or si cela est veritable il y a grande raison de croire que tous les autres corps que nous sçauons estre composez de la mesme façon , n'ont point d'autre cause de leur Blancheur que celle qui nous la fait paroistre sur l'escume ; De sorte que la neige , la farine , le laict caillé , la craye , la cendre & toutes les choses qui sont calcinées estant composées d'vne infinité de ces petits corps spheriques comme on peut juger par les lunettes d'approche ; il faut que la lumiere

y faſſe la meſme cheute & la meſme reflexion & en ſuitte la meſme apparence de
couleur. C'eſt pourquoy elle ſe perd dans la
neige quand elle vient à ſe fondre, parce
que la figure ronde des parties dont elle eſt
compoſée, s'aplanit & ne peut plus faire les
reflexions qu'elle faiſoit auparauant.

Que ſi le ſens nous montre ces veritez
dans les choſes dont il peut eſtre le juge, la
raiſon doit faire le reſte en celles où il ne
peut atteindre, & conclure que toutes les
choſes blanches ſont compoſées de ces petites parties ſpheriques qui cauſent vne plus
ample & plus forte reflexion & que cette
reflexion qui porte à la veuë la lumiere plus
pure fait paroiſtre la Blancheur.

Cette verité ſe peut confirmer par la conſideration du Noir qui eſtant oppoſé à la
blancheur vient auſſi d'vne cauſe toute contraire ; car les choſes où la lumiere ne ſe reflechit point, paroiſſent noires comme ſont
celles qui ſont profondes, celles qui ſont fort
eſloignées, celles qui ſont extremement polies, principalement hors les lignes où ſe
fait la reflexion ; ET c'eſt de là que l'eau, les
miroirs, & les diamans paroiſſent de cou-

leur brune & obscure. Tels sont encore les
corps composez de parties aiguës & principalement de triangulaires qui sont celles où
il se fait moins de reflexion ; c'est pourquoy
le charbon est noir , toutes ses parties estans
de cette figure non seulement par le jugement des yeux qui les remarquent par le
moyen des lunettes d'approche ; mais encore
par celuy du toucher qui le sent rude & ines-
gal soit qu'il soit entier soit qu'il soit broyé.
De sorte que la cause generale de la Blancheur & de la Noirceur de tous les corps
ausquels elle semble estre adherente, ne vient
que de la figure des parties dont ils sont composez les vnes estans rondes & les autres
triangulaires.

Et ce principe est si conforme à la raison &
à la nature qui ne multiplient point les causes sans necessité , que les Saueurs en tirent
leur origine : car celles qui sont acres & aiguës procedent de ces petites parties qui sont
pointuës dans leurs angles & qui picquent
par consequent la langue : Au contraire , la
douceur vient des parties rondes qui ne la
peuuent penetrer & qui coulent dessus auec
facilité. C'est pourquoy toutes les graisses

qui sont espaissies, sont blanches & douces
& sont mesmes agreables au toucher, n'ayant
aucune pointe qui le blesse où qui l'irrite:
au contraire les eaux fortes noircissent & le
vitriol entre dans la composition de l'ancre,
leur saueur acre estant vne marque de la figure aiguë & perceante des petits corps dont
ces liqueurs sont composées. C'est encore
pour cela qu'entre les pierres celles qui sont
noires, sont plus rudes & inesgales que les
blanches, comme on peut iuger par le marbre noir qui a plus d'aspreté au toucher &
moins de pesanteur que le blanc. Et entre
les metaux le fer est plus noir que pas vn autre à cause de ces parties angulaires que l'on
y remarque non seulement par la veuë, mais
encore par cet esprit penetrant que l'on en
tire par le feu. Enfin qui voudroit venir au
detail de toutes les choses ausquelles ces deux
premieres Couleurs sont comme adherentes,
n'auroit pas peine à y appliquer les causes dont
nous venons de parler, & à satisfaire ainsi à
toutes les difficultez qui ne semblent pas se
pouuoir resoudre dans les autres opinions.

De vouloir apres cela descendre dans
le particulier de toutes les autres Couleurs
ce

ce feroit vne chofe fuperfluë , puis qu'eftant
toutes compofées du blanc & du noir, elles
doiuent auoir les mefmes principes , & fe
peuuent rapporter aux differentes figures des
fubjects où elles paroiffent. Car s'ils ont des
parties qui reflechiffent la lumiere & d'autres
qui ne la reflechiffent pas, il s'y fait vn meflange de clartez & de tenebres qui felon les
differentes proportions qu'elles ont enfemble
font auffi diuerfes efpeces de Couleurs. Par
exemple fi ces deux fortes de parties fe fuiuent immediatement l'vne l'autre en forte
qu'apres vne reflexion il y ait vne interce-
ption de lumiere & puis apres vne reflexion
& ainfi de fuitte , tout l'object paroift rouge;
dautant que le Rouge eft juftement au milieu
du blanc & noir & doit participer efgalement de l'vn & de l'autre , & par confequent
il doit y auoir vne partie qui reflechiffe la lumiere & l'autre qui l'a retienne. Mais s'il y
a deux parties qui la reflechiffent & vne qui
ne la reflechiffe point , & que la mefme proportion fe garde en toutes les autres ; de là
naiftra le Iaune qui eft au milieu du rouge
& du blanc & qui par confequent à deux
portions de blanc & vne de noir. Tout au

G

contraire s'il y a deux parties qui ne reflechiffent point & vne qui reflechiffe, elles produifent le Bleu qui tient le milieu entre le rouge & le noir, & qui par confequent a deux portions de noir & vne de blanc , & ainfi de toutes les autres Couleurs felon les diuers meflanges de ces parties qui font obfcures & lumineufes & pour le dire plus precifement qui font fpheriques où angulaires.

Or elles prennent ces fortes de figures, premierement par la nature des principes qui entrent en leur compofition , car il y a des corps qui font naturellement ronds, d'autres qui font cubiques , fexangulaires comme les fels , les chryftaux & autres femblables. Secondement par la rencontre de diuerfes figures qui s'vniffent & en forment de nouuelles : Ainfi de plufieurs triangles fe fait l'Icofaëdre où autre pareille qui approche de la fpherique. Et de là vient que diuerfes fubftances acres de leur nature deuiennent blanches & douces eftant meflées enfemble comme l'huyle de Tartre & celuy de Vitriol ; par ce que les triangles dont leurs parties font formées s'vniffent enfemble & font des figures fpheriques lefquelles font caufe de la Blan-

cheur & de la Douceur comme nous auons
dit. En troisiesme lieu par la contrainte qu'elles souffrent en passant à trauers d'autres corps
qui les pressent & qui corrompent leur figure naturelle ; car c'est ainsi que les sucs dont
les pierres sont formées prennent diuerses figures selon qu'ils se filtrent & se criblent s'il
faut ainsi dire à trauers des terres spongieuses
où solides, rudes où polies où d'autre pareille consistence. C'est ainsi que l'humeur qui
monte dans les fleurs, estant contrainte de passer par les destours innombrables des fibres &
par les destroicts des nœuds qu'elles font en
mille endroits, prend toutes les figures qui
causent cette admirable varieté de couleurs
dont elles sont embellies. Enfin c'est ainsi que
le plumage des oyseaux, les peaux des bestes & les humeurs mesmes qui se trouuent
en tous les corps des animaux prennent toutes ces differentes teintures que nous y remarquons ; les petites parcelles dont tous ces corps
sont composez prenant diuerses situations &
diuerses figures selon les lieux par où elles
passent, où selon que la coction les transporte
du centre à la circonference où de la circonference au centre & comme parle Hippo-

G ij

crate des tenebres à la lumiere, & de la lumiere aux tenebres.

Ce font là les fondemens & les raifons generalles dont on fe peut feruir pour montrer que la Couleur n'a point d'autre principe que la lumiere exterieure du Soleil ou des autres corps lumineux, & qu'en leur abfence il n'y a aucune couleur. C'eft à nous maintenant à les bien pefer, & à voir fi elles font conformes à la verité & à la nature des chofes.

---

## Que la Couleur Naturelle des corps ne procede point de la lumiere exterieure.

### ARTICLE CINQVIESME.

A Bien confiderer tout ce grand enchainement de raifons dont l'opinion precedente eft compofée, on peut dire que de toutes celles qui font venuës iufques à nous, il ny en a point qui nous approche fi prés de la verité ny qui nous en efloigne dauantage. Car comme les chofes qui font oppo-

fées se discernent facilement & que l'on confond celles qui se ressemblent ; on se peut
bien plus ayśément sauuer de l'erreur des autres opinions qui sont esloignées de la vray-
semblance que de celle-cy qui a toutes les
apparences de la verité & où le vray & le
faux sont si delicatement meslez ensemble
qu'il est impossible d'abord de les reconnoi-
stre & de les distinguer.

En effect on ne luy sçauroit contester que
la lumiere exterieure ne soit la cause de toutes les Couleurs apparentes ; Qu'elle ne fasse encore de grands changemens sur toutes
les Couleurs fixes & naturelles selon le biais
qu'elle tombe sur elles : Que mesme elle ne
forme toute seule la Blancheur qui est fixe
& permanente en quelques subjects comme
celle du verre & du chrystal en poudre &
peut-estre encore de l'escume & de la neige.
Enfin on ne sçauroit nier qu'il n'y ait beaucoup de choses blanches qui sont composées
de petites parties rondes & d'autres qui sont
noires où l'on en remarque de triangulaires.
Mais de tirer de là des consequences generales pour toutes les autres choses & pour toutes les autres Couleurs ; c'est ce que la verité

ny la raifon ne peuuent fouffrir ; ET quand
on promet de refoudre par ces principes toutes les difficultez qui fe rencontrent en cette
matiere , on promet feulement de monftrer
que cette opinion eft la plus ingenieufe, mais
non pas la plus veritable ; comme il arriue
aux Syftemes du Monde de quelques Aftro-
nomes qui tous faux qu'ils font, rendent plus
facilement raifon des Phenomenes que les
autres qui font les plus certains.

Quoy qu'il en foit il y à mille experiences
qui la peuuent conuaincre de faux ; ET s'il eft
vray comme elle dit que les Saueurs & les
Couleurs procedent d'vne mefme caufe , il

*La faueur*
*& la Cou-*
*leur ne viё-*
*nent point*
*d'vne mef-*
*me caufe,*

ne faut que luy oppofer l'arfenic , & le laict
des tithymales qui auec vne parfaite blancheur ont vne extreme acrimonie. Car fi l'a-
crimonie vient de la figure pointuë qu'ont
les petites parties qui compofent ces corps
là , il faudra que leur blancheur ne procede
pas de la figure ronde comme elle fuppofe ;
où bien ces petites parties feront en mefme
temps rondes & angulaires. On en peut dire autant de la Noirceur puis qu'il y a quantité de chofes noires qui n'ont aucune faueur comme le charbon ; qu'il y en a mef-

me qui font douces comme la caſſe: et partant ſi les figures triangulaires produiſent leur noirceur, il faudra qu'en meſme temps elles ſoient rondes pour faire qu'elles ſoient douces où inſipides : qui ſont des contradictions manifeſtes.

Mais quand elle ſe voudroit reſtraindre à la ſeule Couleur ſans y faire interuenir les faueurs, comment peut elle ſouſtenir que la figure ronde produiſe le Blanc, puis qu'il n'y a qu'vn endroit du globe qui puiſſe renuoyer la lumiere aux yeux & que tous les autres ne la reflechiſſent point. Car ſi les interruptions de la lumiere affoibliſſent la Blancheur & la changent en d'autres couleurs, comme cette opinion enſeigne ; ces petits corps ſpheriques feront paroiſtre tout autre couleur que le Blanc puis qu'ils doiuent plus cauſer d'interruptions que de reflexions. Daillieurs comment le ſuccre peut-il eſtre compoſé de ces parties rondes eſtant ſi rude au toucher, faiſant voir tant de pointes en ſa ſurface, & ne ſe rompant iamais qu'en morceaux de figure angulaire. Que s'il faut s'en rapporter aux lunettes d'approche, qu'on examine auec elles le ſablon d'Eſtampes qui

*La figure ronde n'eſt pas la cauſe de la Blancheur.*

eſt le plus menu & le plus blanc qui ſe puiſſe rencontrer, il ne s'en trouuera pas vn ſeul
grain qui ſoit de figure ronde.

*La figure triangulai-re n'eſt pas cauſe de la Noirceur.*

Quant aux figures triangulaires quoy qu'elles ne ſoient pas ſi propres pour faire reflechir la lumiere, ſi eſt-ce qu'on peut mettre
l'œil en telle ſituation qu'il receura les rayons
qui tomberont ſur elles ; ET alors il faudroit
qu'elles ne paruſſent plus noires puis que le
Noir eſt vne priuation de lumiere : Cependant la lumiere qui tombe ſur les charbons
rejallit aux yeux, & ſans leur oſter leur noirceur, elle la fait ſeulement paroiſtre eſclatante, la veuë diſcernant facilement l'eſclat
qui leur ſuruient dans leur couleur naturelle. Ie dis bien dauantage l'experience eſt tout
à fait contraire à cette propoſition : car la
poudre du verre & du chryſtal qui eſt toute compoſée de petites parties angulaires auſſi bien que le charbon, paroiſt toute blanche : ET puis qu'il eſt certain que ſa blancheur
vient de la reflexion de la lumiere qui ſe fait
ſur elle, il s'enſuit non ſeulement que les figures triangulaires ne cauſent pas la Noirceur
ou bien il faudroit que le chryſtal en poudre
fuſt noir comme le charbon ; mais encore
que

que toute forte de Blancheur ne procede pas
de la lumiere exterieure, où bien il faudroit
que le charbon puluerifé deuint blanc comme le chryftal en poudre , puis que la figure de leurs parties eft toute femblable &
qu'elle doit par confequent reflechir efgalement la lumiere.

    Mais ie voudrois bien fçauoir ce que de-
uiennent ces triangles quand le noir dont fe
feruent les peintres a efté broyé fur le marbre ? peuuent ils conferuer leur figure apres
ce trauail opiniaftre qui les a moulus & froif-
fez en tant de façons ? Et puis que dans les
plantes les deftours des fibres & la rencontre
des nœuds font capables comme ils difent de
corrompre la figure des fucs qui les colorent,
comment celle-cy peut elle refifter à la vio-
lence que le marbre , le mouuement & la
main du peintre luy font fouffrir ? Que fi elle l'altere & la corrompt , il fenfuit que la
Noirceur doit proceder d'vn autre principe
& qu'elle ne defpend point d'vne caufe fans
laquelle elle fubfifte.

    Ie laiffe mille autres femblables abfurditez
que l'on peut remarquer dans ces figures pretenduës, pour abbatre tout d'vn coup le prin-

H

cipal fondement qui fouftient cette opinion, car elle ne fçauroit mettre la figure que pour vne condition qui feroit à la verité neceffaire à la production des Couleurs, mais qui n'a point de vertu productiue & qui ne fçauroit non plus entrer dans leur effence. C'eft fans doute *le Meflange de la Lumiere & de l'Obfcurité* qui en eft la caufe principale

*Que les Couleurs ne viennent point du meflange de la lumiere & de l'obfcurité.*

& qui en fait toutes les differences : Faifons donc voir que cela eft contraire à la raifon & à l'experience. Ie fçay bien neantmoins que c'eft le commun fentiment de la Philofophie ancienne & moderne, & qu'il n'y a pas vn de tous ceux qui ont efcrit de cette matiere qui ne fuppofe comme vne verité euidente d'elle-mefme & dont on ne peut douter, que la Lumiere fe mefle auec l'Obfcutité & que de la naiffent toutes les efpeces de couleurs qu'on appelle apparentes. Mais comment eft il poffible qu'on ne fe foit pas aduifé que le non-eftre ne fe peut mefler auec l'eftre, & que quand cela fe pourroit faire il ne s'en produiroit rien de nouueau ? Qui a iamais ouy dire que le fon fe meflaft auec le filence, ny que des deux il s'en puft faire vn tiers qui participaft de l'vn & de l'autre ?

les tenebres & l'obscurité font des priuations de la lumiere, qui par confequent ne peuuent iamais entrer en focieté auec elle, qui ne la peuuent alterer en aucune façon, & qui mefme au lieu de l'affoiblir la font paroiftre plus forte & plus fenfible ; car vne petite clarté qui à peine fe laiffe voir le iour, efclate la nuiét & brille de tous coftez nonobftant l'efpaiffe obfcurité dont elle eft enuironnée. D'où il faut encore tirer cette autre confequence, que les Tenebres ne font pas des chofes reelles & pofitiues comme quelques-vns fe font imaginez ; par ce qu'vne fi petite lumiere ne fe pourroit pas deffendre d'vn fi puiffant ennemy & quelle feroit incontinent efteinte & deftruite eftant affaillie de toutes parts d'vne fi grande obfcurité. Mais nous ne voulons pas nous arrefter dauantage à vne opinion fi extrauagante qui eft obligée par là d'ofter toutes les priuations qui furuiennent aux objeéts fenfibles & de mettre le filence pour vne chofe reelle, puis qu'il eft à l'efgard du fon ce que les tenebres font à l'efgard de la lumiere.

Retournons à noftre fubjet & refpondons à ceux qui nous pourroient objeéter, Que

H ij

le Meslange dont eſt queſtion ne ſe fait pas
veritablement dans les objets mais ſeulement
dans la veuë , ET quoy que les tenebres ne
ſoient rien en effeᵭ que neantmoins elles
laiſſent dans les yeux vne certaine apparence
de noirceur laquelle ſe peut meſler auec l'eſclat de la lumiere qu'ils reçoiuent & former
ainſi diuerſes ſortes de couleurs : Qu'en effeᵭ le Bleu des Cieux & des païſages eſloi-
gnez vient de l'obſcurité qui couure ces ob-
jeᵭs & de la blancheur de la lumiere qui
ſe reſpand dans l'air, à trauers laquelle l'œil
remarque la noirceur tenebreuſe & la joint
auec la clarté ; ET que de cette vnion n'aiſt
cette eſpece de couleur. Mais s'il n'y auoit
autre choſe,ce bel azur qui paroiſt dans toute la rondeur du ciel & ſur les bords de l'o-
riſon ne ſe preſenteroit iamais à nos yeux,
nous ne le verrions que ſous l'apparence des
ombres , c'eſt à dire comme vne ſombre lumiere ; car ce que nous appellons ombre,
n'eſt pas touſiours vne entiere priuation comme les tenebres , ce ſont de foibles rayons
qui ſe ſont eſcartez du droit fil des autres &
qui ſe cachent derriere les corps illuminez.
Quoy qu'il en ſoit ſi l'air qui eſt au deuant

d'vne chofe fort obfcure est illuminé , il
ne reprefentera iamais la couleur Bleuë fi la
chofe obfcure n'eft fort efloignée. Ce n'eft
donc pas le meflange de la clarté & des tenebres qui la produit , mais elle naiſt de la
couleur du milieu qui s'vnit auec la lumiere
en certaine proportion : car outre que l'air
eſt touſiours plein de vapeurs, quelque transparent qu'il ſoit il a quelque peu d'opacité
dans ſa compofition , et cette opacité auffi
bien que celle de vapeurs ſe rend ſenſible
dans vne grande profondeur ; par ce que la
couleur des parties les plus reculées ſe joint
auec celle qui eſt dans les plus proches & ſe
ramaſſant toutes enſemble elles font à la fin
vn noir aſſez fort pour arreſter la veuë & pour
ſouffrir le meflange de la lumiere qui doit
former le Bleu celeſte.

Concluons donc que l'Obfcurité ne peut
iamais s'vnir auec la Lumiere pour produire
quelque nouuelle efpece de couleur : et quoy
que l'œil puiſſe en meſme temps voir la clarté en vn endroit & l'obfcurité en l'autre , il
ne s'en figure point d'autre apparence que
celle qui conuient à l'vne & à l'autre ſepare-
ment ; c'eſt à dire qu'il ne void autre chofe

H iij

que clarté & obſcurité ; ET ſi elles ſont ſi proches l'vne de l'autre qu'il ne les puiſſe pas di-
ſtinguer , il les peut bien confondre enſemble , mais il ne les apperçoit que comme
vne ſombre lumiere , où comme vne obſcurité lumineuſe , ſans ſe former aucune autre image de couleur. Si cela eſt ainſi toutes ces reflexions & interruptions de lumiere dont l'opinion precedente compoſe toutes les differences des Couleurs, ne peuuent
paſſer que pour des principes faits à plaiſir &
pour de vains fondemens qui ne peuuent
ſouſtenir la verité que nous cherchons. Mais
quand les raiſons que nous auons apportées
ne le feroient pas voir euidemment , il feroit aiſé de le reconnoiſtre au mauuais ordre
qu'elle a eſté obligée de mettre dans toutes
les Couleurs & dans le faux calcul qu'elle
a fait des parties dont elle les a compoſées.
Car elle a placé le Rouge juſtement au milieu du Blanc & du Noir ; le Iaune entre le
Rouge & le Blanc , & generalement elle les
à toutes miſes au milieu les vnes des autres ;
quoy que cela ne s'accorde point auec les
proportions qu'elles ont communes auec les
harmonies & qui en font toutes les differen-

ces comme nous montrerons cy-apres. Outre que cet ordre deſtruit le partage de lumiere & de tenebres qu'elle donne à chacune : Puis que ſi le Iaune eſt au milieu du Blanc
& du Rouge il ne doit pas auoir deux portions de Blanc pour vne de Noir comme elle dit , mais il faut qu'il en ait trois pour vne;
tout de meſme que le Bleu pour eſtre au milieu du Noir & du Rouge , doit par neceſſité auoir trois parts de Noir & vne de Blanc,
comme on peut voir dans la figure ſuiuante
où toute l'eſtenduë du Blanc & du Noir eſt
par exemple de douze degrez. Car le Rouge eſtant au milieu de ces deux extremitez,
le Iaune pour conſeruer la place qu'on luy
donne entre le Rouge & le Blanc, aura neuf
degrez de Blancheur & trois de Noirceur
c'eſt à dire trois portions de Blanc pour vne
de Noir , tout au contraire du Bleu. Où ſi
l'on veut conſiderer ce meſlange par vne compoſition de raiſon comme on l'appelle ; ET
que le Rouge ait ſix degrez de Blanc & ſix
de Noir, en adjouſtant trois degrez de Blanc
pour faire le Iaune , il aura neuf portions de
Blanc & ſix de Noir qui ſont comme trois
à deux , qui eſt vne proportion ſeſquialtere

où d'vne fois & demie , & non pas deux portions de Blanc & vne de Noir comme ils disent qui est vne proportion double.

| | | | | Iaune | | Rouge | | Bleu | | | | |
|---|---|---|---|---|---|---|---|---|---|---|---|---|
| Blanc | 12 | 11 | 10 | 9 | 8 | 7 | 6 | 5 | 4 | 3 | 2 | 1 |
| Noir | | 1 | 2 | 3 | 4 | 5 | 6 | 7 | 8 | 9 | 10 | 11 | 12 |

Mais c'est trop long-temps combatre contre des ombres, arrestons-nous à des choses plus solides & concluons que la lumiere exterieure n'est point la cause des couleurs fixes & naturelles. Car bien que tous ceux qui ont tenu l'opinion contraire n'ayent pas specifié ces figures que nous venons de destruire & qu'ils n'ayent parlé que des diuerses cheutes & des diuerses reflexions que la lumiere fait sur les corps opaques ; neantmoins, il faut de necessité qu'ils les presupposent;autrement ils ne pourroient dire pourquoy la lumiere tombe & se reflechist sur le laict & sur le marbre blanc d'vne autre façon que sur l'ancre & sur le marbre noir. Car comme elle se reflechist tousiours à angles esgaux , si elle vient à tomber sur quelque corps & qu'elle ne se reflechisse pas à la mesme hauteur qu'elle y tombe, cela ne peut

peut venir que de la diuerſe figure du plan
où ſe fait ſa cheute, qui l'oblige pour conſeruer l'égalité de ſes angles de porter ſes rayons
aillieurs qu'elle n'euſt fait ſi le plan euſt eſté
eſgal & vniforme. De ſorte que ſi l'on tient.
que les Couleurs naiſſent des diuerſes reflexions
xions que ſouffre la lumiere , il faut neceſſairement que l'on preſuppoſe diuerſes figures qui ſoient cauſe de ces reflexions ; ET par
conſequent ſi ces figures ne peuuent ſubſi-
ſter , il n'y peut auoir de reflexions differentes n'y de diuerſes couleurs : Ainſi apres auoir
deſtruit ces figures nous auons ruïné tous les
partis que l'on peut prendre en cette opinion.

*Qu'il y a vne Lumiere interieure en tous les
corps & que cette Lumiere eſt leur
Couleur naturelle.*

### ARTICLE SIXIESME.

SI nous auons bien prouué que toutes les
Couleurs ſont des Lumieres ; ET que celles qui ſont fixes & adherentes aux choſes ne

I

ſe peuuent former de la lumiere exterieure
qui decoule des aſtres & des autres corps lumineux, il s'enſuit par neceſſité qu'il y a dans
tous les objeɕts viſibles vne Lumiere interieure & naturelle, & que cette Lumiere eſt la
Couleur fixe & permanente que nous y remarquons.

Mais quand cette conſequence ne ſeroit
pas neceſſaire & euidente comme elle eſt, il
ne faudroit que conſiderer la conformité
qu'il y a entre les corps Lumineux & ceux
qui ſont Colorez pour ſe laiſſer perſuader à
cette verité. Car toutes les proprietez & toutes les vertus qui ſe trouuent dans les corps
lumineux & tous les effeɕts qu'ils produiſent
à l'eſgard de la veuë, ſe trouuent eſgalement
dans les choſes colorées.

En effeɕt toutes ces Eſpeces viſibles qui
ſortent des objeɕts & qui nous les font voir,
qu'eſt-ce autre choſe qu'vne Lumiere qu'ils
reſpandent hors d'eux comme celle qui ſort
du Soleil & des aſtres ? ne ſont-elles pas
comme elle repreſentatiues de la couleur &
de la figure des corps d'où elles ſortent &
n'en portent-elles pas le charaɕtere entier en
toute l'eſtenduë du diaphane qui les reçoit

*I. Rapport*
*de la lumie*
*re & des*
*eſpeces vi-*
*ſibles.*

& en chacune de ſes parties ? Car c'eſt ce
qu'il ne faut pas oublier à remarquer dans la
Lumiere exterieure & dans ces Eſpeces, que
leur eſſence eſt compoſée de deux vertus differentes, l'vne d'illuminer qui eſt propre à
la clarté, & l'autre de repreſenter qui eſt
commune à toutes les eſpeces ſenſibles : Et
comme c'eſt vn droit qui eſt attaché à l'eſſence, d'eſtre toute entiere dans le tout &
toute entiere dans chaque partie, il ne faut
pas s'eſtonner ſi ces deux vertus qui entrent
dans l'eſſence de la lumiere & des eſpeces viſibles les accompagnent toutes en tout l'eſpace où elles ſont reſpanduës & toutes en chacune de ſes moindres parcelles.

Or il n'eſt pas malaiſé de montrer que la
Lumiere & les Eſpeces viſibles ont eſſentiellement ces deux vertus; par ce que premierement on ne doute point que la lumiere n'illumine, & que les eſpeces ne repreſentent
les objects ; de ſorte que s'il y a quelque difficulté, c'eſt à faire voir que la Lumiere eſt eſſentiellement repreſentatiue & que les Eſpeces illuminent. Mais l'experience nous apprend l'vn & l'autre : Car ſi les rayons du Soleil paſſent par vn trou qui ſoit quarré où

triangulaire, quoy que d'abord ils se confor-
ment à la figure qu'ils r'encontrent dans le passage , ils se reduisent enfin à la figure ronde
pour representer celle qu'a le Soleil. Et de
fait quand il est ecclipsé , où qu'il y a quelque obstacle qui empesche que tout son corps
ne responde à l'ouuerture du trou, ses rayons
ne prennent plus en y passant cette figure
ronde , mais celle qu'il paroist auoir en cet
estat ; tout de mesme qu'il arriue à la clarté
de la Lune qui passe par le mesme endroit,
prenant la figure ronde où couppée en demy cercle selon que la Lune est pleine où
en son croissant: Ce qui est vne marque euidente que la Lumiere est comme les Especes
visibles essentiellement representatiue de la
couleur & de la figure des corps d'où elle
decoule , & qu'elle en porte l'image entiere en toute sa circonference & en chacune
de ses parties.

Quant à la vertu d'illuminer qu'ont les Especes visibles, outre qu'elle paroist assez dans
la Blancheur qui éclaire les lieux sombres,
dans la flamme qui sort de l'escarlatte & qui
rougit tout ce qui est contre elle , EN VN MOT
dans toutes les Couleurs hautes & voyantes

qui communiquent leur esclat à toutes les
choses qui leur sont voisines ; c'est vne chose
certaine que si on est en vn lieu fort obscur,
on verra mieux vn object pourueu qu'il soit
éclairé, que si la clarté s'estendoit iusques aux
yeux ; ET si l'on regarde quelque chose à trauers vn long tuyau, ce que l'on en verra pa-
roistra plus clair & plus net que ce que la
veuë toute libre en peut faire voir. Or si ce
que toute la Philosophie asseure est veritable,
qu'il faille que tout le milieu soit illuminé
pour appercevoir les objects, il s'ensuit qu'en
ces rencontres où il n'y a que les especes visibles qui passent par le milieu, ce sont elles
seules aussi qui l'illuminent & qui luy donnent cette disposition qui est requise à la
veuë.

Voila donc la premiere conformité qui se
trouue entre la Lumiere & les Especes visibles, qu'elles illuminent toutes deux , &
qu'elles sont representatiues de la couleur &
de la figure des corps d'où elles decoulent.

Mais il y en a vne autre qui marque encore plus precisement l'identite de leur nature,
par ce qu'elle est fondée sur vn priuilege qui

*II. Rapport de la lumie-
re & des es-
peces.*

I iij

leur eſt particulier & qui ne ſe trouue en aucune autre choſe : c'eſt qu'encore que tous
les accidens prennent leur vnité du ſubjet qui
les ſouſtient & qu'ils ſe multiplient à meſure
qu'il ſe multiplie ; il n'en va pas ainſi de la
Lumiere & des Eſpeces viſibles qui ne ſuiuent
pas le nombre des ſubjects où elles ſont re-
ceuës, mais celuy des principes d'où elles
partent : Car autant qu'il y a de corps lumineux qui eſclairent en vn endroit , autant y
a-t'il de lumieres differentes qui ne ſe confondent point l'vne auec l'autre & qui, bien
qu'elles s'vniſſent enſemble pour produire vne
plus grande clarté , demeurent neanmoins
diſtinctes entre elles & ſe peuuent ſeparer
ſans ſouffrir aucune diminution où alteration. Cela paroiſt euidemment en oppoſant
vn corps à pluſieurs chandelles poſées en diuers lieux , car il fera autant d'ombres differentes qu'il y aura de chandelles ; Et ſi elles
eſclairent vne muraille en ſorte que toutes
leurs lumieres ſoient reünies ſur elle , ſi on
vient à y faire vn trou pour les faire paſſer
dans vn lieu obſcur , toutes ces lumieres ſe
diuiſent & chacune enuoye ſes rayons ſepa-
rement qui reſpondent en droite ligne à la

chandelle d'où ils procedent. Toute la mefme chofe fe fait dans les efpeces vifibles, & hors d'elles il n'y a peut-eftre aucun accident dans la nature qui ait ce priuilege.

Elles en ont encore vn autre à l'efgard des qualitez fenfibles; car il n'y en a pas vne qui foit fi vnie à fon principe qu'elles font au leur; elles ne s'en peuuent feparer fans fe perdre & ne fçauroient eftre vn moment priuées de fon influence qu'elles ne periffent tout à fait : oftez le corps lumineux où l'object coloré, il n'y à plus de clarté n'y d'efpeces vifibles dans le milieu où elles eftoient auparauant refpanduës. Mais il n'en va pas ainfi des autres qualitez fenfibles; car le fon fubfifte quelque temps apres le coup qui l'a caufé, l'efpece de l'odeur féjourne dans l'air quoy que l'on ofte le corps odorant, & la chaleur fe conferue apres que le feu eft efteint. La lumiere & les Images ont donc cela de commun entre elles & de particulier à l'efgard des autres efpeces fenfibles, qu'elles font inceffamment vniës à leur principe & qu'elles ne fubfiftent que par l'irradiation & l'influence continuelle qu'il leur depart.

*III. Rapport de la lumiere & des efpeces.*

Enfin ces Images demandent la mesme disposition dans le milieu par où elles passent qui fait la Lumiere; elles le trauersent comme elle en vn moment & en droictes lignes; et si elles rencontrent vn corps opaque elles s'y reflechissent comme elle à angles esgaux; leur refraction se fait comme la sienne en s'approchant de la ligne perpendiculaire quand elles passent d'vn milieu rare en vn plus espais, où s'en esloignant quand c'est d'vn plus espais en vn plus rare. Que diray-je dauantage? elles prennent les mesmes Couleurs dont la lumiere se teint dans les verres pleins d'eau & dans les triangles de chrystal. Et apres vne si iuste & si exacte ressemblance, pourra-t'on douter que ces Especes ne soient pas des Lumieres qui decoulent des objects; et que les Couleurs fixes ne soient pas aussi des lumieres interieures qui respandent ces especes comme autant de rayons & qui doiuent estre à tous les corps ce que la Lumiere est aux astres & aux autres corps lumineux?

Certainement puis que toutes les autres
                                        qualitez

qualitez fenfibles fe partagent inefgalement & qu'apres les premiers fubjects qui les pof-fedent toutes entieres, il y en a d'autres qui n'en ont que des portions ; pourquoy n'en fera-t'il pas ainfi de la Lumiere ? pourquoy ne fe trouuera-t'elle pas en quelque corps auec toute l'eftenduë de fes degrez & de fa vertu, & en d'autres auec diminution & affoibliffe-ment ? tout de mefme qu'il y en a qui ont la chaleur au fupreme degré & d'autres qui ne l'ont naturellement qu'au fixiefme où à vne autre femblable mefure. Il eft donc de l'or-dre de la nature que comme la Lumiere eft dans les aftres & dans les autres corps lumi-neux en toute fa plenitude, elle fe trouue aux autres diuerfement partagée & affoiblie ; et par ce qu'il n'y a rien qui ait tant de rapport auec elle que les Couleurs, il n'y ait rien auf-fi que les Couleurs où ce different partage fe rencontre. De forte que le Rouge & le verd qui font fixes & adherens aux corps, font des Lumieres qui leur font autant inte-rieures que la clarté l'eft au Soleil & aux e-ftoiles : et comme on peut dire de ces efpe-ces de couleurs, quand elles paroiffent dans l'Iris, que ce font de certaines portions de la

K

Lumiere exterieure qui s'eſt diminuée iuſques à telle & telle meſure par les diuerſes
refractions & reflexions qu'elle a ſouffertes;
auſſi quand elles ſont Fixes & permanentes
on doit croire que ce ſont des Lumieres interieures que les corps ont dans les meſmes
degrez qui ſe trouuent en celles-là ; la nature & la diſpoſition de ces ſubjects là n'eſtant
pas capables d'en auoir dauantage & faiſant
le meſme effect que le mouuement des rayons
cauſe dans les Apparentes.

*La Lumiere interieure & exterieure ſont de meſ- me eſpece.*　　La difficulté qui pourroit naiſtre icy , ſeroit que puis que les Couleurs fixes & les ap-
parentes ſont de meſme eſpece comme nous
auons monſtré , & que celles-là ſont des Lumieres interieures & celle-cy des Lumieres
exterieures, il faudroit auſſi que la Lumiere
Interieure & l'Exterieure fuſſent de meſme
eſpece, quoy que ce ſoit vne choſe aſſez dou-
teuſe & qui n'eſt pas encore bien decidée
dans les Eſcholes. Mais pourquoy voudroit-
on douter d'vne verité ſi claire & que l'on
ne peut conteſter ſans combattre la raiſon &
le ſens ; car il eſt conſtant que la Lumiere
Exterieure eſt l'effect de la Lumiere Interieu-

re ; ɛt puis que l'effect est toufiours femblable à fa caufe s'il n'y a quelque empefchement , il faut que la Lumiere qui eſt la plus
actiue de toutes les chofes fenfibles & qui
n'a rien qui luy foit contraire, produife fon effect parfaitement femblable a elle-mefme.
Quoy ! fi la chaleur qui eſt bien moins noble
& moins agiſſante qu'elle, en produit vne autre qui n'eſt pas de differente efpece ? fi la
vertu magnetique qui eſt dans l'aymant &
celle qu'il communique au fer font vne mefme chofe : pourquoy la Lumiere qui eſt dans
le corps lumineux fera-t'elle d'vne autre nature que celle qu'il jette dans l'air ? Mais il ne
faut point en cecy d'autres juges que les yeux
qui ne reconnoiſſent aucune difference entre
la clarté du Soleil & celle des planettes quant
à la nature de la lumiere : Car puis qu'il eſt
conſtant que la lumiere des planettes n'eſt
autre que celle que le Soleil leur communique, comme tous les Aſtronomes en font d'accord, c'eſt vne confequence neceſſaire qu'au
jugement des yeux la lumiere qui eſt interieure au Soleil eſt de mefme nature que celle qui refpand hors de foy. Et il n'importe
que la clarté du Soleil foit trop grande en

K ij

comparaifon de celle des planettes pour en
tirer cette confequence ; car outre que cela
ne fait point diuerfité d'efpece , il y a des
planettes qui font à proportion auffi grandes
au refpect de quelques eftoilles fixes : Quoy
qu'il foit certain que la Lumiere de ces eftoilles leur eft effentielle & que celle des planettes n'eft qu'eftrangere ; qui font des differences purement accidentelles comme toute la
Philofophie enfeigne. Il faut donc conclure , que la Lumiere Interieure & Exterieure
font de mefme efpece , tout de mefme que
les Couleurs fixes & les apparentes le font
entre-elles.

*Pourquoy*
*les Couleurs*
*ne fe voyent*
*pointdurant*
*la nuict.*

Mais fi les Couleurs Fixes font des Lumieres qui ne dependent point des autres corps
lumineux , pourquoy ne fe peuuent-elles
voir d'elles-mefmes fans l'ayde de la Lumiere exterieure ? pourquoy font elles inuifibles
durant la nuict ? et pourquoy faut il qu'elles
foient efclairées pour fe prefenter à nos yeux?
et ce qui augmente la difficulté , c'eft que
l'obfcurité & les tenebres font des priuations qui n'ont point d'action & qui ne donnent aucun empefchement à la lumiere pour

petite qu'elle foit , non plus que le filence
n'empefche point que le moindre bruit ne fe
puiffe entendre ; de forte que fi les Couleurs
font des Lumieres , il n'y a point de raifon
pourquoy elles ne fe puiffent voir durant la
nuict quelques affoiblies qu'elles puiffent
eftre. Tout au contraire puis qu'vne grande
lumiere abforbe & engloutift celle qui eft
foible , il faudroit que les Couleurs ne paruffent point au grand jour, fi ce font des lumieres affoiblies & diminuées.

Pour refoudre ces grandes difficultez, il faut
premierement fe refouuenir qu'il y a deux
chofes a confiderer dans toute forte de Lumieres Interieures ; a fçauoir leur réelle Exi-
ftence dans les corps & l'Effufion de leur
image dans le milieu : la premiere eft la caufe principale & originelle de ce qu'elles font
vifibles ; la feconde n'eft qu'vne condition
pour les rendre vifibles. Car fi la veuë fe faifoit par vne application immediate du fens à
l'object comme le gouft & le toucher , la
Lumiere fe feroit voir par elle-mefme fans
qu'il fuft befoin qu'elle refpandift fon image
dans le milieu , ayant en foy le principe & la

K iij

source de la visibilité s'il est permis de parler ainsi. Or par ce que cette Effusion d'images est vne action qui est proportionnée à la force qui se trouue en sa cause, elle est grande où petite où manque tout a fait, selon que la lumiere interieure est plus forte ou plus foible; et celle-cy comme toutes les autres qualitez sensibles est plus forte où plus foible, selon qu'elle a plus où moins de degrez, où selon qu'elle est plus où moins reünie & ramassée.

Cela presupposé, il n'y a point de doute que les Couleurs qui ont toutes de tres-petites portions de Lumiere, laquelle mesme est esparse & des-vnie par le meslange des corps qui luy sont ennemys comme nous montrerons; il n'y a pas dif-je lieu de douter que ce ne soient des causes tres-foibles pour agir & qu'il faut necessairement dans la foiblesse où elles sont qu'elles soient sans effect, où si elles en ont quelqu'vn, il soit imperceptible. En vn mot si on en excepte la blancheur qui se fait voir quelque peu dans les Tenebres, il n'y en a pas vne qui produise son image sans le secours de la Lumiere exterieure, où si elle la produit, elle n'est pas assez forte pour

toucher le fens. Car il n'eft pas peut-eftre
impoffible que durant la nuict il n'y ait dans
l'air quelques-vnes de ces Images, puis qu'il
y en a le jour qui font refpanduës iufques
fur nos yeux fans nous en faire voir les objects; ET que durant la nuict la clarté de quelques eftoilles, quoy qu'elle vienne iufques
à nous n'eft pas vifible fi on ne la reünit par
le moyen des lunettes d'approche. Apres
tout les animaux qui voyent de nuict fortifient merueilleufement cette conjecture, car
bien qu'il y ait beaucoup de lumiere dans
leurs yeux, elle ne femble pas neantmoins
affez forte pour fe porter efficacement fur
toutes les chofes qu'ils voyent dans l'obfcurité & pour en tirer les Images toutes feule;
mais il faut qu'elles foient refpanduës dans
l'air & qu'elles foient fortifiées par cette lumiere qui leur eft interieure.

Quoy qu'il en foit la verité que nous venons d'eftablir fe peut confirmer par l'exemple des autres qualitez fenfibles, qui fe trouuent fi foibles qu'elles ne fe peuuent faire fen-
tir fi elles ne font fortifiées & excitées par
quelque caufe externe; ne voyons nous pas
que la chaleur naturelle, qui quelquefois eft à

demy - efteinte & qui alors n'a aucun
mouuement ny aucune action , fe r'allume
par la chaleur du feu où d'vn autre corps
eftranger & reprend ainfi fes fonctions
accouftumées. Il en eft de mefme de la Lumiere des Couleurs , elle y eft en fi petite
quantité qu'elle n'a pas la force de luire
toute feule, elle y eft comme efteinte, & fi
celle des aftres ne la vient r'allumer elle ne produit point ces flammes qui felon la penfée
de Platon decoulent des corps & qui les
rendent vifibles. Comme elles font dont toutes deux de mefme nature, il ne faut pas s'e-
ftonner fi celle du Soleil s'vniffant auec elle,
l'augmente, la fortifie & la met en eftat d'a-
gir : Et l'on peut dire qu'elle fait fur toutes
les Couleurs le mefme effect que nous remarquons quand elle paffe au trauers des vitres colorées ; car comme elle fe charge de
la teinture qu'elles ont & la jette fur les murailles voifines; auffi venant à tomber fur les
Couleurs qui font dans les corps opaques,
en fe reflechiffant elle les emporte auec foy
dans l'air & les y refpand plus ou moins felon la force de fes rayons où felon la quantité de lumiere dont elles font pourueuës :

car

car c'eft vne chofe certaine que les viues &
efclatantes qui en ont dauantage, eftendent
plus loing leurs efpeces que les brunes & les
terniës.

Mais ie dis bien dauantage, comme ces
Images ne fortent pas de la fimple & derniere furface qui enuironne les corps,& qu'vne
partie vient de la profondeur qui fe trouue
foubs elle ; puis qu'il n'y a point de corps fi
opaque qui n'ait vn peu de tranfparence comme dit Ariftote, & que c'eft la raifon pour laquelle on met diuerfes couches d'vne mefme couleur pour la rendre plus forte : Il y a
grande apparence que tout de mefme que la
chaleur ouure les pores des corps odorans
& donne paffage à l'odeur qui y eft enfer-
mée ; la lumiere auffi penetre les corps &
donne iffuë à ces Images qui font retenuës
foubs la maffe de leurs parties & qui n'ont
pas la force de les percer ; comme il arriue
à la lumiere mefme des aftres qui eft fouuent
arreftée par l'efpaiffeur de l'air & des nuages.

Concluons donc que les Couleurs ne fe
voyent point durant la nuiɗ par ce qu'elles
ont vne lumiere fi foible qu'elle n'a pas le

L

pouuoir de produire ny de refpandre dans
l'air l'image qui eft neceffaire pour les rendre vifibles ; ET que ce defaut ne vient point
des tenebres & de l'obfcurité qui les terniffe
& les efface , mais de leur propre foibleffe
qui les empefche d'agir.

*Pourquoy les Couleurs fe voyent de iour.*   Il faut maintenant examiner pourquoy elles fe voyent durant le iour, nonobftant que
ce foient des Lumieres affoiblies , qui deuroient eftre abforbées comme celle des
eftoilles par la clarté du Soleil : Car il ne faut
pas s'arrefter à la confequence que l'on tire
que par cette raifon ces Couleurs ne peuuent
pas eftre des Lumieres;puis que tout le monde eft d'accord que les Couleurs apparentes
ne font autre chofe que des lumieres modifiées & affoibliës , lefquelles neantmoins fe
font voir au grand iour & en la prefence d'v-
ne plus grande lumiere : de forte qu'il faut
fuppofer cette verité comme indubitable &
confirmée par l'experience & en chercher
feulement la caufe.

On pourroit donc dire en vn mot que la
Lumiere du Soleil & celle des Couleurs font
de differente efpece , ET que les grandes Lu-

mieres n'offufquent les petites que lors qu'elles font de mefme efpece, telles que font fans doute celles du Soleil & des aftres. Mais cela ne leue pas tout à fait la difficulté, par ce que fi les Couleurs ne font que des Lumieres affoibliës, elles ne different de celle des corps lumineux que par le plus & le moins de Lumiere qu'elles ont : or cela ne caufe point de differences effentielles ny par confequent de diuerfes efpeces.

De dire auffi que cette diuerfité vienne de l'Opacité qui fe mefle auec la Lumiere, & que la Couleur foit vne Lumiere opaque comme c'eft le fentiment le plus commun de la Philofophie : Il y a mille raifons qui rendent cette opinion fufpecte. Premierement où l'Opacité eft quelque chofe de vifible ou non : fi elle n'eft pas vifible, elle ne peut alterer ce qui eft vifible ; et quoy qu'elle fuft tenebreufe, les tenebres ne fe pûuent mefler auec la Lumiere n'y l'affoiblir en aucune forte comme nous auons montré. Que fi elle eft vifible, il faut qu'elle ait quelque portion de Lumiere, & en ce cas le mefme inconuenient que nous venons de marquer fe ren-

*La lumiere ne fe mefle point auec l'Opacité.*

L ij

contrera; car elle ne fera differente de la Lumiere des corps lumineux que par le plus & le moins , & en quelque façon qu'elles fe meflent l'vne auec l'autre , elles ne produiront iamais rien de differente efpece.

En fecond lieu il n'y a aucune opacité dans les Couleurs apparentes, puis qu'elles fe font de la Lumiere qui s'eft veritablement affoiblie, mais qui demeure toute pure fans fe charger d'aucune chofe eftrangere : Et il ne fert rien de dire qu'en paffant au trauers d'vn milieu plus denfe & plus efpais elle s'infecte & fe charge de l'opacité quelle y rencontre & forme par ce meflange toutes les Couleurs que nous voyons dans les Iris. Car outre que la denfité n'eft pas toufiours accompagnée de l'opacité & qu'il y a des corps denfes qui ne font point opaques ; il eft certain que la Lumiere qui trauerfe ces corps là à plomb & en ligne perpendiculaire ne fe charge point de leurs qualitez & ne fe change en aucune couleur ; bien qu'elle le deuft pluftoft faire que quand elle les trauerfe obliquement. comme eftant alors plus forte ; tout de mefme qu'en paffant au trauers des vitres colorées elle emporte auec foy dauantage de la couleur qu'elle y trouue, que lors qu'elle eſt plus foible.

Daillieurs les triangles qui ſont faits d'vn verre plus obſcur & plus opaque ne forment point d'autres eſpeces de couleurs que ceux qui ſont faits d'vn chryſtal le plus pur & le plus tranſparent qui ſe puiſſe trouuer; ce n'eſt donc pas le meſlange de l'Opacité auec la Lumiere qui produit les Couleurs puis qu'il y a diuers degrez d'Opacité dans ces triangles ſans qu'il ſe face aucun changement dans l'eſpece des Couleurs.

Enfin les Images de tous les objects qui ſont dans l'eau ne ſe laiſſent point infecter de l'Opacité qu'elle a ; ET quoy qu'elles la trauerſent à plomb où de biais , elles ne prennent aucune couleur comme elles font en paſſant par les triangles qui ſouuent ſont moins opaques qu'elle. Ioint que ſi elles la trauerſent en ſortant d'vn milieu plus rare, elles prennent les Couleurs de l'Iris, bien que ſon opacité ſoit la meſme & qu'il n'y ait point de raiſon pourquoy elle les doiue alterer pluſtoſt en ce dernier paſſage qu'elle a fait au premier.

Que s'il faut deſcendre iuſques aux Cou-

leurs fixes qui font attachées à la matiere &
comme enfeueliës dans la maffe des chofes
corporelles ; quels doutes ne donneront-elles
pas de la verité de ce meflangé ? n'y a-t'il pas
des corps qui ont vne mefme opacité où l'on
voit des Couleurs toutes contraires comme
les marbres ? ne s'en trouue-t'il pas qui en ont
moins, comme les pierres precieufes qui font
tranfparentes, lefquelles ont les mefmes couleurs que celles qui font tout à fait opaques ?
au contraire ne s'en voit-il pas qui ont dauantage d'opacité comme les metaux , dont
les couleurs font plus hautes & plus claires ?
car il n'y à gueres de chofes fi denfes ny fi
opaques que l'or & le vif-argent , qui pourtant ont des teintures qui ne font point proportionnées à la mefure de ces qualitez-là.

Pour fortir de cet embaras & fans mettre
en queftion fi la Lumiere & les Couleurs font
de differente efpece, & fi le plus & le moins
peuuent caufer cette diuerfité ; il y a deux
chofes qui peuuent refoudre la difficulté propofée. La premiere que les Couleurs eftant des
Lumieres qui à caufe de leur foibleffe ne fe
peuuent voir que dans vne petite diftance,

il n'y a point de si grande clarté qui puisse
empescher l'œil de les discerner ; et si les
estoilles estoient proches de nous quoy qu'elles fussent aussi petites qu'elles nous paroissent,
elles se laisseroient voir comme elles en plein
iour, de la mesme façon qu'on y void la
flamme des chandelles quand elles ne sont
pas fort esloignées. A quoy il faut adjouster
que la figure & les autres accidens sensibles
qui accompagnent les Couleurs aydent beaucoup au discernement que le sens en fait.

La deuxiesme & qui est la plus considerable, est que quand il n'y auroit aucune diuersité d'espece entre la Lumiere & les Couleurs
considerées en elles-mesmes, il s'y en trouue neantmoins en quelque façon à l'esgard
du sens qui est diuersement touché & esmeu
par elles. Car comme vne tres-violente chaleur n'est pas de differente espece auec celle
qui est moderée, si on les considere en elles-
mesmes & comme qualitez qui sont d'vn mesme ordre; et neantmoins par ce qu'elles alterent diuersement l'animal & qu'elles y forment la maladie & la santé qui sont des accidens de diuerse & contraire nature , c'est
auec raison qu'on les met toutes deux soubs

deux differentes efpeces : Auffi les Couleurs
ne font pas peut-eftre de differente efpece les
vnes auec les autres, ny mefme auec la clarté
du Soleil fi on ne regarde que le differend
partage de Lumiere qui s'y trouue ; mais parce que ce partage fait diuerfes Impreffions
dans l'ame, on peut dire qu'en cet efgard elles font de differente efpece, où du moins
que cela fuffit pour faire que le fens les diftin-
gue les vnes des autres. Or la principale & la
plus confiderable Impreffion qui fe faffe en
ces rencontres vient de la proportion où dif-
proportion que ces objets ont auec le fens;
par ce qu'alors ils luy paroiffent agreables ou
des-agreables. Et cela fait vne difference fi
notable entre eux, que le fens ne fçauroit
manquer à la reconnoiftre quand bien daillieurs ils feroient de mefme efpece, où quand
leur nature mefme feroit tout à fait incon-
nuë. En effect nous ne difcernons prefque
les odeurs que par ces deux differentes conditions, & fans en connoiftre les veritables
efpeces nous fommes reduits à celles qui fe
tirent de l'agreement où de l'auerfion qu'elles caufent dans l'ame, n'en ayant point
d'autre exacte connoiffance finon que les
                                    vnes

vnes font fuaûes & agreables & les autres
mauuaifes & fafcheufes ; toutes les autres differences eftant prifes des fubjects où elles fe
trouuent lefquelles ne font point effentielles
à l'Odeur. Et peut-eftre que la mefme chofe
arriue dans tous les autres objects fenfibles ;
car le Son qui nous eft le plus connu de tous
comme nous montrerons cy-apres, ne nous
donne prefque point d'autres differences que
celles qui font les harmonies & les difcordances, c'eft à dire qui font proportionnées où
difproportionnées au fens ; En vn mot qui
font agreables ou des-agreables. Mais cela
paroiftra plus exactement dans l'Article où
nous chercherons la mefure & la quantité
de Lumiere qui entre dans toutes les Couleurs.

---

*D'où vient le different partage de Lumiere qui*
*fe trouue dans toutes les Couleurs.*

ARTICLE SEPTIESME.

AVant que d'entrer en vne recherche fi
profonde & fi difficile, il eft bon de

M

ramaffer icy nos forces & de r'appeller les principales conclufions que nous auons tirées des raifonnemens precedens, afin de voir le chemin que nous auons fait & prendre nos mefures pour celuy que nous auons encore à faire.

Nous auons donc montré que les Couleurs Apparentes font des Lumieres Exterieures qui decoulent du Soleil & des autres corps lumineux:Que celles qui font Fixes font auffi des Lumieres, mais des Lumieres Interieures qui ne dependent point de ces corps-là & qui neantmoins produifent comme eux de fecondes clartez qui font leurs Images & que nous appellons Efpeces vifibles : Qu'enfin la Lumiere Exterieure eftant de mefme nature que celle qui eft Interieure, il faut par neceffité que les Couleurs Fixes & les Apparentes qui fe formeut de ces deux fortes de Lumiere, foient auffi de mefme nature. Et c'eft là le progrez que nons auons fait iufques icy: Tafchons maintenant de paffer plus outre.

S'il eft donc vray que les Couleurs Fixes & les Apparentes font de mefme nature, il faut qu'il y ait vn mefme principe qui en faffe toutes les differences & qu'elles ayent quel-

que chofe de commun d'où chacune de leurs
efpeces tire fon origine ; de forte que fi le
verd de l'Iris confifte dans tel partage & telle modification de Lumiere , il faut que le
mefme partage & la mefme modification de
Lumiere fe trouue dans le verd des efmeraudes & des autres chofes qui ont cette couleur;
puis que ces deux fortes de verd font de mefme efpece & de mefme nature comme nous
auons montré.

Mais auant que de determiner quel eft le
partage & la modification qui fait chaque efpece de couleur, il faut chercher les caufes
qui peuuent modifier la Lumiere & voir s'il
y en a qui foient communes aux Couleurs Fixes & aux Apparentes , ou s'il n'y en a que
de propres & de particulieres à chacune d'elles.

A ce deffein ie prefuppofe comme vne verité qui n'a befoin d'aucune preuue & qui eft
euidente au fens. Que fi les Couleurs font des
Lumieres , ce font des Lumieres affoiblies &
diminuées ; par ce que les yeux nous apprennent qu'elles ne font pas fi fortes que celle
qui paroift dans les corps lumineux , puis
qu'elles n'illuminent pas fi parfaitement que

celle-cy & qu'elles ne peuuent eſtre apperceuës ſans ſon ſecours.

Il faut neantmoins remarquer que toute
ſorte d'affoibliſſement dans la Lumiere ne produit pas les Couleurs. Car celle qui eſt petite ou fort eſloignée, eſclaire moins qu'vne
plus grande ou vne plus proche ; mais elle ne
forme aucune diuerſité de couleurs par cette
diminution : Au contraire celle qui trauerſe
les triangles ou les verres pleins d'eau, eſt ſouuent plus eſclatante & eſclaire dauantage qu'v-
ne autre qui ſera toute pure ; ET neantmoins
elle ſe colore & non pas celle-cy. De ſorte
qu'il faut croire que comme la Lumiere ne
peut paſſer en couleur que ſa nature ne ſoit
en quelque façon alterée, l'affoibliſſement qui
cauſe cette alteration doit eſtre interieur &
aller iuſques à la vertu eſſentielle de la lumiere ; ET que tous les autres ne ſont qu'exterieurs, eſtrangers & accidentels comme dit
l'Eſchole. Nous deuons donc parler du premier, chercher en quoy il conſiſte & quelles en peuuent eſtre les cauſes.

I'adjouſte encore à cet aduis qu'il ne faut
pas confondre les mots *d'obſcurité*, *d'opacité*,
de *denſité* & de *dureté* comme quelques-vns

ont fait. Car il y a des chofes obfcures qui
ne font pas opaques , comme l'air durant la
nuiᵈt ; il y en a aufli qui font opaques fans
eftre denfes , comme les vapeurs ; ᴇт de denfes
qui ne font ny obfcures ny opaques , comme
le chryftal , ny dures comme le vif-argent.
Aufli font - ce des qualitez qui font toutes
de differente nature : car l'Obfcurité n'eft autre chofe qu'vne priuation de clarté ; l'Opacité empefche le paffage de la lumiere ; ʟᴀ
Denfité a beaucoup de matiere en peu d'efpace ; & la Dureté refifte au toucher. ᴍais elles ne font pas oppofées les vnes aux autres,
puis qu'il fe trouue des chofes qui font obfcures, opaques , denfes & dures tout enfemble : Chacune en particulier a fon contraire
qui n'eft point au nombre de toutes ces qualitez , car l'Obfcurité eft oppofée à la clarté,
l'Opacité à la tranfparence , la Denfité à la
rareté , & la Dureté à la molleffe.

Il faut encore remarquer qu'on fe fert fouuent du mot , *Efpais*, pour celuy de *Denfe* ,
quoy qu'il ait d'autres fignifications ; car il fe
prend aufli pour *Profond* , comme quand on
dit que telle chofe à deux doigts ou deux
pieds d'efpais ; Quelquefois il fignifie la mef-

me chofe que *Craſſe* ou *Groſſier* & eſt oppoſé
au *Subtil* : quoy qu'il en ſoit, nous nous ſerui-
rons ordinairement des deux premieres ſi-
gnifications.

Apres cela qui voudra conſiderer toutes
les cauſes qui peuuent affoiblir la lumiere,
n'en trouuera point qui ſoient communes aux
Couleurs fixes & aux apparentes que l'Obſcurité & l'Opacité; par ce que tous les corps
qui alterent la lumiere dans les Couleurs apparentes ſemblent auoir des parties obſcures
& opaques comme ceux auſquels les Couleurs ſont naturelles. Auſſi y a-t'il eu de tout
temps deux partis dans l'eſchole pour ce ſubject, les vns voulant que l'Obſcurité ſe meſle
auec la Lumiere ; les autres que c'eſt l'Opacité ; et que par l'vn ou l'autre de ces deux
meſlanges la Lumiere ſe tempere & s'affoibliſt & cauſe toute la varieté des Couleurs.

Mais comme nous auons cy-deuant deſtruit ces deux opinions, ayant montré non
ſeulement que la Lumiere ne ſe meſle iamais
auec l'Obſcurité ny auec l'Opacité, & que
quand meſme cela ſe pourroit faire, il ne s'en
produiroit aucune eſpece de couleur ; mais

encore que l'Opacité ne se trouue pas tous-
jours dans la naissance des Couleurs Apparentes , & que par consequent ce ne peut estre
vne cause commune à ces deux genres de
couleurs. Il faut se reduire à chercher celles
qui sont propres & particulieres à chacune
d'elles. Commençons donc par les Apparentes qui semblent en ce point estre plus faciles à connoistre que les fixes.

*Quelles sont les causes qui affoiblissent la Lumie-*
*re dans les Couleurs Apparentes.*

### ARTICLE HVICTIESME.

TOutes les causes qui peuuent affoiblir
la Lumiere dans les Couleurs Apparentes
se peuuent reduire à deux en general, l'vne
qui se trouue dans la lumiere mesme, & l'autre qui se trouue dans les corps qui la reçoiuent. La premiere consiste dans le mouuement des rayons, qui au lieu d'aller en droite ligne iusques ou leur vertu se peut estendre, se replient à la rencontre d'vn corps qui
les arreste, ou le trauersent en biaisant s'il

leur donne paſſage. Le premier de ces mouuemens s'appelle *Reflexion* ou repercuſſion ,
qui ſe fait ſur les corps opaques leſquels ren-
uoyent les rayons vers le lieu d'où ils partent;
l'autre ſe nomme *Refraction* & ſe fait quand la
lumiere paſſe par deux diuers diaphanes dont
l'vn eſt plus rare ou plus denſe que l'autre :
car au lieu de les trauerſer de droit fil , elle
ſe detourne vn peu & fait vn angle qui luy
fait perdre la rectitude qu'elle euſt gardée ſans
cet obſtacle. Or on ne peut douter que la Lumiere ne s'affoibliſſe par ces deux mouuemens,
puis que les raïons reflechis&rompus ſont plus
foibles que les droits, comme l'Optique en-
ſeïgne ; ᴇᴛ que nous experimentons que toutes les choſes que repreſentent les miroirs &
celles que nous voyons à trauers l'eau , le verre & autres corps de ſemblable nature, nous
paroiſſent moins nettes & plus obſcures qu'elles ne ſont en effect ; ᴇᴛ que ſouuent les
rayons ſe changent par ce moyen en couleur
laquelle indubitablement eſt vne lumiere affoiblie.

L'autre cauſe qui ſe trouue dans les corps
qui reçoiuent la lumiere conſiſte dans les qualitez

litez qu'ils ont & qui la peuuent alterer, comme l'Opacité, la Denſité & la Figure; par ce
qu'outre qu'elles cauſent la reflexion & la
refraction de ſes rayons ; ᴇlles ſont capables
de luy imprimer quelque choſe de leur nature groſſiere & materielle & de la rendre par
conſequent moins pure & moins eſclatante :
c'eſt pourquoy tous les objects que l'on void
en l'eau parroiſſent plus grands & plus obſcurs
qu'ils ne ſont en l'air.

Or comme la lumiere ne paſſe pas en couleur pour toute ſorte d'affoibliſſement qui
luy arriue, il faut examiner leſquelles de toutes ces cauſes ont le pouuoir de la diminuer
iuſques à la meſure que la couleur demande.

Premierement on pourroit croire auec
quelques-vns que les Couleurs du triangle
de chryſtal ne procedent que de la diuerſe
Opacité que la figure triangulaire donne à ſes
parties : Car celles qui font les angles eſtant
moins eſpaiſſes , ſont auſſi moins opaques &
la lumiere paſſant à trauers ſe change en Iaune & en Rouge , qui ſont les Couleurs les
plus hautes de toutes ; ᴀu contraire celles qui
ſont vers la baſe du triangle, comme elles ſont

N

plus efpaiffes elles ont auffi plus d'opacité &
forment le Bleu & le Violet qui font les couleurs les plus brunes ; comme celles du milieu produifent le Verd qui eft auffi la couleur qui tient le milieu entre les autres. Ioint
que c'eft le fentiment commun de la Philofophie, que felon que les vapeurs & les nuës
font plus ou moins opaques , elles reprefentent ces diuerfes apparences de Blanc de Iaune de Rouge & de Bleu que l'on remarque
fouuent au leuer & au coucher du Soleil.

D'vn autre cofté , il fe trouue des corps
tranfparens qui ne font point opaques , lefquels neantmoins changent la lumiere en
couleur : Car vn triangle de chryftal le plus
pur & le plus net qu'on puiffe trouuer , fera
paroiftre les mefmes Couleurs que s'il eftoit
d'vn verre plus obfcur ; et on ne peut rapporter cet effect qu'à la Denfité qu'il a laquelle eft caufe de la refraction que les rayons
fouffrent à fa rencontre. Auffi voyons nous
que quand la lumiere paffe d'vn milieu rare
en vn plus efpais, elle fe rompt & prend ainfi
les Couleurs de l'Iris.

La Figure fait auffi toute feule la mefme
chofe. Car fi vn corps denfe & tranfparent

n'eft gueres efpais & qu'il foit vniforme en
toutes fes parties, comme feroit par exemple
vne table de chryftal bien vnie qui n'auroit
pas plus d'vn doigt depaiffeur ; il ne s'y fait
aucune refraction ny aucun changement fenfible dans l'efpece de la lumiere : Mais fi fes
parties font difpofées de telle forte que les
vnes foient tenves, les autres efpaiffes, oubien qu'elles foient boffuës, creufes ou triangulaires, elles font toufiours vne refraction
manifefte & fouuent elles colorent la lumiere : car vn triangle de verre quelque petit
qu'il foit fait paroiftre les Couleurs de l'Iris.
De forte qu'en ces rencontres la Figure eft pluftoft caufe de cette alteration que la denfité
où l'opacité du diaphane.

Quant à la Reflexion, ça efté l'opinion
d'Ariftote qu'elle eftoit caufe des Couleurs
de l'Arcanciel : et quoy que l'optique en ait
fait voir la fauffeté par quantité de raifons &
d'experiences que l'on ne peut contefter ; fi
eft-ce qu'il y a cent autres rencontres où la
Reflexion toute feule change la lumiere en
couleur : Car fi on regarde le Soleil à trauers
des arbres, principalement quand il eft pro-

N ij

che de l'orifon , tous fes rayons paroiffent
teints de rouge de verd & de pourpre , et
on les void fortir d'entre les branches & fe
repandre en forme de pyramide toute peinte
de couleurs de l'Iris.

Or on ne peut rapporter ce changement
qu'à la feule reflexion que fouffrent les
rayons en paffant à trauers tous ces corps.
Car il eft inutile de dire qu'ils fe rompent en
trauerfant les vapeurs qui font alors dans l'air,
puis qu'ils ne paroiffent point colorez aillieurs
quelques vapeurs qu'il y ait : et que la mefme chofe leur arriue quand ils paffent au trauers des plumes & de plufieurs petits poils:
Car fi on les regarde de prés, les vns paroiffent rouges , les autres verds & les autres
violets; le Soleil mefme donnant fur vn feul
fil d'araignée le peint de toutes ces Couleurs;
et ce qui eft de plus eftrange il les fait paroiftre fur la baue que le limaçon laiffe fur fes
traces. Or il n'y a point de caufe de tous ces
effects qui nous foit connuë que la Reflexion.

Et il femble qu'on n'en puiffe douter, fi on
confidere que la lumiere tombant fur des vafes deftain bien polis , fur les nacres de perle,
fur les rayes que l'on fait fur l'argent & fur

les bouteilles qui se font auec l'eau sauonnée, produit la mesme varieté de couleurs; car il semble qu'on ne puisse rapporter cet effet qu'à la reflexion qu'elle souffre sur ces corps-là.

Enfin il y a mille experiences qui nous apprennent que la Refraction est la cause la plus ordinaire des Couleurs apparentes ; ET que toutes les qualitez des corps transparens comme l'opacité, la densité, la figure ne seruiroyent de rien à leur production si elle ne s'y rencontroit.   C'est par elle que les verres plein d'eau & les triangles nous font paroistre les Couleurs de l'Iris sur tous les objects; c'est par elle que les diamans & les gouttes de rosée jettent ces beaux feux qui esclatent aux yeux; c'est enfin par elle que se font les couronnes alentour des astres, l'Arcanciel dans les nuës & tous ces autres Meteores qui sont remarquables par la varieté de leurs couleurs: du moins est-ce l'opinion que tous les sçauans suiuent maintenant en cette matiere.

On pourroit donc conclure de toutes ces obseruations, qu'il n'y a pas vne de toutes les causes que nous auons proposées qui ne soit capable de diminuer la lumiere iufques à la mefure que la couleur demande.

Mais il y a bien des confiderations à faire auant que de pouuoir decider vne chofe fi difficile. En premier lieu ce que l'on a dit des Couleurs du triangle, qu'elles fe diuerfifient felon que la lumiere paffe au trauers des parties plus où moins opaques, n'eft point veritable. Car outre que l'on confond l'Opacité auec la Denfité, les triangles faits d'vn chryftal bien pur & bien net, n'ayant pas leur tranfparence differente de celle de l'air par l'Opacité, mais par la feule denfité ; Il eft certain que la lumiere trauerfe fouuent toute la profondeur du triangle fans fe teindre en couleur ; ET quelque grande qu'en foit l'efpaiffeur, elle ne change point l'efpece des Couleurs qu'vn plus petit & moins efpais fait paroiftre : de forte que fi dans vn grand triangle les rayons qui paffent par la partie qui eft efpaiffe d'vn doigt produifent le Rouge, dans vn plus petit ils feront naiftre le Bleu dans fa bafe qui fera de la mefme efpaiffeur : et par confequent ce n'eft n'y l'Efpaiffeur ny l'Opacité qui font caufe de la diuerfité des Couleurs ; puis que vne mef-

me Espaisseur & vne mesme Opacité en produisent deux differentes especes & qu'au contraire , la mesme couleur se trouue auec l'v-
ne & l'autre en quelque degré quelles puissent estre.

Mais sans insister dauantage sur l'O-
pacité que nous auons excluse cy-deuant de
tout le mesnage des Couleurs , qui voudra
considerer la Densité toute seule, verra que
d'elle-mesme elle ne sert encore de rien à leur
production. Car sans parler des rayons perpendiculaires qui passent au trauers de quelque corps dense que ce soit sans s'alterer ; on
en void qui le penetrent obliquement lesquels se reflechissent auec toute la pureté de
lumiere qu'ils peuuent auoir , comme lors
qu'on void l'image du Soleil dans vne riuiere. Et il ne faut pas dire que la Refraction se
doit joindre auec elle pour former les Couleurs : car si on jette dans l'eau quelque chose de Blanc , & mesme qu'on y fasse descendre vne chandelle allumée , ce que l'on peut
faire dans l'eau de vie , elles paroissent de la
mesme couleur qu'elles ont dans l'air , quelque refraction que leurs Images y puissent
souffrir. Enfin si la Densité contribuoit quel-

que chofe à la forme des Couleurs, il faudroit
qu'elle en changeaft les efpeces felon qu'elle
feroit plus grande ou plus petite; cependant
la lumiere qui paffe à trauers l'eau qui eft
moins denfe que le chryftal & le diamant, produit les mefmes efpeces qu'elle fait en les trauerfant.

Apres tout fi l'on veut prendre garde à ce
que l'Opacité la Denfité & la Figure font pour
les Couleurs, on trouuera qu'elles n'y contribuent rien fi ce n'eft par la reflexion ou par
la refraction qu'elles caufent : Et comme ce
font des qualitez fteriles qui ne produifent iamais rien, elles ne concourent à ces deux
actions que paffiuement, c'eft à dire que ce ne
font pas elles qui reflechiffent & qui rompent
les rayons, mais c'eft la Lumiere mefme qui
fe reflechift & fe rompt à la rencontre des
corps qui ont ces qualitez-là. De forte que
ce ne font que des conditions ou des caufes
fort efloignées de la production des Couleurs
où il ne faut pas s'arrefter ; Et s'il y en a qui
foient confiderables c'eft la Reflexion & la
Refraction.

Auffi à les bien confiderer ce font les feules caufes qui à mon aduis peuuent alterer in-
                                        terieurement

terieurement la lumiere: Car comme sa nature est d'aller en droictes lignes, il n'y a que la Reflexion & la Refraction qui luy fassent perdre cette rectitude : Et cette rectitude luy est tellement essentielle, qu'outre qu'elle ne la peut perdre sans s'affoiblir comme l'experience nous apprend , elle ne peut iamais reparer la perte qu'elle y souffre comme elle fait dans ses autres Affoiblissemens. Car i'en conçois de deux sortes : Le Premier dont nous venons de parler, quand les rayons perdent leur rectitude : L'autre, quand ils se des-vnissent & se separent les vns d'auec les autres : Et ce dernier se fait en deux façons, à sçauoir quand les rayons s'esloignent de leur source, & quand ils passent à trauers quelque corps opaque. D'autant que le corps lumineux estant le centre d'où ils partent & alentour duquel ils se respandent en forme spherique , il faut qu'ils soient fort serrez & fort vnis quand ils en sont proches, & qu'a mesure qu'ils s'en esloignent, ils se separent & se des-vnissent de plus en plus. Il en est de mesme quand ils trauersent quelque corps opaque, par ce que l'Affoiblissement qui leur arriue ne vient que de leur des-vnion , la pluspart ne le pouuant trauerser

*Il y a deux sortes d'affoiblissement dans la lumiere.*

O

ſoit par ce qu'ils ſont plus foibles, ſoit par ce
qu'ils ſont plus groſſiers comme nous montrerons cy-apres ; ET les autres qui ſe font paſſage ſe trouuent ainſi ſeparez des premiers. Or
en quelque ſorte qu'ils ſe des-vniſſent, on peut
les r'aſſembler & les rendre auſſi clairs qu'ils
eſtoient auparauant, ſoit par les miroirs concaues ou par quelque autre corps qui ait la
meſme vertu : Mais il n'en va pas ainſi quand
ils ont perdu leur rectitude, il n'y a plus de
moyen de leur redonner la force qu'ils ont
perduë & paſſant en couleur ils perdent la
pureté qu'ils auoient qu'on ne peut plus re-
ſtablir.

On peut donc dire que cet Affoibliſſement
eſt interieur & eſſentiel & que la Lumiere
ſouffre alteration en ſa nature & diminution dans ſa vertu ; mais quand les rayons ſe
des-vniſſent elle paroiſt bien plus foible, mais
cet Affoibliſſement eſt exterieur & ne touche point ſa vertu interieure qui ne ſouffre
aucune diminution en elle-meſme.

Ie ne parle point de l'Affoibliſſement qui
luy peut ſuruenir par le progrez qu'elle fait
en s'eſloignant de ſon principe, tel qu'il arriue aux autres qualitez ſenſibles ; par ce que

ie tiens pour certain & le pourrois prouuer
par quantité de raiſons, que le rayon conſerue
toute ſa vertu & porte ſa clarté toute entiere,
iuſques à la derniere extremité qui le termine, & s'il paroiſt plus foible c'eſt pour les
cauſes que nous auons apportées.

Il n'y a donc que la Reflexion & la Refraction qui puiſſent changer la Lumiere en Couleur ; par ce qu'il n'y a qu'elles qui puiſſent,
alterer ſa nature, & qu'il faut qu'elle change,
en quelque façon de nature pour paſſer en,
cette qualité.

Mais certes quelques experiences qu'elles
ayent en leur faueur, elles ont leurs difficultez & leur doutes comme les autres : Car ſi elles ont la vertu de produire les Couleurs,
pourquoy ne le font elles pas touſiours ? pourquoy y en a-t'il qui ne changent iamais s'il
faut ainſi dire la face de la lumiere ny l'eſpece qui la diſtingue des autres Couleurs.

En effect on peut faire reflechir les rayons
du Soleil ou d'vn autre corps lumineux, ſur
pluſieurs miroirs & quoy qu'ils s'affoibliſſent
à chaque reflexion, iuſques à n'en pouuoir plus
ſouffrir apr es la ſeptieſme comme quelques-

*La Refle-
xion nechan-
ge pas la lu-
miere en cou-
leur.*

O ij

vns ont obferué , neantmoins on ne verra iamais naiftre aucune couleur de pas vne
d'elles. S'il eftoit donc vray que la Reflexion
euft le pouuoir de changer la Lumiere en Couleur;pourquoy toutes celles qui fe font fur ces
miroirs n'en font elles paroiftre quelqu'vne?
ET pourquoy dans ce long progrez ou la Lumiere fouffre toutes les diminutions & tous
les affoibliffemens dont elle eft capable , ne
trouue-t'elle la mefure & la proportion qui eft
neceffaire pour en produire quelque efpece.
Ie veux bien que les rayons du Soleil en paffant à trauers les arbres prennent les Couleurs
de l'Iris , mais pourquoy faut-il que ce foit au
leuer & au coucher de cet aftre pluftoft qu'a
fon midy , puis que les mefmes reflexions fe
peuuent faire en ce temps-là comme en l'autre ? Ie veux bien qu'en tombant fur vn filet
d'araignée ils le peignent diuerfement , mais
pourquoy n'en fait-il pas autant fur vn cheueu où fur vn filet de foye ? pourquoy fur
vne raye d'argent , pluftoft que fur celle de
marbre ou de diamant? pourquoy fur des vafes d'eftain pluftoft que de porcelaine? ET pourquoy enfin fur des bouteilles de fauon pluftoft que d'vne autre matiere? affeurement il

faut qu'il y ait quelque autre chofe que la Reflexion qui foit caufe de toutes ces diuerfes
apparences.

L'on en peut dire autant de la Refraction, *Ny la Refraction.*
puis qu'elle porte fouuent aux yeux l'image
des objeﬅs qui font dans l'eau fans changer
leur couleur naturelle : Car fi l'on met vne
piece d'argent au fond d'vn vafe & que l'on
s'en eﬂoigne iufques à ce que l'on ne la voye
plus, fi on vient à le remplir d'eau, la piece
fe prefente à la veuë ; ET il faut neceſſairement que ce foit par Refraction, puis qu'il ny
a point de ligne droite qui puiſſe eſtre tirée
de la piece d'argent iufques à l'œil ; cependant cette Refraction ne change point la couleur de la piece. Il en eſt de mefme d'vn ba-
ﬅon droit qui paroiﬅ comme s'il eſtoit rompu quand il eſt enfoncé à moitié dans l'eau
& qu'on le regarde de coſté ; car cela ne
peut proceder que de la Refraction, qui pourtant n'en altere point la couleur. Et fans aller chercher d'autres exemples, les lunettes
ne font leur effet que par la Refraction qu'elles caufent dans la Lumiere & dans les Images fans apporter aucun changement à la

O iij

couleur naturelle des objects. Et il eſt inutile
de dire que toute Refraction ne colore pas
veritablement la Lumiere , mais qu'il faut
quelle faſſe de tels & tels angles pour produire cet effect ; car quelques grands ou petits
qu'on les demande pour cela , il s'en peut
trouuer de ſemblables dans la Reflexion qui
ne changeront point la lumiere en couleur.

Ie ſçay bien que l'on dit que la Refraction
toute ſeule ne peut colorer la Lumiere ; et
qu'il faut non ſeulement quelle ſoit deuan-
cée par des rayons qui ne ſoient point rompus & qui paſſent d'vn milieu rare en vn plus
eſpais, comme quand ils viennent par l'air &
qu'ils trauerſent apres l'eau où le chryſtal, dans
lequel ils ſe rompent ; mais encore que cette
Refraction doit eſtre ſuiuie d'vne autre , les
rayons paſſant de ce milieu denſe où ils ſe
ſont rompus dans vn plus rare où ils ſouffrent
vne autre Refraction : et qu'ainſi pour produire les Couleurs il faut que la Lumiere & les
Images ayent trois mouuemens differens , le
premier en ligne droicte & les deux autres en
deux diuerſes Refractions.

Mais il eſt certain que ſi l'on regarde le
Soleil dans l'eau , ſa lumiere ſouffre ces trois

mouuemens fans s'alterer ; car la premiere cheute des rayons fe fait en ligne droite, apres ils fe rompent dans l'eau, & puis ils repaffent dans l'air auec vne nouuelle refraction. Pourquoy ne fe changent-ils donc pas en Couleur, puis que toutes les conditions que l'on demande s'y rencontrent?

Daillieurs cette feconde Refraction ne fert de rien à la production des Couleurs, puis qu'elles fe font dans le triangle auant que les rayons en fortent & qu'ils paffent en l'air: c'eft pourquoy fi l'on met le triangle deuant vn miroir il paroift coloré dans le miroir, & par confequent il doit auoir en foy les Couleurs comme tous les autres objects que les miroirs reprefentent. Et fi l'on regarde la Lumiere qui tombe dans le triangle, elle fe fait voir colorée fur fes faces ; il faut donc que dés-là elle foit changée en couleur auant qu'elle fe repande dans l'air : Auffi perfonne n'oferoit dire que le feu des diamans ne fuft pas dans les diamans auant qu'il fe porte aux yeux. Ainfi cette feconde Refraction eft inutile à la naiffance des Couleurs apparentes. Et l'on n'en pourra douter fi on met l'œil dans l'eau où elles paroiffent, car on les apperceura fans qu'il y ait d'autre Refraction que la premiere qui s'eft faite.

Entre tant de raifons & d'experiences qui fe choquent l'vne l'autre & qui partagent l'efprit, ne pourroit-on point faire quelque accommodement, & dire que la Refraction & la Reflexion prifes feparement ne font point les Couleurs apparentes, mais que l'vne & l'autre concourent enfemble à leur production.

*La lumiere fe change en couleur par reflexion & par refraction.*

Premierement on ne peut douter que la Refraction ne foit toufiours accompagnée de Reflexion puis que l'Optique nous enfeigne que tout corps qui rompt les rayons les reflechift auffi. Car la lumiere a cette proprieté qu'elle ne rencontre iamais de differentes furfaces qu'elle ne s'y reflechiffe plus ou moins; les plus groffiers ou les plus foibles de fes rayons s'arreftant au premier obftacle, tandis que les autres qui font plus forts ou plus fubtils paffent outre fi le corps eft tranfparent. Cela paroift euidemment dans les vitres fur lefquelles la lumiere du Soleil tombant réjaillit contre la veuë; quoy qu'elle ne laiffe pas de les trauerfer & d'efclairer les chofes qui
font

font au de-là ; dans les lunettes ordinaires
nous voyons noftre image qui par confequent
fe doit reflechir pour retourner vers nos yeux;
et dans vn miroir vne feule chandelle qui luy
eft expofée de cofté, reprefente deux Images
à caufe des deux furfaces dont il eft compofé, l'image fe reflechiffant fur la premiere qui
eft tranfparente, auffi bien que fur la derniere qui eft opaque.

Et ie m'eftonne que ceux qui ont voulu
chercher la caufe des Couleurs que les Triangles font paroiftre ne fe foient pas aduifez de
cela & qu'ils n'ayent confideré que la Refraction fans fonger aux Reflexions qui s'y doiuent faire. S'ils euffent pris garde que la bafe du triangle où la lumiere tombe fans fe
rompre, la reflechift toute pure fur la muraille voifine, ils auroient bien jugé que toutes fes autres faces ont la mefme vertu pour
les rayons rompus, et qu'il faut neceffairement
que ceux-cy rencontrant la derniere face par
où ils doiuent paffer dans l'air, vne partie s'y
arrefte & fe reflechiffe vers les faces oppofées;
et qu'ainfi ces rayons reflechis fe meflent à diuerfes fois auec ceux qui font rompus; et que

P

de ce meſlange naiſſent les Couleurs que l'on
y apperçoit.

Car s'il faut que la Lumiere s'affoibliſſe &
ſe diminuë pour les produire, il eſt certain
que la Refraction en commence l'affoibliſſement; mais les diuerſes Reflexions qui ſe font
apres, acheuent de l'eſteindre s'il faut ainſi dire & la changent en couleur. Auſſi ce ſont
elles qui principalement donnent à la Lumiere les diuerſes proportions qui forment toutes
les Couleurs qui ſe font dans les Triangles
comme nous montrerons cy-apres. Et quand
il n'y auroit que cette raiſon-là, elle ſeroit aſſez forte pour perſuader que la Reflexion eſt
vne des principales cauſes qui les produit.

Mais il n'y aura plus lieu d'en douter ſi
l'on conſidere que quand on poſe l'œil au lieu
où paroiſt l'Iris que le triangle jette hors de
ſoy; on la void ſeulement ſur la face qui eſt
expoſée au Soleil & non pas ſur celle qui
eſt la plus proche des yeux, quoy que l'image
du Soleil tombe ſur celle-cy auſſi bien que
ſur l'autre; Par ce que c'eſt ſur la premiere
que les rayons reflechis s'vniſſent auec ceux
qui ſe font rompus en la trauerſant & que
dans cette vnion ſe forment les Couleurs.

Nous pouuons donc conclure que du moins dans l'Iris des verres & des triangles les Couleurs naiſſent de la Reflexion & de la Refraction jointes enſemble; et par conſequent qu'il y a vne preſomption inuincible, que la meſme choſe ſe fait dans l'Iris celeſte; dans celle des fontaines & generalement en toutes celles qui ſe font auec l'eau, ſoit quelle ſoit agitée par les rames, ſoit quelle ſoit eſparpillée en petites gouttes, comme il arriue lors que l'on en a remply la bouche & que l'on la ſouffle deuant le Soleil. A quoy l'on peut adjouſter les Couleurs qui paroiſſent quelquesfois ſoubs le chryſtal, le talc, & autres ſemblables corps diaphanes quand il y a de l'air enfermé ſoubs quelqu'vne de leurs parties; par ce que l'on ne peut douter que là il n'y ait lieu pour ces deux mouuemens de la lumiere.

Mais la difficulté eſt de ſçauoir ſi cette cauſe eſt generale pour toutes les autres Couleurs Apparentes, & s'il eſt neceſſaire que la Refraction & la Reflexion concourent enſemble pour peindre l'Iris des Nacres de perle, des rayons qui paſſent au trauers des ar-

bres, des bouteilles d'eau fauonnée, des traces d'vn limaçon, des vafes d'eftain poly, des
fils d'araignée, des rayës faites fur l'argent, des
plumes & des petits poils de drap ; car il ne
femble pas que la Refraction ait lieu en aucune de ces obferuations.

Examinons les donc chacune en particulier pour apprendre l'art que le Soleil employe en toutes ces merueilleufes peintures.

*Comment se font les Couleurs des nacres de perle.* Premierement fi on confidere la compofition des Nacres de perle, on verra qu'elles
font tranfparentes en leurs premieres furfaces
& que celles de deffous font inegales & en
forme d'ondes ; de forte qu'il y a raifon pour
croire que la Refraction fe fait dans les tranfparentes & que ces grandes inegalitez qui
font deffous caufent vne infinité de Reflexions differentes ; ET que par confequent les
Couleurs qui s'y voyent en certains afpects
naiffent de l'vnion des rayons rompus auec
ceux qui font reflechis, tout de mefme que
celles des verres pleins d'eau & des triangles.

*Des rayons qui paffent à trauers des arbres.* Mais cette caufe eft euidente dans les
rayons qui fe colorent en paffant au trauers
des arbres : Car comme cela n'arriue que lors

que le Soleil eſt proche de l'oriſon, on ne peut douter que les vapeurs dont l'air eſt alors remply ne contribuent à cet effect, autrement il deuroit auſſi paroiſtre en plein midy. Ils ſe rompent donc en trauerſant ces vapeurs, & venant apres à rencontrer les branches & les feüilles, ils y ſouffrent quantité de Reflexions, d'où naiſſent enfin ces belles Couleurs que les yeux y remarquent. De ſorte que la raiſon pour laquelle ils ne paroiſſent point colorez quand ſur le midy on les regarde à trauers ces arbres ou quand ſur le ſoir on les void hors ces obſtacles; c'eſt que là il ſe fait Reflexion ſans Refraction, par ce qu'il n'y a point de vapeurs ſur le midy; et qu'icy il y a Refraction ſans Reflexion parce qu'il n'y a point de corps opaques pour les arreſter; ainſi il faut que toutes les deux s'aſſemblent pour produire cet agreable phenomene.

Quant aux Bouteilles de ſauon, ce ne leur eſt pas vne choſe particuliere de prendre les Couleurs de l'Iris, puiſque toutes celles qui ſe font ſur l'eau les prennent en certains aſpects. Toute la difference qu'il y a, c'eſt que les premieres les ont plus manifeſtes & plus

*Des bouteilles de ſauon.*

P iij

esclatantes, par ce que le sauon donne corps à l'eau & arreste dauantage la lumiere qui s'y reflechit. Or comme on ne doute point qu'il ne se fasse Refraction dans celles qui se font sur l'eau, & que par tout où il y a Refraction il y a aussi Reflexion comme nous auons montré, il s'ensuit que ces deux diuers mouuemens se font dans les bouteilles de sauon où la mesme figure & la mesme disposition des autres se rencontrent ; et que par consequent ils concourent ensemble pour faire naistre les Couleurs aux vnes & aux autres.

Il en faut dire autant de la Baue que le limaçon laisse sur ses traces : car comme c'est vne humeur qui dans son origine est diaphane, elle conserue en se desseichant quelque chose de sa premiere transparence ; ainsi la lumiere venant à la trauerser y fait vne secrette Refraction laquelle estant jointe aux diuerses Reflexions qu'elle souffre sur le corps où cette humeur est attachée, cause cette varieté de couleurs que l'on y remarque.

Et c'est asseurement ainsi que les tailles douces sauonnées où imbuës de semblables matieres prennent en certains aspects les diuerses apparences de l'Iris, par ce que ces matieres qui font tranfparentes rompent les rayons qui fe reflechiffent apres fur le corps où l'image eft empreinte.

On pourroit encore appliquer ce raifonne-ment aux Fils d'araignée : Car bien qu'il ne femble pas que la Refraction fe puiffe faire dans des corps qui font fi minces & fi defliez; neantmoins fi on confidere qu'ils fe colorent principalement quand la rofée eft tombée def-fus ; que mefmes leur fubftance eft rare & molle, n'eftant rien en fa naiffance qu'vne humeur fubtile qui eft dans le ventre de l'araignée & qui en fortant eft efpaiffie par l'air; outre que les plus grandes toiles qui font compofées de ces filets fe reduifent prefque à rien quand on les preffe & qu'on les roule foubs les doigts,qui eft vne marque euidente que leur confiftence eft rare & fpongieufe. Si on confidere , dis-je, toutes ces chofes, on jugera facilement qu'ils peuuent caufer quelque Refraction dans les rayons du Soleil qui paffent à trauers , lefquels apres fe re-flechiffent fur les diuerfes furfaces dont ces petits corps font enuironnez. En effet ils paroiffent diuerfement colorez felon les afpects ou l'on les regarde: car en vn fens ils

*Des filets d'araignée.*

font rouges, dans vn autre ils font verts ou bleus, & fouuent fur vne mefme ligne le haut eft d'vne couleur & le bas d'vne autre: Ce qui doit faire croire que ce ne font pas les reflexions exterieures qui font ces changemens, mais qu'il y en a qui fe font interieurement comme dans les triangles, & qui caufent toutes ces diuerfes apparences. Qu'on ne dife point que la delicateffe de ces fils n'eft pas capable de fouffrir ces penetrations & ces diuers mouuemens de la lumiere ; car fes rayons font incomparablement plus fubtils que les plus petits corps qu'on fe puiffe imaginer, ET fi les parties d'vn ciron que les yeux ne peuuent difcerner, ont leur largeur & leur profondeur ; ces filets qui font fenfibles les doiuent auoir bien plus grandes, ET par confequent ils peuuent donner entrée aux Rayons qui font encores plus déliez qu'eux & les alterer à proportion comme les diaphanes de plus grande eftenduë. La lumiere fait donc paroiftre les Couleurs de l'Iris fur les Fils d'araignée par ce qu'ils font tranfparens ; ET fi elle ne fait pas le mefme effect fur vn cheueu où fur vn filet de foye, c'eft qu'ils n'ont pas la mefme difpofition & qu'elle

le

le se reflechist sur eux sans y faire de Refraction.

Mais que pourrons nous dire des vases de-
stain & des autres corps opaques qui sont polis ; car il n'y en a gueres qui estant exposez
à la clarté du Soleil ne representent comme
vn certain nuage de diuerses couleurs qui se
respand au dela des principaux points où la
Reflexion des rayons se fait ? oserions-nous
soustenir que la Refraction contribuë à cet effect & qu'il y ait quelque transparence en ces
corps-là qui puisse donner passage à la Lumiere.

Certainement qui voudroit prendre ce par-
ty choqueroit le sens & la vraye semblance ;
mais non pas peut-estre la verité. Comme nos
yeux sont des tesmoins peu fidelles & peu
exacts dans les choses subtiles & desliées, ils
nous peuuent tromper dans le jugement qu'ils
font de l'extreme opacité de ces corps-là ; et
quelque asseurance qu'ils nous en donnent, il
s'y peut trouuer quelque transparence qui
leur sera impenetrable, mais non pas à la Lumiere. Car outre qu'Aristote nous apprend
que cette qualité est commune à tous les corps

*Tous les corps sont transparens.*

Q

de la nature ; s'il eſt vray que les eſpeces viſibles ne ſortent pas de la ſimple & derniere
ſurface des objects & qu'elle vienne auſſi de
celles qui ſont deſſoubs ; il faut de neceſſité
qu'elles ſoient tranſparentes. En effect il ſeroit inutile aux peintres de mettre diuerſes
couches d'vne meſme couleur pour la rendre
plus forte, ſi les dernieres ne donnoient paſſage à la couleur des autres qui ſont appli-
quées les premieres : ET ceux qui donnent la
trempe au fer , s'abuſeroient quand ils jugent par la couleur rouge que le feu luy donne, qu'il n'eſt encore allumé que dans la ſuper-
ficie ; ET que c'eſt vne marque aſſeurée qu'il
eſt enflammé par tout quand ſa lumiere eſt
toute iaune ; ce qui s'obſerue dans tous les
autres metaux & dans les charbons meſmes.
Car cette diuerſité ne vient que de ce que la
noirceur des parties interieures où le feu n'a
pas encores penetré, ſe meſle auec la lumiere
qui eſt dans la ſurface & la fait paroiſtre rouge ; ET que lors que toutes ſes parties ſont al-
lumées il n'y a plus rien qui altere la couleur
naturelle du feu. D'où il faut tirer cette conſequence que la noirceur & la lumiere du
dedans enuoient leurs eſpeces iuſques à la ſu-

perficie exterieure , & partant que ces corps
tous opaques qu'ils font à nos yeux , font
tranfparens en effect. Or fi cela eft veritable
on ne peut douter que la Refraction & la Reflexion ne caufent les Couleurs de l'Iris fur
les vafes d'eftain , fur les rayes de l'argent &
fur toutes les chofes où elles paroiffent , puis
qu'il n'y a point de corps qui ne foit diaphane & qui par confequent ne foit capable de
rompre & de reflechir la lumiere.

Mais fans nous engager dans des propofitions qui condamnent le fens d'erreur & la
Philofophie de negligence ; c'eft affez que
nous ayons pour conftant que les Couleurs
Apparentes fe font dans les corps diaphanes
par Refraction & par Reflexion. Car fi elles
fe trouuent en d'autres fubjects où il ny ait
aucune tranfparence , on peut dans vne difpofition differente recourir à vne autre caufe
pourueu qu'elle foit capable de produire le
mefme effet que la premiere, c'eft à dire, d'affoiblir la Lumiere iufques à la mefure que la
Couleur demande.

Il faut donc voir fi la Reflexion toute feule
a ce pouuoir dans les corps opaques ; ET fi cela eft , pourquoy dans les tranfparens la Re-

Q ij

fraction n'a pas le mefme priuilege & qu'il faille qu'elle foit accompagnée de la Refl e-xion.

Premierement ie remarque que fi les rayës faites fur l'argent ou autre metail font larges, ET que les poils fur lefquels tombe la lumiere font gros, il n'y paroiſt aucune des Couleurs dont eft queſtion; ET qu'il faut que les vns & les autres foient fort defliez. De forte que les rayons qui fe reflechiſſent fur ces corps-là doiuent non feulement eſtre fort fubtils par-ce qu'ils ne peuuent auoir plus d'eſtenduë que le plan qui les renuoye; mais encore qu'ils doiuent fe feparer s'il faut ainſi dire du corps de la lumiere auec laquelle ils eſtoient vnis: par ce qu'il n'y a qu'eux qui touchent les poils & le penchant des rayës, ET que tout le reſte de la maſſe de la lumiere paſſe outre, ou réjallit aillieurs.

En fecond lieu ie confidere dans ces petits poils, qu'ils doiuent eſtre en grand nombre; car s'il n'y en auoit qu'vn ou deux, ils ne prendroient point les Couleurs de l'Iris. De forte que l'on peut aſſeurement conclure de là qu'il fe fait pluſieurs Reflexions des vns aux autres; tout de mefme que dans les rayës

de l'argent, où le biais de la fente fur lequel
les rayons tombent les fait rejaillir fur l'autre
cofté, & celuy-cy fur l'autre felon les diuers
angles qu'ils font dans leur cheute.

Et fi l'on veut prendre garde au mouuement de la Lumiere qui fe fait fur les vafes d'e-
ftain ou d'autre femblable matiere, on trouuera qu'elle y fouffre la mefme alteration;
car foit que ces vafes foient faits au tour ou
auec le marteau, il y demeure quantité de
petites eminences qui caufent les Reflexions
dont eft queftion, par le moyen defquelles
les rayons s'efcartent du gros de la lumiere &
tombent çà & là fur la furface au delà du
plan où la maffe lumineufe fe reflechit.

Apres toutes ces confiderations on ne peut
douter que les rayons ne fouffrent en ces
rencontres vn tres-grand affoibliffement, non
feulement par ce qu'ils deuiennent fort defliez, mais encore par ce qu'ils fe diuifent &
fe feparent du corps principal de la lumiere
dont ils faifoient partie; ET qu'enfin ils fouffrent plufieurs Reflexions. De forte que les
Couleurs eftant des Lumieres affoiblies il ne
faut pas s'eftonner fi ces rayons prennent diuerfes Couleurs felon la mefure de l'affoiblif-

fement qui conuient à chacune efpece. Ainfi
l'on peut dire que la Reflexion toute feule
produit les Couleurs , pourueu qu'elle fe faffe par des rayons qui ayent toutes les conditions que nous venons de marquer : Car
quand ils font forts elle ne les colore point,
oubien il faut qu'elle foit accompagnée de
la Refraction comme il arriue dans les corps
diaphanes. Et de là il eft facile de tirer la raifon pourquoy la Refraction toute feule n'a
pas le mefme pouuoir & qu'il faut que la Reflexion fe joigne auec elle : Car outre que
tout corps qui rompt les rayons les reflechift
auffi & qu'il faut par confequent que la Reflexion fe trouue neceffairement auec la Refraction : Quand celle-cy pourroit eftre toute
feule , elle n'auroit pas le pouuoir d'affoiblir la
Lumiere iufques au point que les Couleurs demandent;d'autant que la Lumiere qui penetre
les corps tranfparens fait pour l'ordinaire vne
maffe confiderable, contenant beaucoup de
rayons qui font vnis enfemble & qui ne fe
diuifent point comme ceux dont nous venons de parler; de forte qu'elle eft trop forte
pour eftre affoiblie par la feule Refraction &
il faut de neceffité que la Reflexion vienne

au secours de celle-cy pour la reduire à la mesure qui doit faire les Couleurs.

Ce seroit icy le lieu où il faudroit chercher quelle est cette mesure, & ce d'autant plus que nostre dessein semble nous restraindre à la recherche des Couleurs Apparentes. Mais par ce que dans les Couleurs Fixes la Lumiere s'incorpore en quelque façon auec la matiere, & que les choses corporelles se mesurent plus facilement que les autres ; il faut auparauant considerer la Lumiere dans les corps, examiner les causes qui l'y affoiblissent & trouuer s'il est possible en des choses qui sont palpables & grossieres la mesure qui doit regler celles qui sont plus desliées & plus subtiles.

---

*Quelles sont les causes qui affoiblissent la Lumiere dans les Couleurs Fixes.*

## ARTICLE NEVFIESME.

IL faut icy presupposer vne verité auoüée de tout le monde, que la Lumiere n'a point de veritable contraire qui puisse agir contre

elle & qui ait le pouuoir de la deſtruire. Car
l'Obſcurité qui luy eſt la plus oppoſée, n'eſt
qu'vne priuation qui n'eſt rien en effect & qui
par conſequent ne peut rien : Et l'Opacité
qui de toutes les qualitez corporelles ſemble
eſtre ſa plus grande ennemie, n'eſt point actiue & n'eſt pas meſme du meſme ordre n'y
ſoubs le meſme genre qu'eſt la Lumiere comme les contraires doiuent eſtre. De ſorte que
ſi la Lumiere ſe trouue affoiblie dans les Couleurs Fixes, cela ne vient d'aucune choſe qui
ait agi contre elle & qui l'ait diminuée ; mais
il faut de neceſſité ou que la cauſe qui l'a pro-
duite ne l'ait communiquée qu'en ces petites
portions ; ou que le ſubject qui l'a receuë
n'ait pas eſté capable d'en contenir dauantage. Or il eſt certain qu'il n'y a point de cauſe
particuliere qui produiſe la Lumiere des Couleurs Fixes, comme il y en a vne qui produit
celle des Couleurs Apparentes, par ce qu'elle
ne vient pas de dehors comme celle-cy , &
qu'elle eſt interieure & naturelle aux corps
qui ſont colorez. Et par conſequent toute la
diuerſité qui ſe trouue dans le partage de la
Lumiere ne procede que de la capacité du
ſubject qui la reçoit , c'eſt à dire de la diſpoſition

fition qui eft affectée à cette qualité, & fans laquelle le corps ne la receuroit iamais : car felon qu'elle eft plus ou moins parfaite, la Lumiere s'y trouue auffi plus grande ou plus petite.

Mais il n'eft pas aifé de decouurir quelle eft cette difpofition veu la diuerfité des fubjects où la Lumiere fe trouue; car les corps lumineux font mefme fi differens entre-eux qu'ils ne femblent pas auoir rien de commun qui puiffe fouftenir cette merueilleufe qualité. En effect que pourroit-on s'imaginer de femblable dans le corps du Soleil & celuy des bois pourris, de la graiffe & des vers, qui les peuft rendre lumineux ? quel rapport y a-t'il entre des chofes fi nobles & fi parfaites comme font les aftres, & celles qui font icy bas toutes groffieres & impures qu'elles font. Car eftant colorées, & les Couleurs eftant des Lumieres, il faut qu'elles participent à cette difpofition & à ces preparatifs que la Lumiere demande dans les corps pour y eftre receuë.

*Quelle eft la difpofition qui eft neceffaire à la Lumiere.*

Qui voudra neantmoins confiderer que la Lumiere Exterieure a tant de conuenance & d'affinité auec les corps tranfparens; que c'eft

R

en eux feulement qu'elle a la liberté de fe repandre; que quand elle paffe d'vn corps dén-
fe en vn plus rare & où par confequent la
tranfparence eft plus parfaite, elle s'efloigne
de la ligne perpendiculaire, comme fi elle de-
uenoit plus libre & qu'elle ne fuft plus dans
la contrainte où elle eftoit en vn corps plus
efpais; qu'au contraire elle ne trouue rien qui
luy refifte que l'Opacité qui eft oppofée à la
Tranfparence; quelle femble la fuïr quand elle fe reflechit à fa rencontre; ET qu'elle fe
fortifie en s'aprochant de la ligne perpendiculaire, quand elle paffe au trauers de quelque corps qu'elle trouue infecté de cette qualité groffiere & materielle; qu'enfin cette Lumiere eft tranfparente elle-mefme, eftant in-
uifible comme la tranfparence; car quoy
qu'elle foit dans l'air, elle ne touche point la
veuë fi elle n'eft fouftenuë de quelque corps
opaque.

*La tranf-*
*parence eft*
*le fubject*
*de la Lu-*
*miere.*

Qui voudra di-je confiderer toutes ces
chofes croira facilement que la Tranfparence
eft le veritable fubject de la Lumiere Exterieure & l'vnique difpofition que celle-cy demande pour s'infinuer dans les corps. Or fi
cela eft ainfi il faut abfolument qu'elle le foit

encore de la Lumiere Interieure, puis que cette Lumiere eſt de meſme nature que l'autre comme nous auons montré, ᴇᴛ que les formes qui ſont de meſme eſpece veulent de meſmes diſpoſitions dans la matiere pour y eſtre introduites.

En effect nous voyons que tous les corps lumineux nous paroiſſent diaphanes quand on les regarde de prés, nonobſtant la Lumiere qu'ils ont laquelle borne & arreſte la veuë, comme on peut juger par la flamme à trauers laquelle on void le bois ou la meſche qui l'entretient. Les choſes meſmes qui ſont opaques en prenant la Lumiere deuiennent tranſparentes, comme le charbon allumé, les graiſſes, les bois pourris & les vers luiſans : car le charbon laiſſe voir quelque peu de ſa profondeur quand il eſt embrazé ; ᴇᴛ les autres qui durant le iour n'ont rien qui ne ſoit opaque, font la nuict paroiſtre la partie qu'ils ont lumineuſe, toute tranſparente.

Auſſi à bien examiner la nature de la Tranſparence, on trouuera que de toutes les qualitez materielles il n'y en a point qui ſoit ſi conforme à la Lumiere ny qui ſoit plus digne

*D'où vient la tranſparence.*

R ij

d'arrester cette qualité celeste dans les corps elementaires. Car si la premiere source de la Transparence vient de la petite portion de matiere qui se trouue soubs vne grande quantité, comme nous auons montré au discours des Causes de la Lumiere, il est certain qu'on ne peut trouuer de disposition qui soit plus propre à la receuoir & à la conseruer que celle-là. Par ce qu'outre que la Lumiere est la plus actiue de toutes les choses sensibles, elle est d'vne nature qui approche de la spiritualité & qui semble estre l'orison qui separe les choses materielles d'auec les immaterielles : de sorte que dans la necessité où elle est d'estre soustenuë de quelque corps, il faut pour luy estre plus conforme qu'il ait le moins de matiere qu'il est possible, puis que c'est la matiere qui resiste à l'action & qui rend les choses grossieres, pesantes & paresseuses. Aussi voyons nous que les corps les plus transparens sont rares, subtils & legers ; qui sont des accidens qui ne se trouuent que où il y a peu de matiere laquelle est esparse & estenduë ; et à mesure qu'ils deuiennent plus espais, plus pesans & plus grossiers leur transparence diminuë à proportion. Et si l'on veut prendre

garde à l'ordre des parties de l'Vniuers on
trouuera que l'Eau & la Terre qui en font les
plus groſſieres & les plus opaques, font auſſi
les plus materielles & ont pour cette raiſon
eſté placées au plus bas eſtage du monde : Et
par conſequent l'Air & le Ciel qui font ſubtils,
tranſparens & qui ont eſté logez au deſſus
des autres, doiuent auoir moins de matiere
qu'elles.

Certainement comme le principal effect
de la tranſparence eſt de laiſſer paſſer la Lumiere à trauers les corps, moins il y a de matiere & moins la Lumiere y trouue d'obſtacles ; Et plus elle y eſt eſtenduë, celle-cy trouue auſſi plus de paſſages pour la penetrer.

Ie ſçay bien que l'Eſgalité & l'vniformité des
ſuperficies ſert à la Tranſparence & que meſme on la propoſe ordinairement comme l'v-
nique cauſe qui la fait naiſtre : mais apres l'a-
uoir bien conſiderée, on verra que ce n'eſt
qu'vne condition particuliere que quelques
ſubjects demandent pour eſtre diaphanes comme le verre, le chryſtal & autres ſemblables ;
Et que non ſeulement elle ſe trouue en quelques-vns ſans cauſer la Tranſparence, comme

*Que ſert
l'eſgalité des
ſuperficies à
la tranſpa-
rence.*

R iij

dans la flamme & dans l'or en feüille ; dont le
marteau à vray-semblablement applany & es-
galé toutes les surfaces ; mais encore qu'il y
en a où elle ne se rencontre point, qui ne lais-
fent pas d'estre diaphanes, comme l'air qui est
agité : car il est certain que le mouuement
en confond & brouille toutes les superficies
comme il fait en l'eau. De sorte que cette vniformité n'est requise que lors que la substan-
ce des corps est plus grossiere & plus materielle, comme si c'estoit vn correctif de l'a-
bondance de la matiere qui entre en leur
composition ; par ce que cette Esgalité est vne
sorte d'vnité qui tient toute la masse du corps
diaphane en vn mesme estat & qui par consequent ne donne point lieu à la Lumiere
d'alterer son mouuement en le trauersant.

*La Lumiere*
*a habitude*
*auec la sur-*
*face.*
Pour entendre cecy il faut remarquer que
bien que la Lumiere se communique aux corps
felon toutes les dimensions qui leur conuien-
nent ; neantmoins il semble qu'elle ait quelque
habitude plus particuliere auec leurs surfaces
qu'auec leur profondeur & leur solidité. Car
il n'y a que la surface qui altere son mouuement ; & elle seule en cause la Refraction &

la Reflexion fans que la profondeur & la folidité y contribuë.

En effect dés que les rayons viennent à
penetrer la premiere fuperficie d'vn corps
transparent, ils prennent dés-là le biais qu'ils
gardent au refte de leur mouuement, & l'angle qu'ils y font ne fe change point pour
quelque profondeur ou folidité que le corps
puiffe auoir ; mais apres ce premier deftour
ils le trauerfent en vn moment & en droicte
ligne , iufques à ce qu'ils ayent rencontré
vne differente furface qui foit capable de les
rompre ou de les reflechir. Or comme cela
ne vient pas fimplement de la furface puis
que celle de l'air agité ne produit pas cet effect , il faut que ce foit la nature & la condition particuliere de telle furface qui en foit
la caufe ; et parce que la furface eft de mefme nature que le refte du corps s'il eft ho-
mogene , la Lumiere venant à la trauerfer
s'altere dés l'entrée qu'elle y fait tout autant
que la confiftence de tout le corps le
requiert.

Mais quelle eft donc cette Confiftence ? ce
n'eft pas la denfité ny la rareté, par ce que l'air
comprimé ne fait point d'autre Refraction.

que celle qu'il faifoit eftant libre; ce n'eft pas
auffi la dureté ny la molleffe, par ce que les
rayons fe rompent efgalement dans l'eau &
dans la glace: Il refte donc que ce foit le plus
& le moins de matiere qui entre en la compofition des corps; et que la Lumiere paffant
d'vn milieu où il y a moins de matiere dans
vn autre où il y en a dauantage, elle fe detourne à l'abord de ce qui luy eft ennemy
& s'aproche de la perpendiculaire comme
pour le fuir où pour fe fortifier contre luy:
Que fi de ce milieu elle paffe dans vn autre
qui foit moins groffier, elle s'efloigne de la
mefme ligne & fe trouuant dans vn fubject
qui eft plus conforme à fa nature, elle s'e-
ftend en liberté & n'a plus befoin de fe con-
traindre.

Ce qui confirme cette verité c'eft que le
mouuement de la Lumiere ne s'altere point
quand les furfaces des corps fubtils font chan-
gées, comme il paroift dans l'air agité, et
que dans les autres il fouffre tout autant de
changemens qu'il y a de differentes furfaces.
Ce qui ne peut proceder que du diuers partage de la matiere qu'ont ces deux fortes de
diaphanes, eftant en fi petite quantité aux vns
qu'on

qu'on peut dire qu'elle n'eſt pas ſenſible à la
Lumiere & qu'elle n'eſt pas capable de l'arreſter quelque inegalité qu'il y ait dans ſes ſurfaces ; au lieu qu'aux autres elle eſt ſi abondante qu'au moindre changement qui arriue
aux ſuperficies, elle ſe fait ſentir & contraint
cette qualité de fuïr ce qui luy eſt contraire.
Il eſt donc certain que la principale cauſe qui
rend les corps tranſparens, c'eſt la petite portion de matiere qu'ils ont ſoubs vne grande
quantité, & que l'Eſgalité des ſuperficies n'eſt
qu'vne condition qui doit accompagner ce
partage dans ceux qui ſont groſſiers ; qu'au
contraire l'Opacité deſpend de l'abondance
de la matiere qui ſe trouue ſoubs vne petite
quantité auec l'inegalité des ſurfaces.

D'où il faut tirer cette conſequence, qu'il
y a deux ſortes de Diaphanes ſelon que l'on
conſidere la cauſe & l'effect de la Tranſparence ; car outre ceux qui ſont ſenſiblement
Tranſparens, c'eſt à dire qui donnent paſſage
à la Lumiere & aux Images , qui eſt l'effect
ordinaire de la Tranſparence ; on peut dire
que ceux qui en ont l'eſſence & la cauſe formelle laquelle conſiſte dans la diſpoſition de

*Il y a deux ſortes de diaphanes.*

S

la matiere que nous venons de marquer, font
effentiellement Tranfparens ; quoy qu'ils ne
permettent pas à la Lumiere de paffer à tra-
üers , à caufe qu'ils n'ont pas l'Egalité des furfaces. Ainfi le verre fondu & le chryftal en
poudre font des corps qui font effentiellement diaphanes , quoy qu'en cet eftat la veuë
ne les puiffe penetrer ; par ce qu'ils ont en
foy la caufe formelle de la Tranfparence &
qu'il ne leur manque que l'Egalité des furfaces qui n'eft qu'vne condition particuliere
que cette qualité ne demande pas toufiours.
Cette doctrine eft fi veritable que nonobftant la jaloufie & la diuifion qui a toufiours
regné entre Platon & Ariftote & leurs fecta-
teurs , ils font tous conuenus enfemble qu'il
y auoit deux fortes de Diaphanes , l'vn qui
n'eft point terminé & que les yeux penetrent de toutes parts , comme l'eau , l'air , le
verre ; Et l'autre qui eft terminé & qui borne & arrefte la veuë comme font tous les
corps colorez.

Mais quand on ne voudroit point aduoüer
d'autre Tranfparence que celle qui donne
paffage à la Lumiere , toufiours faudroit-il
confeffer qu'il n'y a point de corps pour opa-

que qu'il nous paroiſſe, où elle ne ſe trouue meſlée : c'eſt pourquoy Ariſtote auoit raiſon de dire que ce n'eſtoit pas vñe qualité qui fuſt affectée à certains ſubjects comme à l'Air à l'Eau & autres ſemblables ; mais qu'elle eſtoit commune & generale à tous les corps, qu'elle n'en pouuoit eſtre ſeparée & qu'elle eſtoit cauſe de la Couleur qu'ils auoient : Et de vray ſi on en excepte les metalliques il n'y en a aucun qui eſtant reduit en pieces tenves & minces, ne paroiſſe tranſparent : Et l'eſmail & le verre que l'on tire de tous les metaux doiuent bien faire juger qu'ils ne ſont pas priuez de cette qualité non plus que les autres.

Si cela eſt ainſi, & que la Tranſparence ſoit l'vnique diſpoſition qui eſt capable de receuoir la Lumiere, il ſera facile de comprendre comment les Couleurs qui ſont des Lumieres, ſe rencontrent dans les corps opaques, puis qu'elles y trouuent la Tranſparence : Et comme il y a des corps qui ſont plus ou moins Tranſparens, on verra pourquoy les Couleurs Fixes ſont des Lumieres affoiblies, puis qu'il n'y peut auoir que telle portion de Lumiere en tel degré de Tranſ-

parence ; le fubjeét n'eftant pas capable de
receuoir la forme en vne plus grande perfe-
étion que n'eft la difpofition qui luy eft affe-
étée. Ainfi la Lumiere fera parfaite dans la
plus parfaite Tranfparence , & mefme quand
celle-cy fe diminuëra , l'autre s'affoiblira à
proportion & fera naiftre toutes les efpeces
de Couleurs felon qu'elles feront plus hautes
ou plus brunes; en vn mot felon qu'elles auront de plus grandes ou de plus petites portions de Lumiere.

Enfin on tirera de ces veritez la decifion de
la queftion propofée au commencement de
cet Article , à fçauoir quelles font les caufes
qui affoibliffent la Lumiere dans les Couleurs
Fixes : Car puis que les degrez de la Lumiere
fe mefurent par ceux de la Tranfparence &
qu'il n'y a rien qui diminuë la Tranfparence
que l'Opacité qui fe trouue meflée auec elle;
il s'enfuit qu'il n'y a que l'Opacité qui affoi-
bliffe la Lumiere : encore n'eft-ce que par accident , dautant que l'Opacité n'eft ny aéti-
ue ny formellement contraire à la Lumiere , & qui par confequent ne la peut alterer;
mais c'eft qu'elle diminuë la Tranfparence
& que l'affoibliffement de la Lumiere vient

en fuite de cette diminution.

Il faut neantmoins remarquer que comme *Il y a deux*
il y a deux fortes de Diaphanes il y a aussi deux *fortes de*
fortes de corps Opaques : car ceux qui ont *corps d'O-*
*paques.*
beaucoup de matiere foubs vne petite quantité, & qui pour ce fubject ne donnent point
paffage à la Lumiere & aux Images , pour
les raifons que nous auons dites , font à bien
parler, effentiellement opaques ; mais les autres qui ne le font que par l'inegalité des furfaces comme le chryftal en poudre , ou par la
Lumiere fenfible qu'ils ont , laquelle les rend
opaques, comme le corps de la flamme &
peut eftre celuy de tous les Aftres : ceux-là
difie ne font opaques que par accident ; et
ce n'eft pas cette Opacité qui fait l'affoibliffement de la Lumiere ny la diuerfité des
Couleurs , mais la premiere qui eft effentielle.

Mais què veut dire cette Lumiere fenfible *Toute Lu-*
qui rend les corps opaques, y en peut-il auoir *miere n'eft*
*pas fenfible.*
qui ne foit pas fenfible ? Pour leuer cette difficulté dont la decifion feruira a l'intelligence
des chofes que nous venons de dire ; Il faut
prefuppofer que l'ordre de la nature veut que

lors que la matiere a toutes les difpofitions &
les preparatifs qui font neceffaires à la naiffance de quelque forme, cette forme y foit in-
troduite par l'action des caufes particulieres
ou generales. De là il s'enfuit que la Tranfparence qui eft l'vnique difpofition que demande la Lumiere, ne peut eftre en quelque fubject qu'au mefme temps la Lumiere ne s'y
trouue ; Et par confequent il ny a point de

*La mefure de Lumiere fuit les de-grez de la Tranfpa-rence.*

corps diaphane qui n'ait fa Lumiere interieure laquelle eft proportionnée aux degrez de
Tranfparence qu'il a. De forte qu'on peut dire que les Cieux qui font les premiers & les
plus parfaits entre les corps Tranfparens, ont
en eux-mefmes la plenitude de la Lumiere;
mais qui n'eft pas fenfible par ce qu'elle eft
tellement efparfe & comme rarefiée dans l'e-
ftenduë de ces fubftances defliées & fubti-
les, qu'elle n'a pas affez de corps pour toucher
les yeux ; il faut pour fe rendre vifible qu'elle foit ramaffée & referrée par l'approche &
l'efpaiffement des parties où elle eft efpanduë:
Et pour lors elle borne la veuë & rend en-
fuitte ces parties opaques, du moins par accident. C'eft ainfi que toute l'antiquité à creu
que les aftres auoient efté formez, & que ce

n'eſtoit qu'vn ramas de pluſieurs parties du
Ciel qui ayant eſté reünies enſemble faiſoient
paroiſtre la Lumiere qui n'eſtoit pas ſenſible
dans la rareté qu'elles auoient auparauant.
C'eſt ainſi que la flamme qu'on ne void pres-
que pas quand elle s'allume en des matieres
rares & ſubtiles, eſclaire fortement quand elle s'eſt eſpriſe en des choſes eſpaiſſes & groſſieres. Et toute la Medecine eſt d'accord que
les Eſprits qui, comme dit Ariſtote, ſont pro-
portionnez à l'element des aſtres, c'eſt à dire qui ont la meſme conſtitution de la matiere que le corps des Cieux, ET qui par conſequent ſont Tranſparens comme eux ; ELLE
confeſſe diſie qu'ils ſont eſſentiellement lumineux ; mais que leur Lumiere ne paroiſt pas
à cauſe de la tenuité & ſubtilité de leur ſub-
ſtance, s'ils ne ſont reünis & ramaſſez, comme il arriue dans les yeux de quelques animaux & dans les vers luiſans.

Ce que nous venons de dire du Ciel ſe
peut appliquer à proportion aux autres corps
Tranſparens ; car l'Air qui eſt moins diaphane
que le Ciel & qui a deſia quelque peu d'O-
pacité en ſa compoſition, a vne Lumiere interieure proportionnée à ſa Tranſparence,

sçauoir est la Blancheur , laquelle il fait paroistre quand il est espaissi par le meslange
d'autres corps plus grossiers ; comme on peut
voir dans l'escume , dans la neige & dans
toutes les autres choses qu'on appelle Aërées.

L'Eau qui est moins Transparente que l'Air,
a aussi vne plus petite portion de Lumiere
que luy , & par consequent vne Couleur plus
brune laquelle deuient sensible par l'espaisse-
ment qui luy arriue ; Aristote a creu que c'est
la Noirceur , par ce que l'eau qui croupit à
l'ombre deuient noire ; que le bois & les
pierres sur lesquelles elle coule se noircissent
à la fin ; ET que la Couleur des charbons ne
peut venir d'aillieurs que de l'humidité que la
chaleur du feu a espaissie ; puis que lors qu'elle est toute consumée la noirceur disparoist
& qu'il ne reste que la cendre où il n'y a plus
d'humeur qui puisse entretenir la flamme &
la Couleur qu'ils auoient. En vn mot c'est
vne opinion qu'il a tenuë constamment en
tous ses ouurages , que l'Air & l'Eau sont les
principes du Noir & du Blanc & que toutes
les choses n'ont ces Couleurs que par la par-
ticipation de ces deux Elemens.

D'autres

D'autres neantmoins tiennent auec beaucoup de vray-femblance que le Verd eft pluftoft la couleur naturelle de ce dernier, que
le Noir : par ce que l'Eau qui croupit au Soleil deuient verte; que toute celle des eftangs,
des lacs & des riuieres, pourueu qu'elles ne
foient pas rapides, quelque claire & tranfparente qu'elle foit, fe verdit au Printemps;
ET que la Couleur mefme que nous appellons
verd de mer nous apprend qu'il n'y en a point
qui foit fi naturelle à cet element que celle-
là. Car quoy que la mer paroiffe ordinairement bleuë, ce n'eft que l'image de la couleur du Ciel que ce grand miroir reprefente;
ENcore ne l'apperçoit-on que dans vne veuë
confufe & dans vne grande diftance; de prés
fa couleur eft verdaftre. Enfin fi l'on confidere que toute la verdure des plantes ne vient
& ne fe conferue que par l'humidité; que
celle de la terre, des pluyes & de la rofée en eft l'ordinaire aliment; ET que quand
elle vient à manquer leurs feüilles fe feichent,
fe fanent & prennent d'autres couleurs; on
ne poura douter que le Verd ne foit la couleur naturelle de l'Eau : ET que la raifon pour
laquelle elle eft fi generale & fi familiere à la

T

nature , c'eſt que cet element domine en tous les vegetaux & leur communique ſa teinture ſans ſouffrir ces grandes alterations qui ſont neceſſaires pour former les autres couleurs.

Mais que l'Eau ſoit naturellement noire ou verte, il s'enſuit touſiours que toute tranſ-parente qu'elle eſt , elle a vne couleur inte-rieure; et qu'il en eſt de meſme des metaux, leſquels ont chacun leur couleur propre qu'ils mettent en euidence quand le feu ou quelque autre cauſe a tiré a la ſurface le dia-phane qui ſert de ſubject à leur couleur : car c'eſt ainſi que la rouïlle ſort du fer , que le verd de gris ſort du cuyure, que l'on tire de l'or de l'argent & des autres, diuers emaux qui ont tous leur teinture particuliere. Et par conſequent nous pourons conclure que la Tranſparence eſt la meſure de la Lumiere interieure , & que tous les corps ont autant de cette Lumiere qu'ils ont de Tranſparence: de ſorte qu'apres les lumineux qui l'ont au ſupreme degré , ceux qui en ont beaucoup, ont des couleurs fort hautes & ceux qui en ont moins les ont plus brunes ; gardant cette proportion iuſques au Noir qui a la plus petite portion de Lumiere & qui fuppofe auffi la plus petite portion de Tranfparence.

Ce qui pouroit neantmoins faire douter de cette verité, c'eft qu'il y a quantité de cho- fes qui apparemment font d'vne mefme con- fiftence, qui ont la mefme difpofition & le mefme partage de la matiere & qui par con- fequent doiuent auoir vne efgale Tranfpa- rence, lefquelles pourtant ont des couleurs fort oppofées comme font les marbres noirs & blancs. Mais il eft aifé de refoudre cette difficulté fi l'on prend garde que les chofes fe colorent en deux manieres, premierement par Alteration comme les fleurs, les fruicts & les plantes qui prennent leur couleur par la coction des fucs qui entrent en leur compo- fition; Et felon que le feu agit fur les corps, il leur donne diuerfes couleurs qu'ils n'auoient point auparauant. Secondement par Teintu- re ou par addition de fubftances colorées.

*Pourquoy des Corps de pareille confiftence ont de diuerfes Cou- leurs.*

La premiere fuppofe toufiours vn change- ment dans la confiftence de la matiere, par- ce que les parties s'efpaiffiffent ou s'atenuënt par l'action des premieres qualitez : Et de-là vient que le Diaphane s'euapore ou s'altere,

T ij

se rendant tantost plus pur & plus clair,
tantost plus grossier & plus obscur ; d'où
naist enfin le diuers partage de la Lumiere,
& par consequent toute la diuersité des Couleurs. Mais aucun de ces changemens n'arriue pour l'ordinaire dans les teintures ; par ce
que le corps qui donne la couleur est en si
petite quantité qu'il ne peut alterer la consistence des choses qu'il teint, comme on peut
voir dans vn verre d'eau que quelques gouttes d'ancre noircissent, sans que pour cela elle en deuienne plus espaisse & plus grossiere.

Or il est certain que les pierres ne se colorent point autrement, & que les couleurs
qu'elles ont ne viennent daillieurs que de certaines liqueurs qui passent à trauers la terre,
l'infectent de la couleur qu'elles y rencontrent & la communiquent apres au suc qui
se congele en pierre. Car le principe de ces
Mineraux est vn suc qui est fluide & transparent en son origine, & qui venant à se
mesler auec la terre s'incorpore auec elle &
se congele apres par la vertu coagulatiue qui
luy est naturelle: de sorte que si la terre qu'il
rencontre est bien pure & bien liée, il con-

ſerue ſa tranſparence & les pierres ſont diaphanes : autrement elles ſont opaques : enfin
il communique aux vnes & aux autres la
couleur dont il eſt imbu. Auſſi la Couleur
eſt vne choſe qui ne fait pas la difference des
pierres, puis qu'il y en a de meſme eſpece qui
ſont diuerſement colorées , ſe trouuant meſmes des diamans qui ſont rouges & des ſa-
phirs qui ſont blancs. Quoy qu'il en ſoit, s'il
eſt vray que les pierres ne ſe colorent que par
teinture & non par aucune alteration des premieres qualitez , et que la teinture ne change pas touſiours la conſiſtence des choſes qui
ſe teignent , il ne faut pas s'eſtonner ſi les
marbres ont des couleurs ſi oppoſées, quoy
qu'ils ayent vne meſme diſpoſition & via meſme partage de la matiere & par conſequent
vne eſgale tranſparence. Ainſi le principe
que nous auons eſtably demeure veritable,
qu'il y a autant de Lumiere dans les corps
qu'il y a de Tranſparence ; par ce que le corps
qui teint, a ſa Tranſparence propre & la Couleur qui eſt proportionnée à cette Tranſparence ; et le corps qui eſt teint, n'a qu'vne
couleur empruntée qui empeſche que ſa
couleur naturelle ne paroiſſe laquelle eſt

comme l'autre proportionnée à sa Transparence.

C'est là tout ce que nostre dessein nous a donné la liberté de dire des Couleurs Fixes & Permanentes ; ce qui s'y pouroit adjouster appartenant au traité des Couleurs en particulier. Il n'y a qu'vne opinion que ie ne puis m'empescher d'examiner, par ce qu'estant nouuelle & fort specieuse, elle peut persuader beaucoup d'esprits & leur rendre la nostre suspecte.

*Si le Soulphre est le subject de la Couleur.*

Il y en a donc qui disent que tous les corps sont composez de Sel, de Soulphre & de Mercure ; ET que le Soulphre est l'vnique & le veritable subject de la Couleur. Ils fondent cette opinion sur ce que la Couleur est vne sorte de Lumiere & qu'il n'y a que le feu qui soit lumineux dans les mixtes ; de sorte que le Soulphre estant le seul de tous les principes qui soit inflammable, il n'y a que luy qui soit susceptible de la Lumiere ; ET comme les Couleurs sont des Lumieres affoiblies, que selon qu'il est plus ou moins pur, il a aussi de plus grandes ou de plus petites portions de Lumiere ; ou pour mieux dire,

il eſt capable de les receuoir : car ils tiennent
que la clarté du Soleil ou des autres corps lumineux venant à tomber ſur les choſes , elle
allume les parties Sulphurées qui entrent en
leur compoſition , & que les flammes qui en
ſortent ſont les Couleurs que nous leur
voyons.

   Mais quand on demeureroit d'accord de
ces principes pretendus , il eſt certain que
le Soulphre n'eſt pas le ſeul d'entre-eux qui
ſoit viſible , & que le Mercure & le Sel ſe
peuuent diſcerner par la veuë : Or ce qui eſt
viſible doit eſtre coloré , & par conſequent
le Mercure & le Sel ont quelque Couleur,
& le Soulphre n'eſt pas le ſeul & vnique ſubject de cette qualité. Et il eſt inutile de dire
que ces ſubſtances ne ſe ſeparent iamais ſi parfaitement qu'il n'en reſte quelque portion
qui demeure meſlée auec les autres , &
qu'ainſi il y a touſiours dans le Sel & dans le
Mercure quelque partie Sulphurée qui les
teint & qui les cölore. Car outre qu'il
faudroit alors que la Couleur qu'elle leur don-
neroit fuſt brune & obſcure ; dautant que cette petite portion de Soulphre ſuppoſeroit vne
petite portion de Lumiere , & qu'vne petite

portion de Lumiere ne peut produire qu'vne
foible & obfcure Couleur ; Cependant le Sel
& le Mercure dont on a ainfi feparé le Soulphre , paroiffent de couleur blanche qui eft
la plus haute & la plus lumineufe de toutes:
Outre qu'il y en a qui pretendent pouuoir faire cette feparation fi jufte, qu'il ne reftera aucune portion de Soulphre dans les autres,
lefquels pourtant ne laifferont pas d'eftre colorez. Outre ces raifons dif-je il eft conftant
entre tous les chymiftes qu'apres qu'ils ont tiré le Sel qui eft dans les cendres , il demeure vne terre fterile , defnuée de toutes les vertus des autres principes & vne vraye terre ou
tefte morte comme ils l'appellent ; cependant
cette terre eft extremement blanche ; d'où
vient donc qu'elle a cette blancheur s'il n'y a
plus de Soulphre & fi le Soulphre eft le principe de toutes les Couleurs ?

Mais le moyen de s'imaginer que les Couleurs foient des flammes que la Lumiere du
Soleil allume dans ces parties Sulphurées ?
Se pouroient - elles efpandre en des fubjects
qui n'ont aucune difpofition pour prendre
feu ? car fi l'on met vn Ruby ou vne efme-
raude dans l'eau ou qu'ils foient emprifonnez
dans

dans la glace, leur couleur paroift auffi viue
que s'ils eftoient dans l'air ; cependant ils ne
font pas en eftat de s'allumer, l'eau & la glace eftant fi ennemies de la flamme. Daillieurs
ces flammes confumeroient à la fin la matiere qui les entretient ; et ce feroit vne merueille incomprehenfible que des corps qui
conferuent durant tant de fiecles leur couleur
naturelle, ne fouffriffent aucune diminution
dans leur poids, dans leur figure, & dans leur
couleur mefme, apres vn fi long embrafe-
ment. Ce feroit encore vn autre fubject d'ef-
tonnement que ces flammes s'amortiffent au
moment que la Lumiere du Soleil difparoift,
& qu'il n'en demeuraft pas la moindre eftin-
celle qui fe fift voir apres l'efloignement de
cet Aftre. Car la flamme qu'il allume dans la
pierre de Bologne nonobftant que la matiere
ou elle s'efprend foit extremément fubtile, efclaire neantmoins quelque temps apres qu'on
l'a mife en vn lieu obfcur ; pourquoy donc
celle qu'il produit dans des matieres plus efpaiffes & plus groffieres où naturellement elle
fe doit conferuer plus long-temps, fe perd
elle à l'inftant qu'il fe cache ?

Ie preuoy bien qu'ils diront qu'il ne faut

V

pas prendre à la rigueur ces mots de *Feu* & de *Flamme*, & que ce font des façons de parler figurées qu'ils employent pour exprimer l'effect de la Lumiere fur ces parties Sulphurées. Mais quel peut eftre cet effect? Eſt-ce qu'elle les efclaire & les illumine feulement? En ce cas les Couleurs ne feroient autre chofe que la Lumiere Exterieure, ce qu'ils ne veulent pas auoüer. Outre qu'il ne faudroit pas reftraindre les Couleurs à ces parties Sulphurées, les autres qui font de diuerfe nature eftant auffi bien illuminées que celles-là. Eft-ce point qu'elle fe charge de leur teinture comme quand elle paffe au trauers des vitres colorées? Mais alors il faudroit contre leur fentiment, que les Couleurs fuffent actuellement dans ces parties Sulphurées auant qu'elles receuffent la clarté. De dire auffi qu'elle s'altere par l'Opacité où autre qualité femblable auec laquelle elle fe mefle; cela ne fe peut fouftenir pour les raifons que nous auons apportées. Et par confequent toute cette opinion n'a rien de folide & ne peut paffer non plus que le fubject dont elle traite que pour vne belle apparence & vne agreable illufion. Apres tout quand elle feroit veritable, bien

loin de deftruire la noftre elle la confirme en
quelque façon : car quand elle fait le partage
& la diuerfité des Couleurs fur le plus & le
moins de pureté qu'a le Soulphre, elle eft
contrainte d'auoüer que cela eft caufe qu'il eft
plus ou moins opaque ; ET par confequent il
faut qu'il foit plus ou moins tranfparent. Car
comme il n'y a rien qui puiffe diminuer la
tranfparence que l'opacité, rien auffi ne diminuë l'opacité que la tranfparence : Ainfi
qui dit, qu'vne chofe eft plus ou moins opaque, dit qu'elle a plus ou moins de tranfparence : Ainfi la Tranfparence eft toufiours le
premier fubject de la Lumiere & de la Couleur, & felon la mefure où elle fe trouue, elle porte auec foy la mefme mefure de Lumiere comme nous auons fait voir.

*Quel eft le Nombre & l'Ordre des Couleurs.*

## ARTICLE DIXIESME.

APres auoir montré comment la Lumiere s'affoiblit dans les Couleurs Fixes &
Apparentes, il ne nous refte plus qu'à mar-

quer la mesure de cet affoiblissement & la
portion de Lumiere que chaque Couleur a
dans son partage. Mais pour arriuer plus facilement à vne connoissance si difficile , il faut
determiner le Nombre & l'Ordre des Couleurs ; car le premier nous apprendra combien de parts il y a à faire , & mettra des bornes à vne matiere qui semble infinie ; ET le second nous fera connoistre en gros les Couleurs qui sont les plus proches ou les plus esloignées de la Lumiere & par consequent qui
en ont vne plus grande ou plus petite portion.

Quant au Nombre des Couleurs , il ne faut
pas s'imaginer que nous ayons dessein de marquer toutes leurs differences particuliers ; ce
seroit vne entreprise temeraire , puis qu'il n'y
a point de termes pour les exprimer , & que
la fecondité de la nature à surpassé en cela
celle de l'esprit. Car quelque secours que les
langues les plus riches nous y peussent donner , à peine toutes ensemble nous en pou-
roient-elles fournir 150. especes ; quoy que
dans le seul genre de la Couleur verte il s'y en
trouue plus de deux mille , n'y ayant pas vne

plante qui n'ait fon verd particulier & different de celuy qui fe trouue aux autres. Les
arts mefmes qui manient les Couleurs femblent auoir difputé auec la nature à qui en feroit vne plus grande varieté , & par deſſein,
ou par hazard elles en ont formé quantité de
nouuelles qui ne luy auoient point efté connuës. De forte qu'on n'en peut tenir vn compte certain , non feulement par ce que la diuerfité en eft incomprehenfible , mais encore par ce que chaque fiecle a eu les fiennes propres , & que la plufpart des noms qui leur
ont efté impofez autrefois ne refpondent pas
juftement à ceux que nous leur donnons,
ny aux chofes mefmes qu'ils deuroient fi-
gnifier.

Le Nombre que nous cherchons ne va donc
pas iufques à ces differences particulieres , il
eft reftraint aux generales qui font comme
les fources d'où les autres deriuent ou pluftoft comme les Chefs foubs lefquels celles
qui font de mefme nature font mifes en ordre.

Il y en a qui les cherchent dans la Simpli-
cité ; ET pour ce fubject ceux qui croyent
qu'il n'y a que le *Blanc* & le *Noir* qui foient

*D'où fe ti-
re le Nom-
bre des
Couleurs.*

V iij

simples & que toutes les autres en font compofées , ne mettent que ces deux genres de
Couleurs. Les autres y adjouftent le *Rouge* &
le *Bleu* qu'ils tiennent auffi fimples que les
premieres , par ce qu'il n'y a point d'art qui
ait encore peû former aucune de ces Couleurs
par quelque meflange que ce foit ; et que l'on
peut faire naiftre toutes les autres de ces quatre diuerfement meflées enfemble , comme
on peut juger par l'experience & par le tefmoi-
gnage des anciens Efcriuains qui affeurent
que ces ouurages incomparables d'Apelle, de
Zeuxis, de Timante que l'antiquité a tant ad-
mirez, n'ont efté faits qu'auec ces quatre Couleurs. Ces raifons peuuent encore mettre le
*Iaune* dans le mefme rang , par ce qu'il ne
peut venir d'aucun meflange , & que ceux
qui difent qu'il fe fait du Rouge qui eft beaucoup chargé de blanc , fe trompent & ne
prennent pas garde qu'il n'y a point de Couleur qui puiffe naiftre de cet affemblage qu'vn
Rouge pafle qui eft tout a fait different du
Iaune. Car bien qu'il y ait beaucoup de chofes Iaunes qui deuiennent Rouges par la coction ; cela ne prouue pas que ce ne foit qu'v-
ne mefme efpece de Couleur : puis que tou-

tes les Couleurs paſſent ainſi de l'vne à l'autre;
oubien il faudroit que le verd & le Bleu fuſſent auſſi des eſpeces du Rouge, ſe trouuant
quantité de plantes dont les fueilles deuiennent rouges, de vertes qu'elles eſtoient; et
que du breſil il s'en fait vn Bleu excellent
tout de meſme que l'Indicum ſe faiſoit autrefois de l'eſcume de la pourpre. Et quant
aux quatre Couleurs dont les anciens ont dit
que les tableaux d'Apelle ont eſté peints &
qu'il n'y a pas d'apparence que celuy qui le
premier a ſceu peindre la lumiere & les eſ-
clairs, euſt manqué de la Couleur Iaune qui
eſt propre à repreſenter la clarté, & par conſequent qu'il l'a tirée du meſlange des quatre
precedentes : c'eſt vn Equiuoque du mot de
Couleurs, qui ne ſe prend pas là pour les eſpeces de Couleurs, mais pour les matieres
qui ſeruent à peindre que les Latins appellent
*Pigmenta.* De ſorte que Ciceron & Pline qui
rapportent cette particuliarité, n'ont voulu
dire autre choſe ſinon que de toutes les matieres qu'ils employoient à peindre ils ne ſe
ſeruoient que de la craye de Melos pour le
Blanc, de l'ancre pour le Noir, de la Synope
de Pont pour le Rouge ; & que de tous les

Sils , qui eſt vne autre ſorte de craye , ils ne prenoient que celuy de l'attique, *ex albis me-lino , ex nigris atramento , ex rubris ſynopide pontica , & ſilaceis attico.* Or il eſt certain qu'il y auoit deux ſortes de Sil , l'vn qui peignoit en Bleu & l'autre en Iaune ; ainſi il n'eſtoit point de beſoin qu'ils meſlaſſent leurs couleurs pour faire du Iaune , puis qu'ils en auoient de naturel qui comme dit Pline ſeruoit à peindre la Lumiere. On peut donc conclure que le Iaune eſt vne Couleur ſimple & originelle auſſi bien que le Bleu & le Rouge.

Mais la Philoſophie ancienne qui a reduit toutes les Couleurs au Nombre de ſept , adjouſtant aux cinq precedentes le *Verd* & le *Pourpre* , n'a point conſideré cette ſimplicité, & hors le Blanc & le Noir elle les a creu toutes compoſées : et il ſemble qu'on n'en puiſſe douter pour ces deux dernieres , puis qu'on void par experience que le Verd ſe fait du jaune & du bleu meſlez enſemble , & le Pourpre du bleu & du rouge.

*Toutes les Couleurs ſont ſimples.* Cette derniere opinion eſt la plus certaine pour le Nombre des Couleurs , quoy qu'elle
ſuppoſe

suppofe deux chofes qui font abfolument
fauffes : l'vne, que hors le Blanc & le Noir
toutes ces Couleurs font compofées ; l'autre
qu'elles naiffent du meflange des deux precedens. Car quant à la premiere, il eft certain
que toutes les Couleurs font auffi fimples les
vnes que les autres fi on confidere leur origine dans la nature : Et on n'en peut douter
pour le *Rouge*, le *Iaune* & le *Bleu* que par aucun artifice on n'a iamais fceu tirer du meflange d'autres Couleurs comme nous auons
dit. Le *Verd* mefme & le *Pourpre* qui font
celles que l'art fçait compofer, fe font naturellement fans meflange, comme on peut remarquer dans les Iris où il n'y a point de Iaune pour fe joindre auec le Bleu quand elles
font paroiftre le Verd. Et il n'eft pas vray-
femblable que les principes qui entrent dans
la compofition des efmeraudes & des ame-
thyftes ayent aucune des Couleurs dont on
pretend que le Verd & le Poupre font formez, puis que par la refolution qu'on en peut
faire elles n'y paroiffent point ; Et par confequent le Verd & le Pourpre qu'elles ont ne
vient point de ce meflange pretendu, mais
d'vne fource qui eft auffi pure & auffi fimple

X

que peut eftre celle du Blanc & du Noir qui
fans contredit ne font point compofez. Or fi
la nature du Verd & du Pourpre dependoit
du meflange , ils ne pouroient iamais fe former fans luy , non plus que les autres chofes
qui font effentiellement compofées ne peuuent iamais eftre fimples. Ainfi ayant tant de
preuues & d'experiences que ces Couleurs fe
font fouuent fans meflange , il s'enfuit par
neceffité que leur nature eft fimple d'elle-
mefme & que ce n'eft que par accident quand
l'art ou le hazard les fait naiftre de l'affemblage des autres Couleurs. En effect puis que
les Couleurs ne font que des portions de Lumiere , toutes les Couleurs font naturellement
fimples puis que toutes les portions de la Lumiere le font ; autrement la Lumiere en toute fa plenitude & en fa plus grande pureté feroit compofée fi elle auoit des parties qui fuffent compofées ; puis qu'vn tout garde la nature des parties dont il eft fait. Auffi qui pouroit alterer la pureté de la Lumiere, puis qu'il
n'y a rien qui fe puiffe mefler auec elle ? et il
eft inutile de dire qu'vne Lumiere fe peut
mefler auec vne autre , & qu'ainfi il y a des
Couleurs qui peuuent naiftre du meflange de

diuerſes Lumieres : car ces Lumieres meſlées
enſemble s'vniſſent & ne font qu'vne ſimple
& vnique Lumiere, quoy qu'elles ſe puiſſent
ſeparer l'vne de l'autre , qui eſt vne des merueilles qui ſe trouuent dans cette diuine qualité. De ſorte qu'vne Couleur qui naiſt de
l'aſſemblage de deux autres n'eſt point compoſée non plus que la chaleur qui vient du
meſlange de deux choſes dont l'vne eſt chau-
de au cinquieſme degré & l'autre au ſixieſme;
car ces deux chaleurs confonduës enſemble
n'en font qu'vne ſimple & s'il y a quelque
compoſition c'eſt dans la matiere & non pas
dans la qualité.

De là , il eſt ayſé à juger en qu'elle erreur
on eſt tombé , quand on a creu que toutes les
Couleurs eſtoient compoſées du Blanc & du
Noir ; car outre les raiſons que nous venons
d'apórter , il n'y a aucune experience qui puiſſe fauoriſer cette opinion , ne s'eſtant iamais
rencontré que l'aſſemblage de ces deux Couleurs ait fait naiſtre aucune apparence de Rouge,de Bleu ou d'autre ſemblable eſpece. Et il
eſt inutile de nous dire que la Nature meſle
plus delicatement & plus ſubtilement ces

*Les Cou-
leurs ne ſe
font pas du
Blanc & du
Noir.*

X ij

Couleurs que l'art ne peut faire , et qu'ainſi
elle en fait toutes les autres eſpeces ; au lieu
que l'artifice n'en ſçauroit former que le Gris.
Car la Nature ne ſçauroit meſler les Couleurs
auec plus de penetration & de ſubtilité que
fait la Lumiere quand elle paſſe à trauers des
vitres diuerſement colorées ; emportant auec
ſoy leurs teintures elle les vniſt de telle ſorte
qu'il n'y a aucune partie imaginable de l'vne
qui ne ſoit penetrée par l'autre ; parce qu'il
n'y a rien qui reſiſte à cette vnion & penetration. Mais il n'en eſt pas ainſi des corps qui
ne ſe peuuent diuiſer que iuſques à certains
atomes qui ne laiſſent pas d'auoir toutes les di-
menſions corporelles & qui par conſequent.
ne ſe peuuent penetrer l'vn l'autre ; auſſi les
Couleurs qu'ils ont ne peuuent iamais s'vnir
parfaitement & les yeux nous trompent quand
ils nous perſuadent le contraire. Or il eſt certain que ſi l'on expoſe au Soleil deux pieces
de verre dont l'vne ſoit de couleur Blanche
& l'autre de couleur Noire , la Lumiere qui
paſſera à trauers , quelque vnion qu'elle en
faſſe ne produira point d'autre eſpece de couleur que le Gris, qui approchera plus du Blanc
ou du Noir ſelon que la Lumiere ſe chargera

dauantage de l'vn ou de l'autre : et par confequent il n'y a point de meflange quelque
delicat & parfait qu'on fe puiffe imaginer, qui
ait le pouuoir de faire naiftre de ces deux
Couleurs aucune des efpeces que nous auons
marquées.

Tout ce qu'elles peuuent faire c'eft de les
rendre plus claires ou plus brunes ; car en adjouftant au Rouge diuers degrez de Blancheur on le rend plus ou moins clair, tout de
mefme qu'il deuient plus ou moins brun felon les portions de Noir qu'on luy donne.
Ainfi font-elles de tout les autres genres de
Couleurs, fans que cela puiffe en changer
l'efpece originelle ; car quelque portion de
Blanc ou de Noir que vous adjouftiez au
Rouge, il conferue toufiours l'efpece du Rouge, s'il n'eft tout a fait etouffé par la grande
quantité de Blanc ou de Noir. Mais cela n'arriue pas au meflange des autres Couleurs;
puis qu'en mettant du Bleu auec du Rouge
il en change l'efpece & n'eft plus Bleu ny
Rouge, mais Violet ou Pourpre comme nous
auons dit.

Quoy qu'il en foit, les fept Couleurs pro-
X iij

posées a sçauoir le *Blanc* & le *Noir*, le *Rou-ge*, le *Bleu* le *Iaune*, le *Verd*, & le *Pourpre* sont les seules que la Lumiere produit quand elle n'est point attachée a la matiere ny meslée a-uec les corps. Car en toutes les Iris qui nous

*Les Cou-leurs des Iris sont les modelles de toutes les Couleurs.*

paroissent soit naturelles, soit artificielles, il ne se forme point d'autres Couleurs que ces sept-là : ET ce qui est tres-remarquable, elles ne se diuersifient point pour le changement du milieu où elles se font ; c'est tousiours vn mesme Verd, vn mesme Rouge quelque dif-ferent que puisse estre le diaphane par où la Lumiere passe. Ainsi la mesme espece de Verd qui se void dans l'Iris se remarque sur les fils d'araignée, sur les rayës d'argent, sur les poils & les plumes ; ET quoy qu'il y ait plusieurs sortes de Verd, la Lumiere se restraint à vne seule sans iamais la changer. Ce qui nous doit faire croire que ce sont les Couleurs les plus naturelles de toutes, & que s'il y a quelques proportions qui en fassent la difference, elles sont plus iustes & plus regulieres dans ces sept-là qu'en toutes les autres : puis que la nature qui n'est point empeschée agit tous-jours parfaitement, & que la matiere ne luy sert point d'obstacle dans les Couleurs Ap-

parentes comme elle fait dans les Fixes. C'eſt
pourquoy il faut à mon aduis reduire toutes
les differences qui ſe trouuent ſoubs chacun
de ces ſept genres de Couleurs à l'eſpece qui
paroiſt dans les Apparentes, et mettre par e-
xemple toutes les ſortes de Verd que nous
voyons dans les choſes, ſoubs l'eſpece que la
Lumiere fait dans les Iris ; par ce que c'eſt la
ſource & le modelle de tous les verds de la
nature , leſquels ne ſont differens de celuy-là
que par ce qu'ils ſont plus clairs ou plus bruns
& ainſi des autres.

   Il faut neantmoins obſeruer que quand
nous auons aſſeuré que dans les Iris il ne ſe
forme point d'autres Couleurs que les ſept
dons nous parlons ; nous n'auons pas voulu
dire qu'elles ſe trouuent toutes ſept dans chaque Iris ; car le ſens nous dementiroit qui ne
remarque que le Rouge, le Verd & le Pourpre dans l'Iris celeſte & dans toutes les autres qui ſe voyent par reflexion. Mais par ce
qu'il y a des Iris qui ſe voyent par refraction
& qu'alors cet ordre de Couleurs ſe change,
le Iaune le Rouge & le Bleu prenant ſouuent
la place des trois precedentes : nous auons
joint toutes ces apparences en vne ſeule pro-

pofition , eftant veritable que generalement
parlant ces fept Couleurs fe forment dans les
Iris, quoy que chaque Iris ne les ait pas toutes
enfemble.

On peut mefme dire que , qu'encore qu'il
n'y ait que le Rouge, le Verd & le Pourpre
qui foient diftinctement marquez dans l'Arcanciel & dans l'Iris des Triangles , neantmoins entre le Rouge & le Verd , il y a
quelques traits de Iaune, comme il y en a quelques-vns de Bleu entre le Verd & le Pourpre.

Il eft donc conftant que les Iris nous four-
niffent cinq genres de Couleurs. A fçauoir le
Rouge , le Iaune , le Verd , le Bleu & le
Pourpre. Mais où prendrons nous le Noir &
le Blanc qui ne paroiffent en pas vne ? cela
ne fera pas difficile fi on confidere que la
Lumiere porte fa Blancheur auec elle & que
lors qu'elle vient à fes dernieres diminutions,
le Noir & les Tenebres luy fuccedent : car
la couleur noire eft la derniere portion de la
Lumiere & ce qui eft au de-là eft Tenebreux
& fans couleur. Ainfi il n'y a point d'Iris où
la Blancheur & la Noirceur ne fe puiffent reconnoiftre : par ce que la Lumiere s'y trouue

dans

dans fa pureté , auant qu'elle fe rompe & fe
reflechiffe pour produire les autres Couleurs ;
et qu'apres s'eftre diminuée par ces mouuemens elle fe perd dans les nuées & y fait paroiftre la noirceur & l'obfcurité. Où il faut remarquer que la Noirceur des tenebres eft differente de celle de la Couleur Noire , non feulement par nature , celle-là eftant priuatiue &
celle-cy pofitiue & reelle ; mais auffi par le
fens ; car il n'y a point de fi grande obfcurité
qui paroiffe fi noire que la poix , le charbon
& le velours noir. Et la raifon en eft à mon
aduis que la veuë fe perd dans les Tenebres
& n'eft point arreftée & determinée par aucun
object , de forte que le jugement qu'elle en
fait eft vague fans eftre fpecifié par aucune
image : Ioint que les efprits qui fe jettent
continuellement dans les yeux diminuent par
leur clarté quelque peu de cette obfcurité ; au
lieu que la Couleur Noire portant fon Image
dans la veuë , elle la determine & fe fait apperceuoir telle qu'elle eft , nonobftant la lumiere des efprits qui ne corrompent iamais
les images. Quoy qu'il en foit ces deux diuerfes apparences de Noirceur fe difcernent
facilement dans le Triangle de chryftal ; car

Y

quand on regarde les objects à trauers, le cercle qui borne les Couleurs de fon Iris, eft
d'vn Noir tellement obfcur qu'il furpaffe toute autre obfcurité & refpond à la noirceur
du charbon & des autres chofes les plus noires ; par ce que c'eft là ou finiffent les rayons
qui forment vne veritable Couleur; au de-là,
ce font de vrayes tenebres dont la Noirceur
n'eft pas fi forte pour les raifons que nous a-
uons dites.

*Quel eft*
*l'Ordre des* Le Nombre des Couleurs ainfi eftably, il
*Couleurs.* refte à voir l'Ordre naturel qu'elles gardent
entre-elles, & le voifinage ou l'efloignement
qu'elles ont auec la Lumiere. Mais il ne faut
pas penfer qu'on le puiffe tirer daillieurs que
de la mefme fource dont nous auons tiré leur
Nombre. Ie veux dire que l'on ne peut exactement connoiftre cet Ordre que dans les
Couleurs Apparentes : Par ce que dans les
Fixes foit qu'elles foient naturelles ou artificielles, il n'y a point d'efpece arreftée & con-
ftante qui nous puiffe feruir de regle pour
donner le rang aux autres. Car comme dans
vn mefme genre il y en a de claires & de
brunes & qui par confequent font plus pro-

ches ou plus efloignées de la Lumiere , fi on les compare auec celles d'vn autre genre, elles feront plus ou moins lumineufes que les fiennes ; ainfi on ne poura determiner par elles la prefceance d'vn genre a l'autre. Par exemple fi on vouloit regler le rang que le Iaune doit auoir à l'efgard du Bleu , par le Roux & par le Bleu pafle , il eft certain que le Bleu iroit deuant le Iaune ; dautant que le Bleu pafle approche plus de la Lumiere que le Roux : tout au contraire fi on comparoit le Iaune paillé à l'Azur , il faudroit placer le Iaune deuant le Bleu. Qui poura donc regler l'Ordre naturel où il les faut mettre tous deux , puis qu'on ne peut decider laquelle de leurs efpeces eft la premiere & la plus parfaite en fon genre ? Et c'eft de-là qu'eft venuë la difficulté qu'il y a à donner au Pourpre le rang qu'il doit auoir entre les Couleurs ; car bien que l'on le place ordinairement apres le Bleu , s'il eft vray neantmoins qu'il naiffe du meflange du Rouge & du Bleu, il faut qu'il foit entre les deux & par confequent il ne fera pas apres le Bleu comme on croit. Mais fi l'on fçauoit l'efpece naturelle ou confifte la perfection de cette Couleur & celles que l'art

doit employer pour la produire, on ne doute-
roit plus de l'Ordre qu'elle doit garder. Et il
eft inutile de dire que les yeux peuuent juger
de cette perfection ; car les jugemens en font
differens felon l'humeur des perfonnes , puifque l'on void que les vns ayment les couleurs hautes & les autres les brunes & les obfcures : de forte qu'il eft impoffible d'y trouuer vne reigle certaine , & il faut de neceffité la chercher dans la nature mefme, lors qu'elle agit auec vniformité & fans empefchement ; ce qui ne fe rencontre que dans les
Couleurs Apparentes.

*La Blan-
cheur eft la
premiere
des Cou-
leurs.*

Pour decider donc par elle l'Ordre que
nous cherchons , il faut prefuppofer que le
*Blanc* & le *Noir* font les deux extremitez
qui enferment toutes les autres Couleurs; et que
perfonne n'a encore douté que la Blancheur
ne fuft la premiere de toutes comme celle qui
participe plus de la Lumiere ; non feulement
par ce qu'elle eft la plus efloignée du Noir qui
eft dans le voifinage des tenebres , mais encore par ce qu'elle feule efclaire la nuict , &
que la Lumiere mefme n'eft autre chofe qu'v-
ne blancheur efclatante. Il n'y a donc point

de difficulté pour le rang de ces deux-là, estant vne chose certaine & qui n'a iamais esté contestée que le Blanc y tient la premiere place & le Noir la derniere. Car ie ne m'arreste pas a ceux qui disent que ce ne sont pas des Couleurs, & que c'en sont seulement les extremitez ; dautant qu'elles sont visibles & que tout ce qui est visible est Lumiere ou Couleur.

Quant a la seconde place les vns la donnent au *Iaune*, & les autres au *Rouge*. Mais l'opinion la plus commune fauorise le *Iaune*, non seulement par ce que l'Art se sert de cette couleur pour representer la Lumiere, que de loing elle paroist blanche estant mise auprez du Rouge, & que c'est la premiere couleur que la Lumiere prend quand elle se mesle auec les corps les moins opaques comme sont l'air & les vapeurs les plus subtiles : mais encore par ce que dans l'Iris celeste le Rouge est la plus haute des couleurs, qui neantmoins est precedé par le Iaune dans les Iris qui se voyent par Refraction : car en regardant les objects à trauers les triangles on void le Iaune le Rouge & le Bleu. Les autres qui donnent

la prefceance au Rouge n'ont qu'vne raifon
pour luy conferuer ce rang , qui eft que lors-
que l'Arcanciel eft compofé de quatre couleurs , le Iaune paroift entre le Rouge & le
Verd & eft par confequent placé apres le
Rouge. Mais vne feule obferuation n'eft pas
capable de deftruire toutes les autres qui prou-
uent le contraire , & ce ne peut eftre qu'vn
incident qui a fes caufes particulieres comme nous montrerons cy-apres. De forte qu'il
faut s'en tenir a l'opinion commune qui met
le Iaune immediatement apres le Blanc & le
Rouge apres le Iaune.

La difficulté eft bien plus grande à fçauoir
fi c'eft le *Verd* ou le *Bleu* qui doit eftre placé en fuite ; par ce qu'il y a de tres-fortes raifons pour l'vn & pour l'autre. En faueur du
*Bleu* on peut dire premierement, que les chofes peintes ou teintes en Bleu paroiffent Vertes à la chandelle ; Et que cela ne peut venir
que de la foibleffe de la Lumiere qui ofte au
Bleu l'efclat qu'il auoit au jour par deffus le
Verd ; autrement il faudroit pluftoft que le
Verd en s'affoibliffant paruft Bleu , fi le Bleu
eft plus obfcur que luy. Secondement le Rou-

ge paſſe immediatement au Bleu, comme on peut experimenter par la decoction du breſil dont il ſe fait vn Bleu excellent, par les veines qui paroiſſent Bleuës, par la rate qui prend facilement cette couleur, de rouge qu'elle eſtoit. En troiſieſme lieu par ce qu'en regardant les objects à trauers les triangles, le Rouge eſt immediatement ſuiuy par le Bleu. Il y en a meſme qui veulent que le Bleu ſe forme d'vne Lumiere plus pure que le Rouge, par ce que le bas de la flamme où la vapeur eſt plus aërée & plus ſubtile, eſt Bleu, & le haut ou elle eſt plus terreſtre eſt rougeaſtre; par ce que les parties du triangle les plus eſpaiſſes produiſent le Rouge, & les plus minces le Bleu; par ce que la flamme de l'eau de vie qui eſt ſi ſubtile qu'elle ne bruſle point, eſt toute Bleuë & que celle des charbons des Metaux & autres ſemblables matieres eſt Rouge; par ce qu'enfin les parties de l'air qui ſont les plus eſleuées & par conſequent les plus rares & les plus tranſparentes ſont de couleur Bleuë; au lieu que les rayons du Soleil paſſant au trauers des nuës & des vapeurs qui ſont plus groſſieres, les peignent de Rouge. Or s'il eſt vray que les corps les

plus rares & les plus subtils sont les plus
transparens , il faut qu'il y ait plus de Lumiere dans le Bleu que dans le Rouge qui demande vn sujet plus grossier & plus espais : Et par
consequent il doit estre placé deuant celuicy
& à plus forte raison deuant le Verd qui sans
contestation est apres le Rouge.

Nonobstant toutes ces raisons, il faut main-
tenir le *Verd* dans le Rang qui luy a esté donné par la Nature laquelle l'a mis justement au
milieu de toutes les Couleurs. Car estant la
plus agreable de toutes, elle doit auoir la proportion qui cause cet aggreement, & tenir
par consequent le milieu entre-elles comme
nous montrerons dans l'Article suiuant : or si
elle est au milieu, il faut qu'elle ait la quatriesme place & qu'elle precede le Bleu, supposé
qu'il n'y ait que sept Couleurs principales.
Mais ce n'est pas la seule raison que nous
ayons pour luy conseruer cette preseance , il
y en a quantité d'autres que l'Art & la Nature
nous fournissent. Car si l'on veut consulter
les arts qui manient les Couleurs , elles nous
apprendront que le Iaune & le Bleu meslez
ensemble font naistre toutes les differences
les plus remarquables du Verd , ce qui n'a

pas

pas efté ignoré des peintres anciens qui au rapport de Vitruue & de Pline, ne voulant pas employer la Chryfocolle à caufe du grand prix ou elle eftoit , mefloient le fuc de l'herbe Lutea auec l'Indicum , & en formoient vn Verd tres-agreable. Et ce n'eft pas feulement dans les Couleurs Fixes & materielles que ce meflange produit cette efpece de Couleur ; il fait la mefme chofe dans les Apparentes : car fi on expofe au Soleil deux pieces de verre teintes de Iaune & de Bleu, la Lumiere paffant à trauers les vnit enfemble & les change en Verd : et mefmes en regardant les objects par le triangle, fi on en tourne les coftez en forte que l'on joigne enfemble le Iaune & le Bleu, l'on y verra infailliblement le mefme Verd qui paroift dans l'Arcanciel & autres femblables Iris. D'où il faut neceffairement conclure que le Verd eft entre le Iaune & le Bleu & par confequent qu'il precede le Bleu. Enfin fi on confidere qu'en regardant les objets à trauers le triangle de chryftal, l'ordre des Couleurs de l'Arcanciel & des autres Iris fe trouue changé, & qu'en la place du Rouge qui tient le premier rang en celles-cy, on y void le Iaune qui

Z

eft d'vn degré plus haut; on jugera bien que les autres Couleurs doiuent monter a proportion, & que le Bleu prenant la place du Verd, il faut qu'il foit naturellement d'vn degré plus bas que celuy-cy ; puis que toutes les Couleurs qui paroiffent en ce Phenomene fe trouuent efleuées au deffus de l'ordre qu'elles gardent dans l'Iris celefte. Toutes ces raifons font voir que le Verd fuit naturellement le Rouge & qu'il a la quatriefme place dans l'Ordre des Couleurs.

Il refte maintenant à refpondre a celles qui la donnent au Bleu. Nous difons donc à la premiere qu'il eft vray que les chofes bleuës paroiffent vertes à la chandelle, mais qu'il ne s'enfuit pas de-là que le Bleu doiue preceder le Verd, non plus que le Iaune ne doit pas eftre placé deuant le Blanc par ce que les chofes jaunes femblent eftre blanches aux flambeaux : c'eft vn effect de ces foibles Lumieres qui n'ont pas la vertu de tirer des objects les Images entieres de leurs Couleurs, & qui n'en font fortir que les parties les plus lumineufes ; d'où vient que ces Couleurs paroiffent plus hautes qu'elle ne font en effect. Et pour montrer que cette raifon eft veritable,

c'eſt que les flammes qui ſont bleuës ne paroiſſent iamais vertes a quelque clarté que ce
ſoit qu'on les voye ; dautant que la Lumiere
eſt ſi vnie auec la Couleur, qu'elle la repreſen-
te aux yeux toute entiere & telle qu'elle eſt.
On pouroit neantmoins encore dire que la
Lumiere des chandelles eſtant jaune, jauniſt
quelque peu les objects & que le Iaune eſtant vny au Bleu produit le Verd comme
nous auons dit. Quant au paſſage du Rouge
au Bleu , il ne conclud rien au des-aduanta-
ge du Verd puis que toutes les Couleurs paſſent ſouuent d'vn genre à vn autre fort eſloigné , voire meſme d'vne extremité à l'autre,
ſans prendre les Couleurs mitoyennes : le feu
change immediatement le Blanc en Noir,
l'eſtomach blanchiſt les choſes rouges, vertes & noires ; et le foye rougit le chyle qui
eſt blanc. Enfin qui conſiderera tous les changemens qui ſe font dans les Plantes, quelque
ſuite reglée de Couleurs qu'il y ait en pluſieurs , verra qu'il y en a beaucoup ou elle
ne ſe fait point , et qu'il y a des fleurs qui de
blanches deuiennent bleuës ou pourprées, &
des fruits qui de verds deuiennent violets
ou noirs ; ſans prendre les Couleurs qui ſont

entre-deux : Ainſi on ne peut eſtablir l'Ordre
naturel des Couleurs par ces mutations. Et
ſi la raiſon qu'on apporte du paſſage qui ſe
fait du Rouge au Bleu eſtoit bonne , il faudroit que le Violet & le Pourpre fuſſent deuant le Bleu , puis qu'il y a plus de choſes,
qui de rouges deuiennent violettes & pourprées, que de rouges qui deuiennent bleuës.
Pour ce qui eſt du rang qu'a le Bleu parmy
les Couleurs que l'on void à trauers les
triangles nous en auons donné les raiſons
cy-deſſus.

Quant aux Preuues qui pretendent faire
voir que le Bleu ſe forme d'vne Lumiere
plùs pure que le Rouge, elles ſont appuyées
ſur de faux fondemens. Car le bas de la flamme n'eſt pas bleu à cauſe que la vapeur y eſt
plus aërée & plus ſubtile qu'elle n'eſt au
hault ; au contraire elle y eſt plus groſſiere;
par ce qu'au moment qu'elle ſort de la meſche elle s'eſprend & ne donne pas le temps
a la chaleur de la purifier. Auſſi voyons-nous
que quand le feu s'eſprend en des matieres
fort ſubtiles & fort ſeches comme dans la
paille , toute la flamme eſt blanche ſans que
le bas en ſoit Bleu , la fumée n'ayant rien de

groffier qui luy puiffe donner cette couleur obfcure. L'on en peut dire autant de l'Eau de Vie & du Soulphre dont la flamme eft toute bleuë ; car ces matieres ont des parties tellement inflammables & qui prennent feu fi fubitement , que les autres font contraintes de s'allumer auant qu'elles foient dechargées de l'impureté qu'elles ont : ET comme dans vne diftillation precipitée ce qui eft leger & volatil emporte auec foy ce qui eft pefant & fixe , auffi ce qu'il y a d'aqueux & de groffier en ces corps-là s'allume auec ce qui eft fubtil & fait vne flamme qui marque dans fa Couleur, l'impureté dont elle n'a pas eu le temps de fe deffaire. Les deux autres raifons qui accompagnent ces premieres font encore plus foibles : car l'efpaiffeur des triangles ne fait rien à la production des Couleurs comme nous auons montré ; ET l'air ne paroift pas bleu à caufe de fa pureté , mais à caufe de fa profondeur;de mefme que les nuës les plus rares ne font iamais paroiftre cette Couleur , mais feulement celles qui font les plus efpaiffes & les plus profondes. Ainfi nous pouuons conclure nonobftant toutes ces objections que le Bleu n'a pas vne Lumiere fi

Z iij

pure que le Rouge, qu'il eſt moins lumineux,
qu'il ne peut eſtre placé deuant luy & par
conſequent qu'on ne peut inferer de là qu'il
doiue preceder le Verd.

Le Bleu eſtant ainſi deſcheu de ſes preten-
tions , il ſemble qu'on ne luy oſeroit diſpu-
ter le cinquieſme rang. Mais il eſt ſi malheu-
reux que le Pourpre le luy conteſte encore.
Premierement par ce que dans l'Iris, le Pourpre ſuit immediatement le Verd : En ſecond
lieu par ce que celuy-cy naiſt ordinairement
du Rouge & du Bleu & qu'il faut par conſequent qu'il ſoit entre les deux. Mais ces raiſons ſont foibles. La premiere par ce que l'I-
ris que l'on void à trauers le triangle a le
Bleu immediatement apres le Rouge ; ET
comme ces Couleurs ſont eſleuées d'vn degré plus hault que celles des autres Iris comme nous auons montré, il s'enſuit que le
Bleu qui en fait la baſe eſt plus hault que le
Pourpre qui fait la baſe des autres. Quant à
la ſeconde , il eſt vray que le Pourpre ſe fait
artificiellement par le meſlange du Rouge &
du Bleu , mais il faut que ces Couleurs
ſoient fort brunes ; ainſi cela ne conclud

point pour la preſceance du Pourpre : Car il
n'eſt pas queſtion s'il y a quelques eſpeces de
cette Couleur qui ſoient plus lumineuſes que
quelques-vnes du Bleu ; mais ſi l'eſpece qui eſt
la plus parfaite dans ce genre a plus de Lumiere & va deuant celle qui l'eſt dans le genre du Bleu ; or il eſt certain que celuy-cy
l'emportera ſur l'autre pour les raiſons que
nous venons de tirer des Couleurs que l'on
void à trauers les Triangles. Apres cela il n'y
a plus de difficulté pour l'ordre de toutes les
Couleurs & il demeure pour conſtant que
le Blanc eſt au premier rang, le Iaune au ſecond, le Rouge au troiſieſme, le Verd au
quatrieſme, le Bleu au cinquieſme, le Pourpre
au ſixieſme & le Noir au dernier : et que ſelon cet ordre elles ont plus ou moins de Lumiere. Voyons donc quelle eſt la juſte meſure que chacune en a.

---

*Quelle est la Mesure & la Quantité de Lumie-*
*re qui se trouue en chaque Couleur.*

### Article onziesme.

IL faut commencer cette profonde & difficile recherche par vne verité indubitable,
a sçauoir que de toutes les qualitez qui seruent
d'objects propres aux sens, il n'y a que le Son
dont on connoisse les justes mesures. Car on
ne connoist point exactement combien il y
a de degrez d'amertume dans l'absynthe, ce
qu'il y en a d'odeur dans le musc; Et quoy
qu'en die la Philosophie on ignore le nombre des portions de chaleur qui entrent dans
le feu & celles du froid qui sont dans la glace. Elle nous asseure bien que l'estenduë de
toutes les premieres qualitez est de huict degrez; mais c'est vn compte qu'elle a fait à
plaisir pour soulager l'esprit & pour le determiner en quelque façon dans des choses va-
gues & incertaines. Aussi la Medecine qui se
vante de juger plus exactement de ces matieres n'est pas demeurée d'accord auec elle.

pour

pour ce Nombre qu'elle a reduit a quatre, lequel pourtant n'eſt pas plus certain ny plus juſte que le premier.

Il n'en eſt pas ainſi des Sons où la Mathematique a eſté ſi exacte qu'il n'y en a pas vn ſeul qui ait peu eſchaper a ſon calcul ; Elle marque non ſeulement les nombres & les meſures qui en compoſent les harmonies & les diſcordances, mais encore elle en fait l'anatomie & les ſçait couper juſques à leurs dernieres diuiſions. Et cela vient d'vn priuilege particulier qu'a le Son à l'eſgard des autres objects des ſens ; car il y a rapport ſenſible & manifeſte entre luy & la corde qui le produit, vne telle eſtenduë de corde deuant neceſſairement produire vn tel Son & vn tel Son demandant vne telle eſtenduë de corde; c'eſt pourquoy la corde ſe pouuant meſurer exactement, elle donne vn moyen infaillible pour meſurer juſtement le Son.

Mais quoy que les autres qualitez ſenſibles n'ayent rien de ſemblable & qu'on ne les puiſſe meſurer par aucune de leurs cauſes comme celle-cy ; il eſt à croire neantmoins que les meſmes meſures qui ſe rencontrent dans

*Toutes les qualitez ſenſibles ont les meſmes meſures que le Son.*

les Sons, se trouuent aussi dans les Couleurs, Odeurs & autres semblables : Et ce dautant plus qu'entre ces qualitez il y en a qui sont agreables & d'autres qui sont des-agreables tout de mesme que dans les Sons. De sorte que si l'agrément & le degoust procedent d'vn mesme principe dans tous les sens, il faut de necessité que les causes qui rendent les Sons agreables & des-agreables à l'oreille, soient les mesmes qui donnent aux autres objects la vertu de plaire ou de deplaire aux autres sens.

*La cause de l'agremēteſt eſgale en tous les sens.* Or il n'est pas a mon aduis difficile de prouuer que l'Aggreement & le Degoust ont vn mesme principe en tous les sens ; par ce que ce sont des mouuemens de l'ame, laquelle estant vne dans tous les organes, doit estre touchée d'vne mesme façon de tous les objects sensibles, puis qu'elle sent vne esgale alteration en les receuant ; vn mesme effect ne pouuant venir que d'vne mesme cause. Car quoy que la Lumiere fasse dans les yeux vne impression differente de celle que le Son cause dans l'oreille, cette impression fait bien connoistre la nature de l'object, mais elle ne le rend pas agreable ou des-agreable ; il faut qu'il y en ait vne autre qui se fasse immediatement dans l'ame & qui soit commune à tous les objects des sens pour la raison que nous auons dite. En effect si les Couleurs & les Sons estoient agreables ou des-agreables par le seul jugement des yeux & de l'oreille, il faudroit qu'ils le fussent esgalement à tous les hommes & à tous les animaux qui auroient ces organes bien disposez : Cependant vne couleur ou vne harmonie qui aggreera à l'vn ne plaira pas à l'autre. Et c'est vne chose remarquable que nous n'auons aucune experience qui nous puisse persuader que les Bestes prennent plaisir aux Couleurs, aux Sons & aux Odeurs, sinon entant qu'elles seruent à leur nouriture ou autre pareille necessité de la vie. Car on n'a iamais veu de chien qui s'arrestast à sentir vne rose pour le seul plaisir qu'il peut receuoir de son odeur ; ny à entendre vn concert de Musique, ou à regarder auec attention la varieté des couleurs qui ont accoustumé de nous plaire : Et neantmoins tous ces objects font vne impression aussi parfaite dans les sens de cet animal qu'elle peut faire aux nostres. Et ceux d'en-

tre-nous qui ne se plaisent pas à de certains
accords que d'autres trouuent agreables , les
discernent aussi parfaitement que ceux-cy
peuuent faire. Mais ce qui leue toute la difficulté qui pouroit rester là dessus , c'est que
ceux qui ont mal aux yeux ne laissent pas
d'aymer des couleurs qui blessent la veuë en
l'estat qu'ils l'ont. Ce ne sont donc pas le
sens exterieurs qui jugent de l'Aggrément
& du Degoust que les objects peuuent cau-
ser , mais c'est l'ame ou seule , ou iointe auec
le temperament des principales parties qui
connoist naturellement les choses qui luy sont
conformes ou disproportionnées. Aussi toute la Philosophie est demeurée d'accord que
l'animal ne connoist pas ce qui luy est agreable ou des-agreable , bon ou mauuais , amy
ou ennemy par aucune espece que les sens luy
fournissent ; mais que cette connoissance luy
vient par des especes que l'ame se forme en
en elle-mesme & que l'eschole appelle pour
ce subject *species non sensatas*.

Si cela est ainsi , la raison que nous auons
apportée conclud infailliblement qu'il y a vn
principe commun dans tous les objects qui
les rend agreables ou des-agreables ; par ce

qu'ils font tous vne efgale impreffion & que l'ame qui eft vne en tous les fens eft l'vnique fubject où elle fe fait. De forte qu'eftant affeurez par l'experience que les Sons qui fe fuiuent ou qui s'vniffent en certaines proportions font agreables ou des-agreables, il faut par neceffité que les mefmes proportions fe trouuent dans les autres qualitez fenfibles quand elles plaifent ou qu'elles deplaifent. Et cela eftant nous pouuons du moins nous vanter de connoiftre exactement les objects des fens foubs ces deux confiderations, qui font à peu prez toute la connoiffance que nous auons de leurs differences : car comme nous auons dit cy-deuant, nous ne difcernons prefque les Odeurs que par les douces & les fafcheufes, les Sons que par les harmonies & les difcordances, les Saueurs que par le fentiment agreable ou des-agreable qu'elles caufent.

Mais outre cette raifon qui eft commune à tous les objects fenfibles, il y en a vne propre aux Sons & aux Couleurs, qui ont cela de particulier que la beauté s'y trouue auec la bonté. En quoy la Philofophie ancienne

A a iij

& moderne s'eſt accommodée auec la façon
ordinaire de parler de toutes les belles langues ; qui diſent que la Chaleur, la Saueur,
& l'Odeur ſont bonnes, mais non pas qu'elles ſont belles : quoy que l'vn & l'autre ſe die
des Sons & des Couleurs , puis que l'on dit
vne belle & bonne muſique , de bonnes &
de belles couleurs. Si la Beauté ſe trouue
donc en ces deux qualitez , il faut qu'elles
ayent quelque choſe de commun qui les rende belles & par conſequent agreables ; car la
Beauté eſt vne cauſe d'aggreement auſſi bien
que la Bonté comme nous auons fait voir aillieurs ; de ſorte que ſi les proportions font les
belles harmonies comme tout le monde eſt
d'accord, il faut que les meſmes proportions
faſſent auſſi les belles couleurs. Et c'eſt à
mon aduis ſur ce principe qu'Ariſtote a le
premier decouuert la verité que nous eſtabliſ-
ſons icy , & a aſſeuré *qu'il y a des Couleurs*

*lib.deſenſu*
*&ſenſili*
*cap.3.*

*qui ont rapport les vnes aux autres en des nom-*
*bres proportionneʒ comme de 2. à 3. & de 3. à*
*4. & autres ſemblables , tout de meſme que les*
*Sons ; & que les plus belles & les plus agrea-*
*bles ſont dans les meſmes proportions que les plus*
*parfaites harmonies , de ſorte que comme il y a*

*fort peu d'harmonies, il se trouue aussi fort peu de Couleurs agreables.* Il y a mesme grande apparence que ce fondement qu'a pris Aristote pour rendre raison de la Beauté des Couleurs a seruy à Platon pour faire entrer les harmonies dans la composition de l'ame, & qu'il n'a peu croire que la Beauté qui se trouue en elle, eust vne autre source que celle qui se rencontre dans les Sons, par ce qu'vne mesme forme demande de mesmes principes & qu'vn mesme effect doit auoir des causes semblables.

Quoy qu'il en soit si on veut prendre garde au rapport que les Sons ont les vns auec les autres, on trouuera que les Couleurs, les Saueurs & autres semblables ont entre-elles les mesmes habitudes; ET partant que les mesmes proportions qui font les harmonies & les discordances font aussi toute la diuersité de ces qualitez-là. En effect elles ont toutes les mesmes extremitez qu'eux, les esloignemens de l'vne à l'autre sont esgaux aux leurs, elles se ioignent ensemble auec la mesme facilité ou difficulté, enfin elles touchent les organes des sens auec la mesme suauité ou

auec la mefme dureté que les Sons font l'o-
reille.

Mais pour entendre cecy il faut remarquer
que toutes les qualitez fenfibles ont chacune
deux extremitez dont les fens ont connoiffance ; l'vne pofitiue & reelle qui contient.
toute la plenitude de l'eftre fenfible ; l'autre
priuatiue qui n'en a aucune portion & qui
veritablement eft vn non-eftre. Ainfi dans
l'obiect de la veuë la Lumiere eft l'extremité
qui contient toute la plenitude de l'eftre vifible ; ET les Tenebres font l'autre extremité
n'eftant rien que la priuation de la Lumiere;
tel eft le Son vehement & le Silence à l'efgard de louye, telle eft l'Acrimonie exceffi-
ue & ce qui eft fans Saueur à l'efgard du
gouft, & ainfi des obiects de l'odorat & du
toucher. Mais entre ces deux extremitez qui
font en quelque façon infenfibles, par ce que
l'vne corrompt l'organe du fens par fa vio-
lence, & l'autre par ce que c'eft vn non-eftre qui ne fe connoift que par accident ; il y
en a deux autres qui font pofitiues & reelles,
auec lefquelles le fens a plus de conformité ;
l'vne qui approche de la plenitude de l'eftre
fenfible ;

fensible ; l'autre qui eſt dans le voiſinage de
la priuation. Tel eſt le Blanc & le Noir pour
la veuë, car le Blanc eſt proche de la Lumiere, & le Noir des Tenebres : c'eſt pourquoy on a dit ſouuent que le Noir eſtoit la
priuation du Blanc, mais on n'a iamais oſé
dire que le Blanc fut la priuation du Noir;
par ce que le Noir eſt ſi proche de la priuation, & le Blanc participe tant de l'eſtre viſible, qu'on n'a peu leur donner que des noms
conformes à cette diſpoſition. Tel eſt le Son
Graue & l'Aigu à l'eſgard de l'ouye; car comme le Blanc contient plus de Lumiere que le
Noir, le Graue a plus de la nature du Son
que l'Aigu ; non ſeulement par ce qu'il faut
dauantage de temps pour le former ; d'où
vient qu'il eſt plus ſenſible, & que pour cette raiſon les fautes paroiſſent plus dans la baſſe que dans le deſſus, la viteſſe de celuy-cy
les deſrobant à la connoiſſance : mais encore
par ce qu'il eſt plus grand, & plus fort que
l'Aigu. Il eſt plus grand, car il contient l'Aigu, l'Aigu ſe pouuant faire du Graue, & non
pas le Graue de l'Aigu ; auſſi la corde qui
fait la baſſe eſtant racourcie fait ſonner le
deſſus, ET tout ſon graue en s'affoibliſſant va

Bb

a l'aigu. Il eſt auſſi plus fort ; par ce qu'il eſt plus grand, & qu'il pouſſe dauantage d'air ; c'eſt pourquoy les corps qui ont vne plus grande maſſe ne forment point d'autre ſon, & les animaux les plus robuſtes ont la voix plus groſſe ; comme les petits corps font vn ſon aigu & les animaux les plus foibles ont la voix greſle. Le Son Graue eſt donc plus proche de la plenitude du Son, comme l'Aigu l'eſt du Silence. On en peut dire autant de la Saueur Acre & de l'Inſipide, du Chaud & du Froid : car le Chaud & l'Acre ſont proches de l'eſtre & ont dauantage de la qualité ſenſible : au lieu que le Froid & l'Inſipide ſont dans le voiſinage du non-eſtre ; d'où vient que l'on dit que le Froid eſt la priuation du Chaud ; ET que la Saueur Inſipide porte le nom de priuation de ſaueur quoy que ce ſoit vne Saueur veritable.

Or toutes les differences d'vne qualité ſenſible qui ſe trouuent entre ces deux Extremitez approchent plus ou moins de l'vne ou de l'autre, & ont auſſi diuers eſloignemens entre-elles, mais celle qui eſt juſtement au milieu, eſt la plus conforme au ſens & partant la plus agreable de toutes ; par ce que le ſens

doit eftre au milieu des extremitez de fon object pour en juger diftinctement comme l'experience nous apprend : ET c'eft la raifon pour
laquelle l'Octaue, le Verd, la Douceur, &
la Chaleur temperée font les plus agreables,
eftant toutes au milieu de leurs autres efpeces
comme nous montrerons cy-apres. Mais
comme au deffus & au deffous de ce milieu
il y en a d'autres qui ont diuerfes diftances
entre-elles ; ET que ces diftances font les fondemens des proportions & des habitudes
qu'elles ont les vnes auec les autres ; nous
pouuons conclure que toutes les qualitez fenfibles ont les mefmes extremitez, les mefmes
efloignemens & par confequent les mefmes
rapports & les mefmes proportions : de forte
que fi nous connoiffons exactement les proportions qui font dans les Sons, nous pouuons auffi connoiftre celles des Couleurs, Saueurs &c. & de toutes leurs efpeces: qui eft
ce que nous auions à prouuer.

Mais on peut objecter vne chofe qui femble ruïner toute cette Efgalité de Proportions. Car on pretend que celles qui compofent les Harmonies & les Difcordances ne fe

*Les pro-*
*portions*
*qui font*
*dans le*
*mouuemẽt*
*des Sons ne*

*font pas cauſe des harmonies.*

trouuent que dans le mouuement qui accompagne les Sons , & par conſequent qu'il eſt inutile de les chercher dans les autres qualitez ſenſibles , puis qu'il n'y a point de mouuement qui ſe joigne auec elles. En effect comme les cordes qui ſont eſmeuës font dans le branſle qu'elles prennent , des tours & des retours qui ſe ſuccedent les vns aux autres tout autant de temps que dure leur mouuement ; on a obſerué que la corde qui ſonne le deſſus de l'Octaue, fait deux tours & deux retours pendant que la corde de la baſſe n'en fait qu'vn ; Et que tout autant de temps que ces cordes ſont eſmeuës la meſme proportion continuë dans tous les batemens qu'elles font; de ſorte qu'en vingt batemens du deſſus , la baſſe n'en fait que dix , qui eſt juſtement la proportion double dans laquelle on dit que l'Octaue ſe fait. Il en eſt de meſme des autres harmonies , car le deſſus de la Quinte fait trois batemens tandis que la baſſe en fait deux qui eſt la proportion s'eſquialtere de 3. à 2. Et le ſuperius de la quarte en fait 4. pendant que la baſſe en fait 3. qui eſt la proportion s'eſquitierce de 4. à 3. & ainſi des autres Conſonances ſelon les nombres qui entrent dans

leurs proportions , où le deſſus fait touſiours
autant de retours que contient le plus grand
nombre , & la baſſe autant qu'en contient le
plus petit. Ceux donc qui ont fait ces obſeruations auoüent bien que l'eſtenduë de ces
cordes qui font ces harmonies contient les
meſmes proportions ; ᴇᴛ que la corde qui
ſonne la baſſe de l'Octaue doit eſtre deux fois
plus longue que celle qui ſonne le deſſus ; que
celle de la baſſe de la Quinte, eſt vne fois &
demie plus longue que l'autre qui ſonne le
deſſus & ainſi des autres. Mais ils diſent que
cela ne fait rien pour le ſens ; par ce que la
quantité n'eſt point actiue & que l'oreille ne
diſcerne point ces meſures : Que c'eſt pluſtoſt le mouuement qui accompagne le
Son , ou qui n'eſt autre que le Son meſme ,
lequel frappe l'organe & luy fait ſentir ces
proportions : ᴇᴛ que ces proportions ſont a-
greables quand les batemens des cordes s'v-
niſſent auec vniformité , par ce que l'ordre
& l'eſgalité contentent l'ame , tout de meſme que le deſordre & l'Inegalité luy deplai-
ſent. C'eſt pourquoy tant plus ſouuent ces batemens s'vniſſent tant plus les proportions en
ſont agreables , d'où vient que l'Octaue eſt

Bb iij

la plus parfaite de toutes les harmonies, par ce
qu'il n'y en a point où les batemens s'vniffent fi fouuent, puis qu'en fix batemens il y
en a trois qui s'vniffent; au lieu que la Quinte ne les vnift que deux fois & la Quarte
qu'vne feule fois.

Pour refpondre a cette ingenieufe & fubtile objection, nous fommes obligez de demeurer d'accord des obferuations que l'on a
faites touchant ces proportions & vnions des
batemens des cordes en chaque harmonie:
Mais nous nions en mefme temps les confe-
quences que l'on en tire.

Premierement la Proportion des Mouuemens n'eft point caufe des Harmonies, par ce
que diuerfes harmonies fe font fans que la
proportion des mouuemens fe change. Car
vne corde frappée & fonnée à vuide, outre
fon premier Son, en fait trois autres differens,
afçauoir l'Octaue, la Douziefme & la Quinziefme comme les plus delicates oreilles peuuent remarquer dans les baffes du Luth & de
la Viole: Cependant les batemens de la corde gardent toufiours la mefme proportion.
On peut mefme adjoufter à cette obferuation, qu'il eft fort vray femblable que le pre-

mier refonnement que fait la corde, va à la
Quinte ; quoy qu'elle ne foit pas fenfible
pour eftre trop proche du premier Son qui
l'etouffe. Et la raifon en eft , que puis qu'il
va de l'Octaue à la Douziefme & à la Quinziefme , il femble neceffaire qu'il paffe auffi
du premier Son à la Quinte & puis à l'Octaue ; la Douziefme & la Quinziefme eftant à
l'Octaue dans la mefme proportion que la
Quinte & l'Octaue le font au premier Son
de la corde. Daillieurs n'eft-il pas vray-fem-
blable que dez le premier mouuement que
fouffrent les cordes de la baffe & du deffus
de l'Octaue , il fe fait vne harmonie ; cependant les batemens qui doiuent fuiure ce premier mouuement ne font pas encore faits , et
par confequent ils ne font pas encores dans la
proportion qu'ils doiuent auoir : ce n'eft donc
pas cette proportion qui fait l'harmonie, puifque l'harmonie la deuance.

En fecond lieu s'il n'y auoit que l'ordre &
l'vniformité qui fe trouue dans les Proportions du Mouuement qui fuffent caufe de
l'agrément des accords , il faudroit que les
Beftes jugeaffent de la beauté d'vne Octaue
ou d'vne Quinte auffi parfaitement que peu-

200 DES COVLEVRS DE L'IRIS,

uent faire les hommes & qu'elles en fuſſent eſgalement touchées ; puis que le mouuement frappe leurs oreilles auec le meſme ordre & auec la meſme vniformité qu'il fait les noſtres.

Il faudroit encore que deux cordes ſuſpenduës leſquelles eſtant eſbranlées auroient les meſmes proportions dans leurs batemens que celles qui font les harmonies , cauſaſſent quelque agrément dans l'oreille quoy qu'elles ne ſonnaſſent point ; par ce qu'elles agiteroient l'air & que ſon agitation ſe communiqueroit à l'oreille auec les meſmes proportions qu'elles gardent. Et qu'on ne diſe point que ce n'eſt pas cette ſorte de mouuement qui touche l'ouye ; par ce que quelque autre mouuement que ce ſoit qui forme le Son, il ne ſe peut faire ſentir que par l'agitation qu'il imprime dans l'air & qu'il communique apres à l'oreille : et partant s'il a des proportions qui luy ſoient agreables, celuy dont nous parlons faiſant la meſme impreſſion, deuroit cauſer le meſme effect. Ce n'eſt donc pas la ſeule Proportion des Mouuemens qui fait l'Agrément puis que cette proportion ſe peut trouuer ſans luy.

Mais

Mais ce qui decide à mon aduis la difficulté, c'est qu'vn Son lequel en suit vn autre formé long-temps auparauant, paroist harmonieux ou discordant auec celuy-cy, quoy que leurs mouuemens ne s'vnissent point dans l'oreille ; le mouuement du premier ayant cessé auant que le second y entre. Et il ne faut pas dire que le mouuement du premier dure encore ; car en serrant & arrestant la corde incontinent qu'il est formé, il cesse tout à fait, quoy que le second que l'on fait apres ne laisse pas de faire vn bon ou vn faux accord auec le premier.

Enfin cette vnion frequente des batemens qu'ils mettent pour cause de la perfection des harmonies, quoy qu'elle se rencontre en plusieurs n'est pas neantmoins generalle à toutes. Car la Quinziesme ou la double octaue vnist ses batemens à chaque quatriesme coup tout de mesme que la Quarte, qui par consequent deuroit estre aussi parfaite. Et cette mesme Quinziesme qui sans contredit est plus excellente que la Douziesme, en 24. batemens n'en vnist que 6. quoy que la Douziesme en vnist 8. La vingt-deuziesme ou triple octaue

C c

en vingt batemens n'en vnift que deux , &
La vingt-neufiefme ou quadruple octaue n'en
vnift qu'vn ; au lieu que la Quarte en vnift
cinq dans le mefme nombre de 20. quoy que
ces deux premieres Confonances foient incomparablement plus agreables & plus parfaites que la Quarte. Apres tout il n'y a point
d'accord où les mouuemens s'vniffent plus fouuent que dans l'yniffon , lequel neantmoins
n'eft point agreable.

De tout cela il faut neceffairement conclure non feulement que les Proportions qui
rendent les Sons agreables, ne font point celles qui fe trouuent dans leurs mouuemens,&
qu'elles font dans les Sons mefmes ; puis que
les Sons en ont d'autres comme nous venons
de montrer ; et par confequent que le Son eft
quelque autre chofe que le mouuement,cha-
cun d'eux ayant des proprietez differentes.
Mais encore que cette vniformité de proportions qui fe rencontrent dans les Sons , dans
l'eftenduë des cordes qui les caufent,& dans
leurs mouuemens mefmes , eft vne preuue
conuaincante , que la nature ayme ces proportions, qu'elle les garde en fes ouurages au-

tant qu'elle peut ; et qu'ainsi il est vray-sem-
blable qu'elle les fait entrer dans toutes les
autres qualitez sensibles. Certainement si on
considere que les Sons de la fleute quand on
en augmente le souffle , vont d'octaue en octaue sans passer par les tons du milieu ; et que
la mesme chose se fait dans le Triangle de
chrystal ou l'ordre des Couleurs se change
quand on regarde à trauers ; le Bleu & le Iaune prenant la place du Pourpre & du Rouge
& passant ainsi d'vne octaue à l'autre ; car le
Bleu est au Iaune en proportion double , tout
de mesme que le Pourpre l'est au Rouge
comme nous dirons cy-apres : Si on considere dis-je cet admirable changement, on verra
bien que la Nature fait choix de certaines proportions qui sont les plus justes & les plus
conuenables à la perfection ou elle tend.

Le principe que nous auons estably demeurant donc veritable à sçauoir que les mesmes nombres qui mesurent les Sons mesurent aussi les autres qualitez sensibles , et par
consequent que les Proportions qui font les
Harmonies font les Couleurs agreables : il ne
nous reste plus qu'à marquer quelles sont les

*Les pro-
portiös qui
font les har-
monies font
les belles
Couleurs.*

C c ij

proportions qui font les Harmonies pour les appliquer aux Couleurs : car par ce moyen, nous trouuerons la cause formelle de leurs especes & la quantité de Lumiere qui entre en chacune. Il ne faut pas pourtant attendre que nous allions examiner tous les rapports que les Sons ont les vns auec les autres, ny mesme toutes les Consonances que la musique connoist : car en l'vn le calcul seroit importun & ennuyeux ; et en l'autre il y a des repetitions de Consonances qui n'instruisent point & que l'on peut dire en quelque façon n'estre point naturelles, par ce qu'elles vont au de-là de l'estenduë naturelle de la voix. Nous suiurons donc en cecy les Pythagoriciens comme les premiers & les plus excellens Maistres de la musique, qui ont borné toutes les Harmonies à la Double Octaue;non seulement par ce que c'est la portée naturelle de la voix qui ne peut passer au de-là sans estre forcée & sans se rendre aigre & des-agreable ; mais encore par ce qu'ils enferment ainsi toutes les Harmonies dans le nombre de *Quatre* qui est l'abbregé de tous les nombres & qu'ils appellent pour ce subject nombre diuin ; car dans l'opinion qu'ils auoient que

l'essence des choses estoit dans les nombres,
ils croyoient que le nombre qui contient tous
les autres, estoit l'Image de la Diuinité qui
contient en soy toutes choses : or le nombre
de 4. contient tous les autres nombres, parce que toutes ses parties assemblées font le
nombre de dix, dont les autres ne font que
des repetitions.

Voicy donc comment ils trouuoient toutes les harmonies dans le nombre de Quatre.
1. & 2. font la proportion double où est l'O-
ctaue : 2. & 3. font la proportion s'esquialtere
d'yne fois & demie où est la Quinte : 3. & 4.
font la proportion s'esquitierce d'yne fois &
vn tiers où est la Quarte : Et dans ces trois
font comprises toutes les harmonies simples.
Les Composées font d'1. à 3. & d'1. à 4. dont
la premiere fait la Douziesme qui est composée d'yne octaue & d'yne quinte : l'autre fait
la Quinziesme qui est composée de deux octaues. Ausquelles on peut adjouster l'Onziesme
composée de l'octaue & de la quarte qui est
comme vne repetition de la Quarte, & est
dans la proportion de 8. à 3. Ie sçay bien qu'il
y a d'autres Consonances qui font en cette estenduë de deux Octaues, comme les Tier-

ces & les Sextes Majeures & Mineures & celles qui en font compofées y adjouftant vne Octaue, à fçauoir les Dixiefmes & Trefiefmes Majeures & Mineures : et que mefmes il y en a beaucoup qui croyent que la Tierce Majeure eft plus parfaite que la Quarte : mais-nous nous arreftons à ce qu'en a determiné toute la Philofophie ancienne qui n'a point reconnu ces accords pour de parfaites harmonies, et qui a donné fans contredit à la Quarte la prefceance fur la Tierce Majeure.

*L'Octaue* ou *Diapafon* eft donc la plus agreable de toutes les harmonies & eft en proportion double comme de 2. à 1. par ce que deux cordes de mefme groffeur & efgalement tenduës, dont l'vne eft deux fois plus longue que l'autre, font neceffairement vne Octaue ; et que les batemens de la plus courte font doubles à ceux de la plus longue, car celle-cy n'en fera que fix, dans le mefme temps que l'autre en fera douze.

La *Quinte* ou *Diapenté* qui eft moins agreable que l'Octaue & qui l'eft dauantage que la Quarte, eft en proportion s'efquialtere ou de 3. à 2. par ce que deux cordes de pareille groſſeur & tenſion feront vne Quinte ſi l'vne a trois parties eſgales , & l'autre en a deux ſeulement; ET la plus courte fera trois batemens pendant que l'autre n'en fera que deux.

La *Quarte* ou *Diateſſaron* eſt la moins agreable de toutes & eſt en proportion s'eſquitierce comme de 4. à 3. par ce que deux cordes dont l'vne a quatre parties eſgales & l'autre trois, font vne Quarte ; ET que la plus petite fait quatre batemens tandis que la plus grande en fait trois. Preſuppoſant touſiours que ces cordes ſoient de meſme groſſeur & eſgalement tenduës.

*L'Onzieſme* ou *Diapaſoteſſaron* eſt compoſée de l'octaue & de la quarte & eſt en proportion de deux fois & deux tiers comme 8. à 3. car, huict , contient deux fois trois & deux tiers de trois ; par ce qu'vne corde qui a huit parties de long & vne autre qui n'en a que trois , feront cette Conſonance , & auront la meſme proportion dans leurs batemens. En ſorte que pendant que la plus courte en fera huict , la plus longue n'en fera que trois.

La *DouZiefme* ou *Diapafopenté* eſt compoſée d'vne octaue & d'vne quinte & eſt en proportion triple de 3. à 1. car deux cordes dont l'vne ſera trois fois plus longue que l'autre, feront cette Conſonance ; ɛt durant que la plus courte fera trois batemens , la plus longue n'en fera qu'vn.

La *QuinZiefme* ou *Difdiaſpaſon* eſt compoſée de deux octaues & eſt en proportion quadruple de 4. à 1. par ce que deux cordes dont l'vne ſera quatre fois plus longue que l'autre feront cette harmonie ; ɛt tandis que la plus courte fera quatre batemens l'autre n'en fera qu'vn.

Cela preſuppoſé ſi ce qu'Ariſtote a dit eſt veritable , & ſi ce que nous auons montré cy-deuant ſe peut ſouſtenir , que les meſmes proportions qui font les Harmonies font les belles Couleurs , il faut de neceſſité que la plus agreable de toutes les Couleurs ſoit en proportion double , puis que la plus agreable de toutes les Conſonances eſt dans la meſme proportion. Or par le jugement des yeux & par le conſentement general de tous les peuples , le *Verd* eſt la plus agreable de toutes les

Couleurs,

Couleurs , & par confequent il eft en proportion double comme l'Octaue entre les
harmonies. Mais quand on voudroit contefter
cette prerogatiue à la Couleur Verte & qu'on
recuferoit de fi fidelles tefmoins ; la raifon
toute feule nous pouroit perfuader les mefmes veritez , & nous apprendroit qu'eftant
au milieu de toutes les Couleurs comme
nous auons montré cy-deuant & comme la
Nature nous le montre elle-mefme dans les
Iris ; il faut non feulement qu'elle foit la plus
agreable , par ce que le milieu eft plus conforme au fens ; mais encore qu'elle foit dans
la proportion double à l'efgard de fes extremitez. Car fuppofé que l'eftenduë de la Lumiere dans toutes les Couleurs foit de 24. degrez , le Verd pour eftre au milieu doit eftre
au douziefme lequel auec le vingt-quatrief-
me, où feroit la plenitude de cette Lumiere ,
eft en proportion double. Et quand on le
voudroit compofer du Blanc & du Noir , il
faudroit encore pour garder fa place , qu'il
euft 12. degrez de l'vn & 12. de l'autre , &
ainfi en comparaifon de fes principes qui
deuroient eftre au 24. il feroit toufiours dans
la mefme proportion. Cela fe peut encore

Dd

confirmer par le triangle de chryſtal, où le rayon qui forme le Verd, en ſe reflechiſſant d'vne face à l'autre eſt deux fois interieur & vne fois exterieur à l'eſgard de celuy qui fait le Rouge ; et deux fois exterieur & vne fois interieur à l'eſgard du Pourpre comme nous ferons voir plus amplement cy-apres. Et cela eſtant ainſi on ne peut douter que la proportion double ne ſe trouue dans le Verd.

Si la proportion de cette Couleur eſt bien eſtablie, il ſera facile apres de trouuer celles des autres Couleurs. Car comme il n'y a que deux harmonies au dedans de l'Octaue à ſçauoir la Quarte & la Quinte ; il faut ſur le principe que nous auons poſé que le *Iaune* & le *Rouge* qui ſont les ſeules Couleurs qui ſe trouuent entre le Blanc & le Verd, & s'il eſt permis de le dire qui ſont au dedans de l'Octaue des Couleurs, reſpondent à la Quarte & à la Quinte ; et par conſequent qu'elles ayent les meſmes proportions qu'ont ces deux Conſonances : de ſorte que la Quinte eſtant plus agreable que la Quarte, il faut que celle de ces deux Couleurs qui eſt la plus agreable ſoit dans la proportion s'eſ-

quialtere où est la Quinte, à sçauoir de 3.
à 2. où d'vne fois & demie. Or comme le
*Rouge* est vne plus parfaite Couleur que le
Iaune & par le jugement des yeux ausquels
elle est plus conforme par ce qu'elle approche plus dù milieu ; et par celuy de la
Nature qui l'employe tousiours dans l'Iris
& non pas le Iaune ; il faut que ce soit elle qui responde à la Quinte, & qui soit par
consequent en proportion s'esquialtere. De
sorte qu'en presupposant tousiours l'estenduë de la Lumiere dans les Couleurs estre
de 24. degrez, le *Rouge* en aura 16. lesquels
comparez auec 24. font la proportion susdite, car 24. contient vne fois 16. & la moitié de 16. qui est la mesme que 3. à 2.

Et par la mesme raison ne se trouuant
point de nombre apres celuy-cy qui puisse
former la proportion s'esquitierce où est la
Quarte, que le nombre de 18. en comparaison de 24. le *Iaune* qui doit respondre à la
Quarte doit auoir 18. degrez de Lumiere,
lesquels à l'esgard de 24. font la proportion
susdite, puisque 24. contient vne fois 18. &
le tiers de 18. qui est comme 4. à 3.

Dd ij

Au de-là du Verd il y a trois Couleurs,
le *Bleu*, le *Pourpre*, & le *Noir*, comme au de-là de l'Octaue il y a trois harmonies l'Onziefme, la Douziefme & la Quinziefme qui font des repetitions des confonances fimples comme les appellent les
maiftres de la Mufique. De forte que le *Bleu*
eftant plus proche de la Lumiere que le
Pourpre comme nous auons montré, il faut
que dans l'eftenduë des Couleurs que nous
auons marquée, il ait 9. degrez de Lumiere
lefquels comparez à 24. font la proportion
de 8. à 3. ou de deux fois & deux tiers ; car
24. contient deux fois 9. & deux tiers de
9. a fçauoir 6. qui eft la mefme proportion
où fe trouue l'Onziefme entre les harmonies. Et par confequent le *Pourpre* refpon-
dra à la Douziefme qui eft en proportion
triple & aura 8. degrez de Lumiere lefquels
a l'efgard de 24. font dans la mefme proportion.

Enfin le *Noir* fera auec le Blanc vne
Quinziefme ou double octaue, laquelle comme elle fait dans les fons toute l'eftendue

naturelle de la voix , la doit faire auſſi
dans les Couleurs qui ſont conformes au
ſens ; ainſi le Noir ſera dans le nombre
de 6. qui en comparaiſon de 24. eſt en proportion quadruple comme la double octaue,
quatre fois 6. faiſant 24.

Que ſi l'on veut reduire ces nombres à de
plus petits & qu'au lieu de mettre le Blanc
ſoubs 24. on le place ſoubs 4. en ſorte qu'il
ait quatre degrez de Lumiere ; le Verd en
aura 2. qui en comparaiſon de 4. fait la proportion double. Le Rouge en aura 2⅔ qui eſt
auec 4. en proportion s'eſquialtere ; par ce que
4. contient douze tiers & 2⅔ n'en a que huit.
Le Iaune en aura 3. qui comparé auec 4. fait
la proportion s'eſquitierce, par ce que 4. contient vne fois 3. & le tiers de 3. Le Bleu en
aura 1⅓ qui fait la proportion de 8. à 3. car
dans 4. il y a huict moitiez & dans 1⅓ il
n'y en a que trois. Le Pourpre aura 1⅓ qui fait
la proportion triple ; dautant que 4. contient
douze tiers & celuy-cy quatre. Enfin le Noir
n'aura qu'vn degré de Lumiere qui auec le
Blanc fait la proportion quadruple. Mais
tout cela paroiſtra mieux dans la figure ſuiuante

Dd iij

où il faut s'imaginer premierement Que toutes les lignes font autant de cordes d'égale groffeur & tenfion , dont la premiere a 24. parties, la feconde 18. la troifiefme 16. la quatriefme 12. la cinquiefme 9. la fixiefme 8. la feptiefme 6. Que la premiere & la feconde eftant touchées enfemble ou l'vne apres l'autre font la Quarte , la troifiefme & la premiere font la Quinte , la quatriefme & la premiere font l'Octaue , la cinquiefme & la premiere font l'Onziefme , la fixiefme & la premiere font la Douziefme , la feptiefme & la premiere font la Double Octaue.

En fecond lieu que chacune de ces lignes reprefente encore l'eftenduë de la Lumiere dans les Couleurs ; que la premiere qui eft le Blanc en a 24. degrez , la feconde qui eft le Iaune en a 18. la troifiefme qui eft le Rouge en a 16. la quatriefme qui eft le Verd en a 12. la cinquiefme qui eft le Bleu en a 9. la fixiefme qui eft le Pourpre en a 8. & la feptiefme où eft le Noir en a 6. et par confequent que le Iaune eft auec le Blanc en proportion s'efquitierce comme la Quarte; le Rouge en proportion s'efquialtere comme la Quinte; le Verd en proportion double com-

me l'Octaue ; le Bleu en proportion de deux
fois deux tiers comme l'Onziefme ; le Pourpre en proportion triple comme la Douziefme ; le Noir en proportion quadruple comme la Quinziefme ou double octaue.

La feconde figure montre que cela fe peut
reduire au nombre de 4. ainfi le Blanc aura 4.
degrez de Lumiere, le Iaune 3. le Rouge 2⅓ le
Verd 2. le Bleu 1⅕ le Pourpre 1⅓ le Noir. 1.

*Syfteme des Couleurs et des Harmonies*
*I. Figure.*

| 24 | 23 | 22 | 21 | 20 | 19 | 18 | 17 | 16 | 15 | 14 | 13 | 12 | 11 | 10 | 9 | 8 | 7 | 6 | la 1re |

Blanc

Iaune
quarte    la 2.

4 à 3.    la 3.

Rouge
quinte    la 4.

3 à 2.    Vert
Octaue.

2 à 1.    la 5.

Bleu
vnzieme.    la 6.

3 à 3.    Pourpre
Douzieme.    la 7.

3 à 1.    Noir
quinzieme.

4 à 1.

*2 Figure*

| 4. | 3. | 2⅔. | 2. | 1⅕. | 1⅓. | 1. |

Blanc. Iaune. Rouge. Vert. Bleu. Pourpre. Noir.

4 à 3.

3 à 2.

2 à 1.

3 à 3.

3 à 1.

4 à 1.

*D'où vient l'excellence de quelques Couleurs sur les autres.*

Et ce rapport de Couleurs auec les Harmonies eft fi jufte, que par fon moyen on connoift l'excellence que les Couleurs ont l'vne fur l'autre, & la conuenance qu'elles ont enfemble. Car le Iaune tout proche qu'il eft de la Lumiere eft la moins agreable de toutes les couleurs par ce qu'elle refpond à la Quarte qui eft la moins parfaite de toutes les harmonies : au contraire le Pourpre tout brun & obfcur qu'il eft paffe pour la plus belle couleur apres le Verd & le Rouge, par ce que la Douziefme qui eft dans la mefme proportion eft la plus excellente de toutes les harmonies apres l'Octaue & la Quinte. Le Rouge eft plus beau que le Bleu par ce qu'il eft dans la proportion de la Quinte & celuy-cy dans celle de l'Onziefme qui eft vne moins agreable confonance. A quoy on peut adjoufter que le Bleu & le Pourpre, quoy qu'ils foient auffi fimples que les autres comme nous auons montré, ont neantmoins quelque apparence de compofition, & l'œil remarque quelque chofe de Verd dans le Bleu & quelque chofe du Rouge dans le Pourpre, tout de mefme que l'Onziefme qui refpond

au

au Bleu contient l'Oĉtaue & la Quarte , & la Douziefme qui refpond au Pourpre contient l'Oĉtaue & la Quinte.

Mais la juftefle de ces rapports paroift encore plus manifeftement dans la Conuenance & Difconuenance que les Couleurs ont enfemble : car comme il y en a qui ne peuuent eftre pofées auprés des autres fans blefler la veuë & d'autres qui s'accommodent bien auec elles , on void la caufe de cette diuerfité dans les proportions qu'elles ont communes auec les Sons. Mais auant que de venir au detail de ces chofes il faut fe reffouuenir; Que la plus agreable des harmonies eft l'Oĉtaue; puis la Double oĉtaue; en apres la Quinte; et puis la Douziefme, en fuitte la Quarte ; et enfin l'Onziefme qui eft la moins agreable de toutes. Cela fuppofé le *Blanc*, le *Verd* & le *Noir* s'adjuftent bien auec toutes les Couleurs ne faifant aucune diffonance auec elles comme il s'en rencontre aux 4. autres. Mais c'eft adjuftement eft plus ou moins parfait felon la nature des Confonances qu'ils font. Ainfi le *Blanc* s'accommode parfaitement auec le Verd par ce qu'il fait vne oĉtaue auec luy ; et auec le Noir par ce qu'ils font enfemble vne double

E e

octaue; en fuite auec le Rouge par ce qu'ils
font vne quinte, & auec le Pourpre par ce
qu'ils font vne douziefme; et moins bien auec
le Iaune par ce que c'eft vne quarte, & auec
le Bleu par ce que c'eft vne onziefme.

Le *Iaune* fait diffonance auec le Pourpre &
auec le Rouge : mais auec le Bleu il fait vne
octaue; auec le Verd vne quinte, auec le Noir
vne douziefme, & auec le Blanc vne quarte.

Le *Rouge* fait diffonance auec le Bleu &
auec le Iaune; vne octaue auec le Pourpre,
vne quinte auec le Bleu; vne quarte auec le
Verd & vne onziefme auec le Noir.

Le *Verd* ne fait aucune diffonance, mais il
fait octaue auec le Noir & auec le Blanc; vne
quinte auec le Iaune & auec le Pourpre, &
vne quarte auec le Rouge & auec le Bleu.

Le *Bleu* fait diffonance auec le Pourpre &
auec le Rouge; vne octaue auec le Iaune,
vne quinte auec le Noir, vne quarte auec le
Verd, & vne onziefme auec le Blanc.

Le *Pourpre* fait difcordance auec le Iaune
& auec le Bleu; octaue auec le Rouge; quinte auec le Verd; douziefme auec le Blanc &
quarte auec le Noir.

Le *Noir* s'adjufte auec toutes les Couleurs
côme le Blanc & fait les mefmes proportions:

# Harmonie des Couleurs

| Blanc | Iaune | Rouge | Vert | Bleu | Pourpre | Noir |
|-------|-------|-------|------|------|---------|------|
| 24 | 18 | 16 | 12 | 9 | 8 | 6 |

quarte · quinte · Octaue · Vnzieme · Douzieme · quinzieme

| Iaune | Rouge | Vert | Bleu | Pourpre | Noir | Blanc |
|-------|-------|------|------|---------|------|-------|
| 18 | 16 | 12 | 9 | 8 | 6 | 24 |

diffonance · quinte · Octaue · diffonance · douzieme · quarte

| Rouge | Vert | Bleu | Pourpre | Noir | Blanc | Iaune |
|-------|------|------|---------|------|-------|-------|
| 16 | 12 | 9 | 8 | 6 | 24 | 18 |

quarte · diffonance · Octaue · Vnzieme · quinte · diffonance

| Vert | Bleu | Pourpre | Noir | Blanc | Iaune | Rouge |
|------|------|---------|------|-------|-------|-------|
| 12 | 9 | 8 | 6 | 24 | 18 | 16 |

quarte · quinte · Octaue · Octaue · quinte · quarte

| Bleu | Pourpre | Noir | Blanc | Iaune | Rouge | Vert |
|------|---------|------|-------|-------|-------|------|
| 9 | 8 | 6 | 24 | 18 | 16 | 12 |

diffonance · quarte · Vnzieme · Octaue · diffonance · Octaue

| Pourpre | Noir | Blanc | Iaune | Rouge | Vert | Bleu |
|---------|------|-------|-------|-------|------|------|
| 8 | 6 | 24 | 18 | 16 | 12 | 9 |

quarte · douzieme · diffonance · Octaue · quinte · diffonance

| Noir | Pourpre | Bleu | Vert | Rouge | Iaune | Blanc |
|------|---------|------|------|-------|-------|-------|
| 6 | 8 | 9 | 12 | 16 | 18 | 24 |

quarte · quinte · Octaue · Vnzieme · douzieme · quinzieme

Il ne reſte plus que deux choſes qui peuuent faire difficülté ſur ces rapports que les
Couleurs ont auec les Harmonies. La Premiere , Que les Sons ne font point de Conſonance s'ils ne ſont vnis auec d'autres ou s'ils
ne les ſuiuent immediatement : car vne baſſe
ne peut faire aucune harmonie s'il n'y a vn
deſſus ou quelque autre partie qui s'vniſſe
auec elle ou qui la ſuiue : cependant vne
Couleur ne laiſſe pas d'eſtre agreable quoy
qu'elle ſoit toute ſeule & qu'il n'y en ait aucune auec laquelle les yeux la puiſſent comparer. Mais il eſt facile de leuer ce doute ſi
on prend garde que les Couleurs ne ſe peuuent voir ſans la Lumiere, & par conſequent
que la Lumiere eſt touſiours preſente aux
Couleurs & aux yeux qui les apperçoiuent;
c'eſt la baſe ou pluſtoſt c'eſt la baſſe qui ſouſtient toute l'harmonie des Couleurs ; Et les
premieres Conſonances qu'elles font , c'eſt
par le rapport & la proportion qu'elles ont
auec elle. Mais quoy ? dira-t'on , c'eſt auec
la Blancheur & non pas auec la Lumiere que
nous auons comparé les Couleurs & qu'elles
ont ces rapports & ces proportions que nous
auons marquées. Il eſt vray, mais la Lumiere

eſt eſſentiellement blanche & les yeux ne la
peuuent voir que ſoubs l'apparence de cette
Couleur. Auſſi à bien parler, la Lumiere n'eſt
qu'vne blancheur eſclatante , & quand vne
grande diſtance a fait perdre l'eſclat à la Lumiere des corps lumineux, ils paroiſſent blancs
à nos yeux ; de ſorte qu'en comparant les
Couleurs auec la Blancheur, c'eſt les comparer auec la Lumiere.

La ſeconde choſe qui peut faire quelque
doute c'eſt que nous auons dit , que l'eſtenduë de la Lumiere dans les Couleurs eſt depuis 24. iuſques à 6. ET que la Blancheur poſ-
ſede cette plenitude de degrez. Car ce nombre de 24. eſt imaginaire & nous fait tomber
dans le meſme inconuenient que nous auons
remarqué dans celuy que les Philoſophes &
les Medecins ont donné aux qualitez ſenſibles ; n'y ayant pas plus de raiſon que leur
eſtenduë ſoit de 24. que de 8. ou de 4. puiſque tous ces nombres ne peuuent eſtre em-
ployez que pour ſoulager l'eſprit , & qu'ils
ne font point de compte certain dans les degrez des qualitez ſenſibles. Nous confeſſons
tout cela ; mais nous diſons auſſi que ces

E e iij

nombres tout incertains qu'ils font, contiennent des raifons Géometriques qui font certaines & conftantes;Et lefquelles la Nature qui
comme dit Platon fait tout par Geometrie,
garde regulierement dans fes ouurages ; de
forte que le Verd ne contient pas precifement 12. degrez de la Lumiere qui eft dans le
Blanc , ny le Rouge 16. ny le Bleu 9. ny le
Pourpre 8. Mais il eft vray de dire que le
Blanc a precifement deux fois autant de Lumiere que le Verd , qu'il en a vne fois & vn
tiers plus que le Iaune , vne fois & demie
plus que le Rouge , qu'il en a deux fois &
deux tiers plus que le Bleu , trois fois plus
que le Pourpre & quatre fois plus que le
Noir. Et il n'importe quel nôbre on employe
pour marquer ces mefures pourueu qu'il con-
tienne toutes ces proportions. Et c'eft-là où
la Philofophie & la Medecine fe font abufées
n'ayant point confideré ces proportions dans
les nombres qu'elles ont mis en auant.

Que fi apres cela on nous reproche de ne
nous eftre pas acquitez de la promeffe que
nous auons faite de marquer la Quantité de
Lumiere qui entre dans chaque Couleur, par-

ce que ce n'eſt rien de dire que le Verd a la
moitié de la Lumiere qui eſt dans le Blanc, ſi
on ne ſçait la proportion que la Blancheur
( qui n'eſt qu'vne Lumiere affoiblie ) a auec
la Lumiere toute pure ; car ſi elle eſtoit connuë on pouroit dire abſolument que le Verd
ou vne autre couleur auroit telle ou telle portion de Lumiere ; mais eſtant ignorée comme elle eſt , elle nous laiſſe dans l'incertitude
des veritez que nous auons promis de decouurir.

Nous n'auons rien à oppoſer a cette inſtan-
ce , & nous auoüons franchement que nous
ſommes encore debiteurs de la meilleure partie de ce que nous auions creu au commencement de ce diſcours pouuoir donner au Lecteur. Mais touſiours , nous auons payé tout
autant que la Matematique toute exacte
qu'elle eſt a fait pour les Sons : car comme elle s'eſt reglée à la portée naturelle de la voix,
elle prend le graue le plus bas qui ſoit en cette eſtenduë & le compare auec les Sons qui
ſont au deſſus ; mais elle ne dit point combien il y a de degrez de Son dans cette baſſe,
n'y qu'elle proportion elle a auec toute la
plenitude du Son. Ainſi nous auons conſide-

ré l'Estre Visible dans l'estenduë qui est naturelle & proportionnée à la veuë , laquelle ne
peut juger exactement de la Lumiere & des
Tenebres qui font les dernieres extremitez de
son object comme nous auons montré cy-des-
sus , mais seulement de celles qui font dans
les bornes de sa capacité naturelle, sçauoir est
le Blanc & le Noir. De sorte que la Blancheur qui est aux yeux ce que le Son le plus
graue de la voix naturelle est à l'oreille, a esté
le centre ou le point sur lequel nous auons
pris toutes les mesures & les proportions qui
se trouuent dans les Couleurs, tout de mesme
que ce premier Son l'a esté pour les autres:
mais nous n'oserions faire dauantage que la
plus subtile de toutes les sciences, & nous deuons arrester comme elle nostre esprit aux
bornes que la Nature a données au sens.

Que s'il estoit permis de passer outre , & si
l'on pouuoit sans hazard de s'aueügler, porter
le compas & la regle iusques à la source de
la Lumiere : voicy à mon aduis ce que l'on
en pouroit dire.

*Des Cou-
leurs lumi-
neuses.*   Puis que toutes les Couleurs font renfermées

mées entre deux octaues & que du Blanc au
Noir il y a vne proportion quadruple, il faut
que la mefme eftenduë fe trouue dans la Lumiere qui eft au de-là de la Blancheur: par ce qu'il
y a autant de diuerfitez de Lumiere iufques à
la Blancheur qu'il y en a de la Blancheur iufques au Noir : ET par confequent il faut que
les mefmes proportions qui font ces dernieres diuerfitez faffent auffi les premieres ; ET
que toutes celles qui font dans l'eftenduë des
Couleurs fe trouuent dans l'eftenduë de la Lumiere. Or qu'il y ait autant de diuerfitez de
Lumiere iufques à la Blancheur qu'il y en a depuis la Blancheur iufques au Noir ; c'eft vne
chofe dont on ne peut douter, fi l'on confidere que ce qui fait la difference de la Lumiere
d'auec la Couleur, c'eft l'Efclat & la Clarté:
car la plus exquife Blancheur n'eft differente
de la plus pure Lumiere que par ce que celle-cy eft brillante & efclatante & que la
Blancheur ne l'eft pas: C'eft pourquoy quand
l'efloignement a fait perdre l'efclat à la Souueraine Lumiere, elle paroift blanche à nos
yeux comme nous remarquons dans les eftoilles les plus reculées & dans la voye de laict:
De forte que fe trouuant autant de Couleurs

F f

esclatantes qu'il y en a sans esclat, il est vray
de dire qu'il y a autant de diuersitez de Lumiere iusques à la Blancheur, qu'il y en a de
la Blancheur iusques au Noir : par ce que ces
Couleurs estant lumineuses, elles sont dans
l'ordre & dans l'estenduë de la Lumiere, &
ne peuuent estre mises au rang des Couleurs
ordinaires, puis qu'elles ont plus de Lumiere
qu'elles & que toutes les Couleurs ne sont
que des portions de Lumiere.

Le sens nous apprenant donc qu'outre la
Lumiere la plus pure qui a cette apparence de
Blancheur esclatante telle qu'elle se void dans
le Soleil, il y en a encore de Iaune, de Rouge, de Verte, de Bleuë & de Pourprée : Car
sans parler de la Couleur des astres, il y a des
flammes Iaunes, Rouges & Bleuës ; les
feux des diamans & des goutes de rosée ex-
posées au Soleil portent auec eux le Rouge,
le Verd & le Pourpre ; ET quand on se met
au lieu où les verres pleins d'eau & les triangles jettent leur Iris, on en void toutes les
Couleurs brillantes & lumineuses que les
yeux ont peine à supporter. Estant disie asseu-
rez par l'experience de la verité de ces choses,
il faut necessairement confesser que toutes les

efpeces de Couleur qui fe trouuent entre le
Blanc & le Noir, fe trouuent auffi entre la
Souueraine Lumiere & la Blancheur ; que
les mefmes rapports que celles-là ont auec le
Blanc, celles-cy les ont auec cette premiere
Lumiere ; ET par confequent qu'elles font
dans les mefmes proportions que les autres.

De forte qu'entre le *Verd lumineux* & la
*fupreme Lumiere*, il y a proportion double
comme entre le Verd ordinaire & le Blanc.
Que le *Iaune efclatant* eft auec elle en proportion s'efquitierce ; le *Rouge efclatant* en proportion s'efquialtere ; le *Bleu efclatant* en proportion de deux fois deux tiers ; le *Pourpre
efclatant* en proportion triple, & le Blanc en
proportion quadruple. De forte qu'il y aura
de la Lumiere Souueraine jufques au Blanc
vne Double Octaue, de mefme que du
Blanc au Noir ; ET par confequent toute l'eftenduë de la Lumiere confiderée en foy, &
non à l'efgard du fens, contiendra quatre O-
ctaues qui font en proportion de 16. à 1. Ainfi
la Lumiere Souueraine fera feize fois plus lumineufe que le Noir, & le Noir n'aura qu'vn
degré des 16. qu'elle a ; elle fera 8. fois plus
lumineufe que le Verd & par confequent le

F f ij

Verd en aura deux degrez ; elle sera quatre fois plus lumineuse que le Blanc, et partant le Blanc en aura 4. degrez ; elle sera deux fois plus lumineuse que le *Verd esclatant* qui aura par consequent 8. degrez de 16. qu'elle possede.

Et certainement le nombre de *Seize* suffit pour representer ces proportions ; mais par ce qu'il n'a pas assez de nombres entiers pour designer les autres Couleurs ; et que les proportions qui sont en des nombres rompus ne sont pas si aisées à remarquer ; il en faut trouuer vn plus grand, dont les extremitez soient dans la mesme proportion de 16. à. 1. et qui fasse voir par des nombres entiers tous les rapports que les Couleurs ont ensemble.

Prenant donc le nombre de 6. qui est le plus petit qui puisse seruir à cet vsage, & 96. qui est seize fois plus grand : il faudra mettre pour les Couleurs Esclatantes le *Iaune* soubs 72. qui est auec 96. en proportion s'esqui-tierce, d'vne fois & vn tiers. Le *Rouge* soubs 64. qui est en proportion s'esquialtere, d'vne fois & demie. Le *Verd* soubs 48. qui est en proportion double. Le *Bleu* soubs 36. qui est de 8. à 3. ou deux fois & deux tiers. Le *Pour-*

*pre* foubs 32. qui eft en proportion triple.

Et pour les Couleurs qui font fans efclat ;
Le *Blanc* fera foubs 24. qui eft en proportion quadruple auec 96. comme 4. à 1. Le
*Iaune* foubs 18. qui eft en proportion de 16.
à 3. ou de cinq fois & vn tiers. Le *Rouge*
foubs 16. qui eft en proportion fextuple ou
de 6. à 1. Le *Verd* foubs 12. qui eft en proportion octuple ou de 8. à 1. Le *Bleu* foubs 9.
qui eft en proportion de 32. à 3. ou de dix
fois & deux tiers. Le *Pourpre* foubs 8. qui eft en
proportion duodecuple ou de 12. à 1. Le *Noir*
foubs 6. qui eft auec 96. en proportion fexde-
cuple ou de 16. à 1.

Ainfi toute l'eftenduë de la Lumiere fera
de feize portions dont le nombre de 6. où
eft le Noir, fera la derniere , & le nombre de
96. où eft la Souueraine Lumiere les contiendra toutes.

Ainfi toutes les Couleurs lumineufes refpon-
dront aux autres dans la mefme proportion
dans laquelle la Souueraine Lumiere refpond
au Blanc, qui eft la proportion quadruple ou
de deux octaues : car 96. eft à 24. comme 4.
à 1 ; ET 72. où eft le Iaune efclatant eft quadruple à 18. où eft le Iaune ordinaire ; 64. où

centeredF f iij

est le Rouge esclatant est quadruple a 16. où
est le Rouge ordinaire & ainsi de 48. à 12.
de 36, à 9. de 32. à 8.

Et, cette proportion est si exacte qu'elle
fait connoistre la raison pour laquelle les
Couleurs Esclatantes ont la mesme apparence
qui se void aux autres , & n'en sont differentes que par l'esclat & la clarté qu'elles ont qui
manque à celles-cy : Car le Verd lumineux a
la mesme Verdeur que le Verd ordinaire &
n'a rien dauantage que l'esclat & la clarté que
l'autre n'a point. Or cela vient de la nature des
Octaues redoublées qui au jugement de l'ouye
augmentent bien la distance & l'interualle des
Sons , mais ne changent point l'espece de
l'harmonie : car vne Octaue jointe auec vne
autre, fait tousiours vne Octaue & vne Consonance : ce qui n'arriue point aux autres Harmonies ; car deux Quintes ne composent pas
vne double quinte qui soit harmonique, mais
vne Neufiesme qui est vne dissonance; comme deux Quartes font vne Septiesme qui est
des-agreable. S'il est donc vray que les Couleurs ayent rapport auec les Harmonies , il
faut de necessité que les Couleurs qui sont

en proportion quadruple les vnes aux autres,
c'est à dire qui font enſemble vne double Octaue , ne ſouffrent aucun changement dans
l'eſpece de Couleur , mais ſeulement dans la
diſtance & dans l'eſloignement, les vnes eſtant
plus eſloignées de la Souueraine Lumiere que
les autres. Ainſi le Verd ordinaire eſt plus re-
culé d'elle que le Verd eſclatant , mais ils ont
tous deux la meſme eſpece de Couleur, ayant
tous deux la meſme apparence de Verd; parce qu'ils ſont dans la proportion d'vne double Octaue. Ce que l'on peut dire des autres
Couleurs comme on verra dans les figures
ſuiuantes. Dans la premiere deſquels toute
l'eſtenduë de la Lumiere eſt exprimée par des
nombres entiers qui commencent à 96. & fi-
niſſent à 6. Dans la ſeconde par celuy de 16.
qui finit à 1. l'vne & l'autre contenant les meſmes proportions : car la proportion qu'il y a
entre 96. & 6. eſt la meſme qui ſe trouue entre 16. & 1. ET celle qui eſt entre 96. & 72.
eſt eſgale à celle de 16. à 12. & ainſi du reſte.
Or comme ces proportions ſont toutes les
differences de la Lumiere & des Couleurs, il
n'importe en quel nombre on les prenne comme nous auons dit : Neantmoins le plus petit

est plus methodique, par ce qu'il embarasse moins la memoire & qu'il approche plus du calcul des Escholes.

Systeme de la Lumiere et des Harmonies.
Figure i

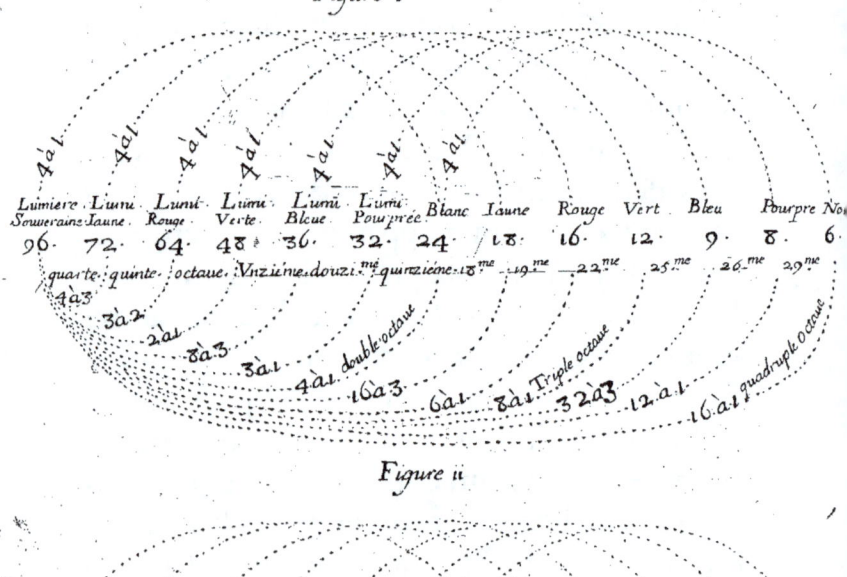

Figure ii

Sur ces

Sur ces fondemens nous pouuons maintenant satisfaire exactement à ce que nous auons
promis touchant la Quantité de Lumiere qui
entre dans les Couleurs ; & dire
Que la Lumiere Souueraine est seize fois plus
lumineuse que le Noir.

12. fois plus que le Pourpre.

10. fois & $\frac{1}{2}$ plus que le Bleu.

8. fois plus que le Verd.

6. fois plus que le Rouge.

5. fois & $\frac{1}{2}$ plus que le Iaune.

4. fois plus que le Blanc.

3. fois plus que le Pourpre lumineux.

2. fois $\frac{1}{2}$ plus que le Bleu lumineux.

2. fois plus que le Verd lumineux.

1. fois & demie plus que le Rouge lumineux.

1. fois & vn tiers plus que le Iaune lumineux.

D'où il s'enfuit, que
Le *Noir* a 1. degré de 16. qui sont dans la
Lumiere Souueraine

| | |
|---|---|
| Le Pourpre en a. ............ | $1\frac{1}{3}$ |
| Le Bleu en a. ............ | $1\frac{1}{2}$ |
| Le Verd en a. ............ | 2. |
| Le Rouge en a. ............ | $2\frac{2}{3}$ |
| Le Iaune en a ............ | 3. |

Gg

Le Blanc en a ........... 4.

Le Pourpre lumineux en a .... $5\frac{1}{3}$.

Le Bleu lumineux en a ...... 6.

Le Verd lumineux en a ..... 8.

Le Rouge lumineux en a..... $10\frac{1}{3}$.

Le Iaune lumineux en a ..... 12.

Et pour mettre tout cela en son Ordre naturel

*La Lumiere Souueraine* a . 16. degrez.

*Le Iaune lumineux* en a .. 12.

*Le Rouge lumineux* en a . $10\frac{1}{3}$.

*Le Verd lumineux* en a .. 8.

*Le Bleu lumineux* en a .. 6.

*Le Pourpre lumineux* en a. $5\frac{1}{3}$.

*Le Blanc* en a ........... 4.

*Le Iaune* en a ........... 3.

*Le Rouge* en a .......... $2\frac{1}{3}$.

*Le Verd* en a ........... 2.

*Le Bleu* en a .......... $1\frac{1}{2}$.

*Le Pourpre* en a ......... $1\frac{1}{3}$.

*Le Noir* en a ........... 1.

*Pourquoy certaines Proportions rendent les Sons*
*& les Couleurs agreables.*

ARTICLE DOVZIESME.

CE feroit là tout ce que nous aurions à
dire de la nature des Couleurs, s'il ne
reftoit vne difficulté qui naiftra fans doute
dans l'efprit du Lecteur & dont il voudra eftre efclaircy : A fçauoir pourquoy certaines
Proportions font de plus douces Harmonies
& de plus belles Couleurs que les autres ; ET
quelle raifon il y peut auoir pour laquelle la
Proportion Double rende les objects plus a-
greables que la Sefquialtere ou la Sefquitier-
ce. Car bien que noftre deffein nous peuft
difpenfer de cette profonde recherche, &
qu'il ne nous demande pas dauantage que l'experience, qui nous apprend que la Proportion Double fait la plus agreable de toutes les
Harmonies, pour conclure que la plus agreable de toutes les Couleurs doit eftre dans la
mefme proportion. Neantmoins par ce que
cela eft digne de la curiofité de tous ceux qui

Gg ij

s'appliquent à la contemplation des merueilles de la Nature & que nous aurions peine à
rencontrer vne autre occasion pour dire ce
que nous pensons de celle-cy, dont la cause
est sans doute vne des plus cachées & des
plus difficiles à decouurir : Nous voulons bien
proposer nos doutes & nos conjectures là dessus & en imitant la Nature, faire succeder à
tous ces degrez de Lumiere que nous venons
de marquer, l'obscurité d'vne chose qui a
esté iusques icy impenetrable à l'esprit des
hommes.

Les Pythagoriciens ont esté les premiers
qui ont examiné cette question & ont creu
que les Consonances estoient les plus parfaites dont les Proportions estoient renfermées
en de plus petits nombres ; Et que pour cette
raison l'Octaue est la plus excellente de toutes, par ce qu'elle est de 2. à 1. lesquels estant
assemblez font 3. au lieu que la Quinte est de
3. à 2. lesquels estant joints font 5. & la Quarte est de 4. à 3. qui font 7. Mais outre que
sur ce principe il faudroit que la Double Octaue fust esgale à la Quinte, par ce qu'elle est de
4. à 1. qui font 5. tout de mesme que 3. & 2.

et qu'il se trouueroit mesme des Dissonances
qui seroient plus agreables que de certaines
Harmonies; par ce que 7. à 1. fait vne dissonance dont les nombres sont plus petits que
ceux de la Triple Octaue qui est de 8. à 1. et de
toutes les autres consonances qui sont au dessus, comme est la Vingt-cinquiesme qui est
de 32. à 3. la Vingt-sixiesme qui est de 12. à 1.
la Vingt-neufiesme qui est de 16. à 1. Outre
disie ces inconueniens la difficulté demeure
toute entiere : car quand il seroit vray que les
plus parfaites Proportions sont en de plus petits nombres, on ne void pas la raison pourquoy les plus petits nombres font de plus
parfaites proportions ny de plus agreables accords. On en peut dire autant à ceux qui tiennent que les Proportions sont plus parfaites
quand leur plus grand nombre contient plusieurs fois le plus petit tout entier sans qu'il y
reste aucune fraction, comme sont celles
qu'on appelle multiples ; et que c'est la raison pour laquelle l'Octaue est plus agreable
que la Quinte; par ce qu'estant en proportion
de 2. à 1. le nombre de, Deux, contient iuste-
ment deux fois vn; au lieu que la Quinte est
de 3. à 2. & que le, Trois, contient vne fois

G g iij

Deux & la moitié de Deux. Car outre que
cette raifon n'eft pas generale , non feulement par ce qu'elle ne monftre pas la caufe
pour laquelle la Quinte eft plus agreable que
la Quarte,eftant toutes deux en des Proportions de nombres qui ne font pas entiers ;
mais encore par ce qu'il y a des Proportions
qui fe font en des nombres entiers lefquelles
font des Difcordances ; car la Proportion de
7. à 1. & de 9. à 1. font de faux accords. Et
il ne faut pas qu'ils difent , que cela n'eft veritable que dans les nombres qui font plus
proches de l'vnité: dautant que 8. à 1. & 12. à 1.
& 16. à 1. qui font fort efloignés de l'vnité font
des Harmonies: Cependant 7. à 1. qui en eft
plus proche que 8. à 1. fait vne difcordance ;
et 5. à 1. qui en approche plus que 6. 8. 12. &
16. à 1. fait vne confonance qui n'eft pas de
beaucoup fi agreable que celles qui viennent
de ces nombres plus reculez. Outre tout cela dif-je la principale difficulté n'eft point le-
uée ; et quand toutes ces chofes feroient veritables , le point fondamental demeureroit
toufiours indecis , à fçauoir pourquoy ces
Proportions caufent vn plus agreable fentiment à l'oreille que les autres.

Quelques-vns qui ont reconnu ces deffaux & qui ont veu la foibleſſe des raiſons qui ſe tirent des nombres abſtraits & conſiderez en eux-meſmes , en ont apporté vne autre qui eſt plus ſenſible, ET ont mis pour fondement que les choſes que les ſens comprennent plus facilement leur ſont plus agreables , par ce qu'ils n'y ont pas de peine, la peine diminuant le plaiſir de l'operation ; ET que les choſes dont le rapport & la comparaiſon eſt plus facile à faire , ſont plus facilement compriſes par le ſens: d'où ils concluent que les Proportions dont les termes & les meſures ſont plus petites eſtant plus faciles à faire & à connoiſtre , doiuent eſtre auſſi plus agreables. C'eſt pourquoy la proportion Double eſt la plus agreable de toutes, par ce qu'elle eſt compoſée de deux nombres qui ſont les plus petits de tous ; ET qu'il eſt plus facile de connoiſtre qu'vne choſe eſt deux fois plus grande , que ſi elle l'eſtoit d'vne fois & demie ou d'vne fois & vn tiers. Mais ſans examiner ſi les choſes que les ſens comprennent plus facilement ſont les plus agreables , par ce que c'eſt vne propoſition notoirement fauſſe : Comment

les Harmonies eſtoient-elles agreables auant
qu'on euſt remarqué les proportions qu'elles
ont ? Comment le ſens pouuoit-il meſurer
plus facilement l'Octaue que la Quinte, puisque les meſures en eſtoient inconnuës ? Et
comment pouuoit-il ſçauoir que les nombres
qui entrent dans les Proportions de ces Harmonies eſtoient plus petits ou plus grands,
puis qu'on n'auoit pas encore connoiſſance de
ces proportions ny de ces nombres ? Cependant auant la deſcouuerte que l'on en a faite,
ces Harmonies eſtoient agreables ; Et maintenant il y a vne infinité de perſonnes qui jugent parfaitement de ces accords , qui en
ignorent les meſures & les proportions. D'aillieurs ſi les fondemens de cette opinion eſtoient veritables , il faudroit que tout ce qui
ſeroit dans les meſmes Proportions où ſont ces
Conſonances , cauſaſt le meſme agréement
qu'elles , et qu'vne choſe qui ſeroit deux fois
plus longue ou plus large qu'vne autre pleuſt
autant aux yeux que l'Octaue fait à l'oreille ;
par ce que les meſures en ſont eſgales & que
la connoiſſance en eſt eſgalement facile. Et
pour demeurer dans le ſubject ou nous ſommes , il faudroit qu'vne Quarte fuſt plus a-
greable

greable qu'vne triple ou quadruple Octaue; parce qu'il eſt plus facile de juger qu'vne choſe
eſt vne fois & vn tiers plus grande, que ſi elle l'eſtoit huict fois ou ſeize fois plus.

D'autres ont voulu rapporter cela aux
mouuemens des cordes qui s'eſbranlent d'el-
les-meſmes quand on fait ſonner celles qui
ſont d'accord auec elles, pretendant que la
meſme impreſſion ſe fait ſur le ſens. Mais outre que les cordes qui ſont à l'vniſſon s'eſbranlent plus que toutes les autres qui ſont accor-
dées à l'Octaue ou à la Quinte, quoy que l'v-
niſſon ne cauſe aucun agréement : outre qu'il
eſt bien difficile de comprendre comment la
meſme choſe ſe puiſſe faire dans l'oreille où il
n'y a rien qui reſponde à l'accord des inſtru-
mens : il faudroit que les beſtes connuſſent
auſſi parfaitement la beauté d'vne Octaue ou
d'vne Quinte que les hommes, puis que leur
ſens eſt capable de receuoir la meſme impreſſion.

Enfin Galilée ayant obſerué que les mouuemens qui accompagnent les Harmonies a-
uoient les meſmes Proportions que leurs cordes ; et voyant que l'opinion precedente ne ſe

Hh

pouuoit pas mieux souftenir que les autres, s'eft
imaginé que la douceur des accords venoit de
l'vniformité & regularité de leurs mouuemens,
tout de mefme que les difcordances proce-
doient de leur irregularité : mais nous auons
cy-deuant refuté cette opinion, qui entre autres inconueniens tombe en celuy que nous
venons de marquer , à fçauoir que les beftes
jugeroient auffi bien de la beauté des Harmonies que les hommes.

La verité nous obligeant donc de prendre
vne autre voye que celle qui a fait efgarer tant
de grands hommes , il faut voir fi nous ferons
plus heureux qu'ils n'ont efté, ET fi nous pourons rencontrer parmy tant de tenebres vn
chemin affeuré qui nous puiffe mener où elle
eft cachée.

La difficulté qu'il y a en cette recherche
confifte en ce point, que la Caufe de la douceur des Harmonies ne peut venir de la nature des Sons ou de la difpofition des organes ;
par ce que les beftes qui ont les organes de
l'ouye auffi bien difpofez que les hommes &
qui reçoiuent les Sons auffi parfaitemét qu'eux,
ne font point touchées des Harmonies & ne

peuuent juger ſi vne Octaue eſt plus agreable qu'vne Quinte. Elle ne ſe peut auſſi tirer de la nature des Proportions ou desNombres, par ce qu'il y a des objects qui ont les meſmes Proportions que les plus agreables Conſonances, qui ne cauſent aucun agréement, et qu'il n'y a rien dans la nature des nombres qui puiſſe rendre le nombre de 7. ennemy de l'harmonie, ne pouuant entrer en aucune proportion qui ſoit harmonicque. C'eſt pourquoy pour euiter ces eſcueils où tous les Philoſophes ont eſchoüé, il faut chercher vne Cauſe qui ſoit propre aux hommes, qui ſoit reſtrainte à certains objects & qui puiſſe faire voir les Nombres qui ſont affectez ou contraires aux harmonies.

A ce deſſein il faut preſuppoſer premierement, que les objects propres touchent plus le ſens que les objects communs, par ce qu'ils ont plus de liaiſon & de conformité auec luy, & qu'ils le touchent immediatement, au lieu que les communs n'y font impreſſion que par le moyen des objects propres ; eſtant vne choſe certaine que la figure, le mouuement ny la quantité ne ſe preſentent aux yeux que par le moyen de la couleur.

Secondement, que comme les contraires op-

Hh ij

posez à leurs contraires se font mieux connoiftre , aussi les choses comparées les vnes aux
autres font mieux voir la perfection ou l'im-
perfection qu'elles ont.

Troisiesmement que le sens compare plus
facilement les choses qui luy sont les plus
connuës , ET que de toutes les parties de son
object le Milieu & les Extremitez luy sont
plus connuës que toutes les autres; ET par consequent qu'il les compare plus facilement ensemble , ET que la perfection luy en est plus
aisée à connoistre.

Quatriesmement que l'Entendement compare les choses plus parfaitement que le Sens,&
partant qu'il en connoist mieux la perfection.

En cinquiesme lieu que la proportion que l'on
remarque entre deux choses est l'effect & le
resultat de la comparaison que l'on en a faite;
par ce que l'ame apres les auoir comparées,re-
connoist la difference qu'il y a entre-elles; ET
cette difference n'est autre chose que la Proportion qu'elles ont ensemble.

En sixiesme lieu que la difference qu'il y a entre deux objects fait voir combien il y a plus
de l'estre & de la qualité sensible en l'vn
qu'en l'autre ; ET que plus il y a de la qualité

fenfible qui eft conforme au fens, plus le fens eft remply & perfectionné par elle.

Enfin que les objects qui perfectionnent dauantage les facultez connoiffantes, font ceux qui luy font agreables comme nous auons montré au difcours de la beauté.

De toutes ces maximes il s'enfuit premierement, que les Proportions qui fe trouuent dans les objects communs, ne caufent pas tant d'agréement ou de degouft que celles qui font dans les objects propres : et que la Proportion Double par exemple qui eft tres-agreable dans les Sons & dans les Couleurs ne touche prefque point l'ame dans la quantité ny dans le mouuement : car vne chofe qui eft deux fois plus longue, ou qui fe meut deux fois plus vifte qu'vne autre, ne donne aucun plaifir manifefte aux yeux. Et la raifon en eft que le fens eft plus touché par fes objects propres que par les communs, ayant plus de liaifon & de rapport auec eux, & ne pouuant receuoir fa vraye perfection que de ce qui luy eft propre & particulierement affecté.

En fecond lieu, qu'vn Son tout feul quelque portion qu'il ait de la qualité fenfible & quelque conforme qu'il foit à l'oreille, n'eft pas fi

Hh iij

agreable que lors qu'il y en a vn autre qui se
joint auec luy ou qui le suit immediatement
en vne proportion parfaite ; qui est ce que
nous appellons Consonance ouHarmonie:par-
çe que l'ame ne connoist pas parfaitement les
choses que par comparaison.

En troisiesme lieu, que les Bestes ne connoissent pas si parfaitement la beauté des Harmonies & des Couleurs que les hommes parce qu'elles ne comparent pas si justement les
choses qu'eux & ne peuuent remarquer la difference qui resulte de la comparaison ; cette
connoissance estant en quelque façon abstrac-
te & hors du ressort de la faculté sensitiue.
Et c'est pour cela que les Enfans & ceux mesmes qui n'ont pas la pratique de la Musique ne
connoissent pas si bien la bonté des accords &
n'en sont pas si agreablement touchez ; par ce
qu'ils ne comparent pas si justement les Sons
& n'en remarquent pas si exactement les differences,que ceux qui s'y sont exercez.

En quatriesme lieu, que deux Sons qui apres
auoir esté comparez , paroissent semblables
comme les vnissons , ne causent aucun agréement ; par ce que l'ame n'y remarque aucune
difference , laquelle seule est capable de faire

connoiftre combien il y a plus de la qualité fenfible , & de perfectionner par confequent le fens.

En cinquiefme lieu , la capacité naturelle des fens ayant vne certaine eftenduë qui eft proportionnée à leur puiffance, & les Extremitez & le Milieu de cette eftenduë leur eftant plus faciles à connoiftre & à comparer que leurs autres parties; Il faut dans l'eftenduë des Sons qui font conformes à l'ouye , que la Confonance qui fe fait par la comparaifon du Milieu auec fes Extremitez foit la plus connuë & la plus facile à faire ; Et par confequent que l'Octaue qui eft la plus connuë & la plus facile à faire , foit juftement au milieu de cette eftenduë. D'où il s'enfuit qu'elle eft la plus agreable de toutes les Confonances ; par ce qu'outre qu'elle eft plus conforme au fens eftant au milieu comme luy , elle a plus de la qualité fenfible ; Et partant elle le perfectionne dauantage que les autres qui en ont moins. En effect comme le Milieu eft à fes extremitez en Proportion Double, & que cette proportion contient le double de la chofe, il faut que l'Octaue , qui doit eftre dans la mefme proportion puis qu'elle eft au milieu , ait le

double de la qualité fenfible; Et partant qu'elle en ait plus que la Quinte qui n'en a qu'vne
fois & demie, que la Quarte qui n'en a qu'v-
ne fois & vn tiers, & ainfi de toutes les autres qui font au dedans de l'Octaue.

D'où il eft aifé de juger non feulement qu'elle eft la plus facile à connoiftre, par ce qu'elle eft plus conforme au fens, Et qu'elle a plus
de la qualité fenfible, le fens eftant plus facilement touché de ce qui eft plus fenfible, &
connoiffant plus exactement ce qui luy eft plus
conforme : mais encore qu'elle eft plus facile
à faire, les termes dont elle eft compofée eftant plus aifez à comparer & naiffant de la diuifion du tout en deux parties efgales qui eft
la premiere & la plus naturelle diuifion qui fe
puiffe faire. Et c'eft de-là fans doute que lors
qu'on entend vne Quinte ou vne Quarte, l'efprit ne demeure pas fatisfait & attend au-de-là
ce qui refte pour faire l'Octaue; Et que le Son
des fleuttes va d'Octaue en Octaue fans paffer
par les tons du milieu, la Nature auffi bien
que l'ame trouuant plus de facilité en cette
Confonance qu'en toutes les autres. L'Octaue
eft donc la plus agréable de toutes les Confonances par ce qu'elle eft la plus facile à faire
&

& à comparer, ET par ce qu'elle a plus de la qualité senfible.

Que fi ce font-là les veritables caufes de la douceur de cette harmonie, il faut qu'elles le foient encore des autres; ET par confequent il fuffiroit de dire que la *Quinte* qui nous paroift plus agreable que la Quarte, eft auffi plus facile à faire & qu'elle a plus de la qualité senfible, ET ainfi de la *Quarte* à comparaifon des Tierces & des Sextes. Iufques-là mefmes que les Difcordances ne doiuent eftre des-agreables que par ce qu'elles font tres-difficiles à faire, c'eft à dire que les termes qui les compofent eftant tres difficiles à connoiftre, ne fe peuuent comparer qu'auec peine & qu'elles font en des proportions qui ont peu de la qualité senfible.

Mais par ce que ces veritez ne font pas fi euidentes en ces accords qu'elles font dans l'Octaue, il les faut examiner en detail & voir principalement en quoy la Quinte eft plus facile à faire que la Quarte, celle-cy que les Tierces, &c.

A ce deffein il faut reprendre les fondemens

Ii

que nous auons establis cy-deuant, à sçauoir
que les Extremitez & le Milieu sont les parties
les plus faciles à connoistre de toutes, et que
laDiuision en deux parties esgales qui fait connoistre ce Milieu, est la plus naturelle. Or si l'a-
me peut designer le milieu de toute l'estenduë
d'vn object sensible par ce que les Extremitez
luy en sont connuës, elle peut encore trouuer
le milieu qui sera entre ce premier milieu &
l'vne des extremitez ; c'est à dire que si elle peut
diuiser tout l'object en deux portions esgales,
elle peut encore diuiser ces portions en deux
autres parties & ces parties en d'autres : car il
n'y a pas plus de raison pourquoy elle designe
le premier milieu que le second & le second
que le troisiesme ; et toute la difference qu'il y
peut auoir, c'est qu'elle ne peut marquer le second qu'elle n'ait trouué le premier, ny le
troisiesme qu'elle n'ait trouué le second. Cette verité paroist manifestement dans les quan-
titez qui se presentent aux yeux, car l'œil designe facilement le milieu d'vne longueur en
la diuisant en deux parties esgales, & le second
milieu en la subdiuisant en deux autres parties
& ainsi de suitte : de sorte que les parties ali-
quotes qui se trouuent en ces diuisions, quoy

qu'elles foient plus petites que les autres qui
ne s'y rencontrent point, font plus aifées à marquer que celles-cy: car il eft plus facile de connoiftre le quart d'vne longueur que le tiers;
par ce que pour connoiftre le Quart, il faut
diuiler toute la longueur en deux moitiez &
la derniere moitié en deux autres, dont l'vne
fait neceffairement le quart.

Il faut encore remarquer que bien que toute l'eftenduë des Sons puiffe fouffrir cette diuifion à l'infiny, l'ame neantmoins ne la peut
faire beaucoup de fois fans confufion ; par ce
que la multiplicité des termes l'embaraffe &
luy donne de la peine pour les retenir & pour
les comparer juftement les vns auec les autres.
C'eft pourquoy apres la Troifiefme Diuifion
qu'elle a faite de toute l'eftenduë des Sons qui
font conformes à l'ouye, il n'y a plus d'accord qui luy plaife fi elle ne repete les premiers comme il arriue dans l'eftenduë de la
double Octaue. Et c'eft pour cela que les proportions où le nombre de 7. & de 9. entrent,
ne font point Harmoniques, par ce qu'elles
ne viennent d'aucunes de ces diuifions & que
l'ame ne les peut rencontrer fans confufion
& fans peine. Par où il eft aifé à voir que

comme la premiere Diuifion eft plus facile à
faire que la feconde, la feconde l'eft auffi
plus que la troifiefme; ɛt par confequent que
les Confonances qui fe font par cette feconde
Diuifion font plus faciles à faire que celles qui
refultent de la troifiefme. Il faut donc faire
voir que comme l'Octaue fe fait par la premiere diuifion en deux parties efgales, la
Quinte & la Quarte fe font par la feconde &
les Tierces & les Sextes par la troifiefme.

Apres donc que l'ame a diuifé toute l'eftenduë des Sons en deux moitiez, la premiere
defquelles comparée à fon tout fait *l'Octaue*;
l'autre moitié qui refte fe peut encore diuifer
par le milieu, lequel comparé auec le milieu
de toute l'eftenduë fait la *Quinte* comme il
fait la *Quarte* comparé auec toute l'eftenduë.
Mais cela paroiftra mieux en faifant ces diuifions fur les cordes, auffi bien ont elles rapport auec les Sons. Suppofé donc que A D
foit vne corde qui faffe le Son le plus graue
qui foit conforme à l'oreille, la diuifant par
la moitié en B, ou bien prenant vne autre
corde A B qui foit plus courte de la moitié
que la premiere, elle fera vne *Octaue* auec

elle ; ET diuifant encore en deux la derniere
moitié B D, au point C; où bien prenant vne
corde A C qui foit vne fois & demie plus
longue que A B, elles feront toutes deux
vne *Quinte* ; ET cette mefme corde A C auec
la premiere A D qui eft vne fois & vn tiers
plus longue qu'elle, fait vne *Quarte* comme
on peut voir par cette figure.

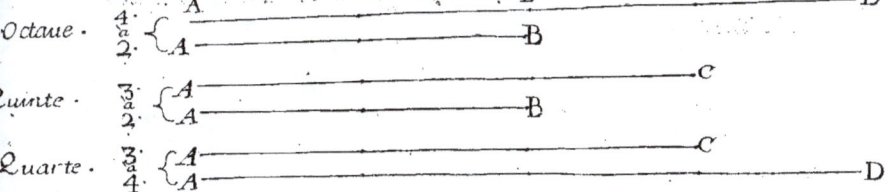

Le dernier progrez que l'ame fait eft la
Troifiefme Diuifion de toute l'eftenduë des
Sons, d'où refultent les Tierces & les Sextes.
Car en diuifant la moitié de la feconde Diuifion en deux parties efgales, le milieu qui
naift de cette diuifion eftant comparé auec
le milieu de la premiere fait la *Tierce Maje-
re* ; auec le milieu de la feconde il fait la
*Tierce Mineure* ; auec toute l'eftenduë il fait

I i iij

la *Sexte Majeure* & auec ce qui reste de cette estenduë il fait la *Sexte Mineure* : comme
on peut voir facilement dans la figure suiuan-
te ou B C est diuisé en E, de sorte que B E
fait la huictiesme partie de A D. Ainsi la corde A B est à A E comme 4. à 5. qui fait la
*Tierce Majeure* ; A E est à A C comme 5. à 6.
qui fait la *Tierce Mineure* ; A E est à A D
comme 5. à 8. qui fait la *Sexte Majeure* ; A E
est à A D comme 5. à 3. qui fait la *Sexte Mineure.*

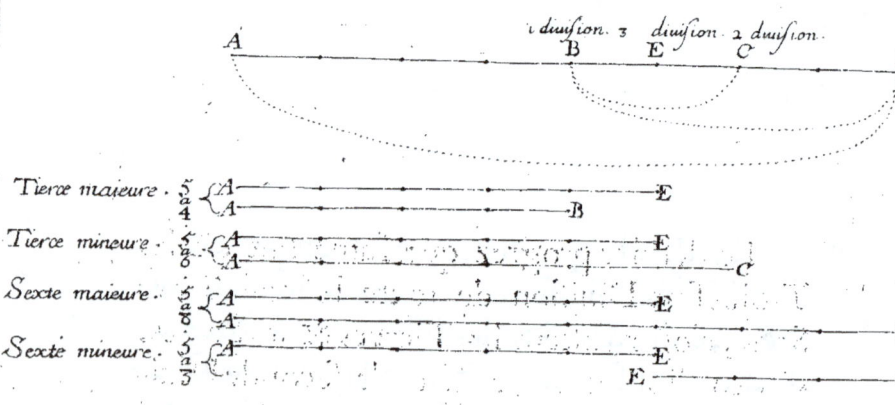

La *Quinte* & la *Quarte* sont donc plus faciles à faire que les *Tierces* & les *Sextes* parce qu'elles se font par la seconde diuision &

celles-cy par la troisiesme. Mais encore la *Quinte* est plus facile à faire que la *Quarte* par ce qu'elle est composée des deux derniers termes que l'ame à remarquez; et que les dernieres choses que l'on connoist sont plus proches & plus presentes à l'ame que les plus esloignées : or ces deux derniers termes sont les deux milieux de la premiere & seconde diuision qui font la Quinte : de sorte qu'il est plus aisé de les comparer ensemble que le dernier milieu auec toute l'estenduë, laquelle est la premiere & par consequent la plus esloignée de toutes les notions. C'est aussi pour cela que la trompette apres auoir fait l'octaue va tout droit à la Quinte estant la plus facile de toutes les Harmonies apres l'Octaue. On en peut dire autant de la *Tierce Majeure* à l'esgard de la *Tierce Mineure*, et de celle-cy à l'esgard des *Sextes* comme la figure precedente fait voir.

Les Consonances sont donc plus ou moins faciles à faire selon qu'elles nous paroissent plus ou moins agreables. Mais elles ont aussi plus ou moins de la qualité sensible qui est la principale cause de l'agréement. Ainsi *l'Octaue* est plus agreable que la *Quinte* par ce qu'elle a le double de la qualité sensible & que celle-cy n'en a qu'vne fois & demie. La *Quinte* plus que la *Quarte* qui n'en a qu'vne fois & vn tiers, la *Quarte* plus que la *Tierce Majeure* qui n'en a qu'vne fois & vn quart, celle-cy plus que la *Tierce Mineure* qui n'en a qu'vne fois & vn cinquiesme.

Il est vray que les Sextes en ont dauantage que ces dernieres, la *Sexte Majeure* en ayant vne fois & trois cinquiesmes qui est la Proportion de 8. à 5. la *Sexte Mineure* vne fois & deux tiers qui est la proportion de 5. à 3. mais l'ame ayant plus de difficulté à les faire, ny trouue pas tant d'agréement, la peine diminuant le plaisir que l'abondance de la qualité sensible luy pouuoit donner.

Ce sont là les raisons pour lesquelles les accords qui sont au dedans de *l'Octaue* sont agreables ou des-agreables. Elles le sont encore de tous ceux qui sont au de-là : Car l'ame fait le mesme progrez depuis la *premiere Octaue* iusques à la seconde, qu'elle fait dans l'estenduë de la premiere ; ET tous les accords qui s'y trouuent ne sont que des repetitions des premiers. De sorte qu'elle diuise le dessus de

la

la *premiere Octaue* ou bien la corde A B , par la
moitié A F , pour faire la *seconde Octaue* ; ET
l'autre moitié F B , en deux autres parties
pour faire la *Quinte* & la *Qarte* : enfin elle
couppe encore F G , en deux autres qui font
les *Tierces* & les *Sextes* de la mesme façon qu'elle a fait dans la premiere corde A D.

Toutes lesquelles Consonances estant jointes auec la premiere Octaue font la *Double
Octaue* , la *Douzieme* , *l'Onziesme* , la *Dixiesme Majeure* , la *Dixiesme Mineure* , la *Treziesme Majeure* , la *Treziesme Mineure*. Car
la premiere Octaue jointe auec la seconde Octaue fait la *Double Octaue* , auec la *Quinte*

Kk

elle fait la Douziefme, auec la Quarte elle produit l'Onziefme & ainfi des autres.

Que fi l'on diuife encore la *Seconde Octaue*
A F , en autant de portions que la premiere,
on aura les mefmes genres de Confonance
à fçauoir la *Triple Octaue* ou *Vingt-deuxiefme*,
la *Dix-neufiefme* qui eft compofée de deux
octaues & d'vne quinte , la *Dix-huictiefme*
qui eft de deux octaues & d'vne quarte , la
*Dix-feptiefme Majeure* qui eft de deux octaues & d'vn tierce majeure, la *Dix-feptiefme
Mineure*, la *Ving-tiefme Majeure*, la *Ving-
tiefme Mineure* & ainfi de fuire à l'infini , en
multipliant les Octaues & y adjouftant les
confonances fimples que nous auons marquées.

Mais au de-là de la Double Octaue qui eft
la borne de la capacité naturelle de l'ouye,
les Confonances ne font plus fi agreables, parce qu'elles ne font plus fi conformes au fens
s'efloignant du milieu , & l'ame fe laffant dans
vne diuifion fi longue & fi fouuent reïterée.

Or quoy que cette conjecture fatisfaffe e-
xactement à tous les phenomenes de l'Harmonie , elle ne fatisfera pas peut-eftre le Lecteur

qui aura peine à croire que l'ame faſſe toutes
ces diuiſions des Sons auant qu'elle les juge
agreables. Car outre que la connoiſſance
qu'elle en a ſe fait en vn moment, & qu'il
ſemble qu'elle ne puiſſe faire tant de diuiſions
qu'auec vn grand temps ; il eſt difficile de
comprendre comment elle en peut comparer
les termes qui ſouuent ne ſont pas preſens à
l'oreille & qu'il luy faut ſuppoſer daillieurs.
Car quand elle entend vne Quinte toute ſeule, il luy faut ſuppoſer la baſſe de l'Octaue encore qu'elle ne ſonne point, afin de trouuer
le milieu qui eſt entre elle & ſon deſſus, ce
milieu & ce deſſus faiſant la Quinte, comme
il fait la Quarte auec la baſſe. Et ſi elle paſſe
iuſques à la troiſieſme Diuiſion qui fait les
Tierces & les Sextes, il luy faut ſuppoſer
tous les termes de l'Octaue & de la Quinte
comme nous auons dit ; qui eſt vn circuit bien
long & bien penible pour vne action qui ſe
fait en vn inſtant & auec tant de facilité. Mais
ſi l'on veut conſiderer que tout cela ſe fait
par l'entendement qui comme en beaucoup
d'autres actions illumine la partie ſenſitiue &
l'eſleue à des connoiſſances dont elle eſt inca-
pable d'elle-meſme, on ne trouuera pas eſtran-

ge que luy qui agit auec tant de promptitude
& de viuacité, fasse toutes ces choses en si peu
de temps , & qu'auec toutes les Lumieres naturelles qu'il a , il ne connoisse l'estenduë &
les parties les plus considerables des objects
sensibles , dont les idées luy sont tousiours
presentes comme sont celles des choses qu'il
fait par instinct ou par vne longue habitude.
Et certes si l'on prend garde que quand la
Quarte ou la Quinte sont entenduës toutes
seules, elles portent l'esprit au de-là & luy
font attendre l'Octaue ; on jugera bien que
ce terme luy est connu quoy que le sens ne le
luy presente pas, & qu'il s'en resouuient pour
le comparer auec les autres. Et pourquoy l'o-
reille ne connoistroit elle pas le milieu & les
extremitez de son object , puis que le toucher les connoist bien dans le sien , & que
l'œil les remarque si facilement dans la quantité ? Apres tout , quoy qu'il y ait dans le jugement que l'ame fait des Harmonies & des
Discordances , vn plus grand circuit que l'on
ne s'estoit imaginé ; qui prendra garde à quantité d'autres actions que les sens font tous
seuls sans que l'entendement y concoure, n'y
trouuera peut-estre pas vn progrez moins

long , ny vne moins grande varieté d'operations qu'il y en a icy. Car dans la feule action
de la veuë , il y a quatre ou cinq refractions
qui fe font dans l'œil , l'ame redreffe les Images qui y font renuerfées , elle juge de la jufte
grandeur & de la diftance des objects par les
angles qu'elles ont quelques petits qu'ils
foient , et y adjoufte apres les notions de la
bonté , de la malice , & autres femblables ; et
ce qui eft de merueilleuxt, out cela fe fait en
vn moment , & auec tant d'art qu'il femble
que le fens raifonne en corrigeant les deffaux
des Images , & jugeant bien que les objects
font autres qu'elles ne les luy reprefentent. De
forte que fi dans le jugement que les fens
font tous feuls , il y a vne fi grande nombre
d'operations differentes & tant deffects d'v-
ne fecrette intelligence qui doit eftre cachée
dans l'ame , il ne faut pas s'eftonner que lors
qu'elle eft efclairée de l'entendement comme
elle l'eft fans doute dans la connoiffance qu'elle a des Harmonies , elle fait ce grand circuit,
& ce long progrez de diuifions & de compa-
raifons que nous auons marquez.

Mais fi elle le peut faire dans les Sons,il luy

eſt bien plus facile dans les Couleurs, par ce
que ce ſont des qualitez fixes & permanentes, au lieu que le Son eſt touſiours dans le
mouuement, ET qu'il eſt plus aiſé de comparer des choſes qui ſont preſentes au ſens que
celles qui en ſont abſentes. Car il ny a rien à
ſuppoſer dans les Couleurs comme dans les
Sons, la Lumiere & le genre de la couleur
qu'on veut comparer auec elle eſtant touſ-
jours preſens aux yeux. Et c'eſt pour cela
qu'il y a plus de perſonnes qui ſe plaiſent à
voir de belles Couleurs qu'il n'y en a qui ayment à entendre de beaux accords, par ce
que l'ame connoiſt plus facilement la beauté
des premieres que celle des autres.

Quoy qu'il en ſoit l'inclination & la facilité naturelle quelle a à diuiſer les choſes en
deux parties eſgales luy faiſant diuiſer toute
l'eſtenduë de la Lumiere qui eſt proportionnée aux yeux, en deux portions, elle trouue
le *Verd* au milieu, qui par conſequent eſt plus
conforme au ſens, & les comparant enſemble
elle remarque la difference & la proportion
qui naiſt de cette comparaiſon ; laquelle eſtant double contient plus de l'eſtre ſenſible
que toutes les autres qui ſont en cette eſten-

duë & perfectionne dauantage la faculté connoiffante, d'où vient l'agréement.

Elle trouue apres la proportion s'efquialtere dans le *Rouge* & la s'efquitierce dans le *Iaune*, & fait en fuite le mefme progrez dans l'eftenduë de la Seconde Octaue qui eft au delà du Verd ; le *Noir*, le *Pourpre* & le *Bleu* ayant les mefmes proportions à l'efgard du Verd, que le Verd, le Rouge & le Iaune ont à l'efgard du Blanc. Lefquelles par confequent aggreent felon qu'elles perfectionnent le fens, c'eft a dire felon la mefure qu'elles ont de la qualité fenfible comme nous auons dit qu'il fe faifoit dans les Harmonies.

Mais il eft temps de reprendre noftre premier route que la douceur de la Mufique nous auoit fait quitter, & fans vouloir perfuader dauantage les conjectures que nous auons propofées, il fuffit pour noftre deffein que nous foyons affeurez que les mefmes proportions qui font les agreables Confonances font auffi les belles Couleurs, & que fur ce fondement nous ayons trouué les degrez de Lumiere qui entrent en chacune de leurs efpeces.

*Comment ſe font les Couleurs de l'Iris.*

### ARTICLE TREIZIESME.

APres tant de Lumieres que nous auons decouuertes dans la nature des Couleurs, nous deuons croire qu'il ny aura plus rien qui nous puiſſe empeſcher de voir tout ce qu'il y a de plus caché en celles de l'Iris; ET il eſt comme impoſſible qu'auec tant de clartez nous n'apperceuions l'artifice que le Soleil employe dans la production de cet agreable Meteore.

Car apres auoir ſceu que la Lumiere ſe change en Couleur quand elle eſt affoiblie; qu'il n'y a rien qui l'affoibliſſe que la Refraction & la Reflexion de ſes rayons; que pour ſubject elle doit trauerſer vn corps tranſparent où ils puiſſent ſe briſer & ſe reflechir; ET qu'en s'affoibliſſant ainſi iuſques à certains degrez elle paſſe en telle ou telle eſpece de Couleur : Il ſemble que tout le ſecret de l'Iris conſiſte à dire, que les rayons du Soleil paſſant au trauers de cette nuë que nous auons

ob-

obferuée eftre le lieu veritable ou elle fe forme & qui fe trouue toufiours entre le Soleil
& le lieu où l'on l'a void, ils s'y rompent &
s'y reflechiffent comme ils font dans les verres pleins d'eau & dans les Triangles de chryftal , s'affoibliffant ainfi iufques aux degrez
que demandent le Rouge, le Verd & le Pourpre : Et qu'apres s'eftre refpandus en l'air , ils
font paroiftre ces belles Couleurs fur le premier corps opaque qui s'y rencontre.

Mais pour faire voir plus exactement toutes ces veritez , il faut montrer comment la
Lumiere en trauerfant les Verres pleins d'eau
& les Triangles de chryftal prend les Couleurs de l'Iris ; par ce que la mefme alteration
qu'elle fouffre en ces corps là fe fait affeurement dans la nuë, puis que l'effect en eft tout
femblable ; Et qu'il eft plus facile de la remarquer en des fubjects qui font proches de nous
& qui font dans noftre difpofition, que dans
les nuës qui font efloignées de nos yeux & de
nos mains. A ce deffein il faut rapeller icy quelques-vnes des propofitions que nous auons de-
monftrées cy-deuant, à fçauoir que l'affoibliffement de la Lumiere qui produit les Couleurs ne fe peut faire que par la Refraction &

*Comment*
*fe fait l'Iris*
*des Trian-*
*gles.*

LI

par la Reflexion; D'où il s'enfuit que les rayons
perpendiculaires ne prennent iamais aucune
Couleur par ce qu'ils ne se rompent point ;
c'eſt pourquoy la Lumiere qui trauerse per-
pendiculairement le triangle se reflechiſt toute pure sur sa derniere face , ET les objeéts que
l'on void à trauers dans les mesmes lignes se
voyent dans leur Couleur naturelle.

En ſecond lieu , que la Refraétion toute
seule ne colore point la Lumiere comme
nous auons montré par quantité d'experiences
Art. 8. ET par conſequent la Lumiere & les
Images paſſant à trauers les Triangles ne se
colorent pas par la seule Refraétion qu'elles y
souffrent, mais il doit y auoir vne autre cauſe
qui se joigne auec elle pour produire cet effeét.

Enfin, que la Lumiere se reflechiſt sur toutes les differentes surfaces qu'elle rencontre
en son paſſage : ET bien qu'vne partie de ses
rayons trauerse ces surfaces si elles sont tranſparentes ; L'autre partie s'y arreſte & retour-
ne en arriere comme nous auons fait voir au
lieu allegué. D'où il faut tirer cette conſequence , que la Lumiere & les Images qui se
rompent en paſſant à trauers le Triange se reflechiſſent sur toutes les faces dont il eſt com-

poſé , ſi l'égalité des angles qu'elles gardent
touſiours dans la Reflexion, ne l'empeſche.
En effect puis que le rayon perpendiculaire
A , qui comme le
plus fort deuroit
penetrer toutes les
faces du Triangle
qu'il rencontre, ſe
reflechit ſur la fa-
ce B , & réjallit
ſur la muraille C,
ET qu'il s'arreſte
auſſi ſur la face D,
où l'œil le remar-
que , retournant
par conſequent
vers la face B , &
ſe repliant ſur luy-
meſme , par ce
qu'il fait vne ligne
perpendiculaire ,
qui pour faire les
angles eſgaux ne
ſe peut reflechir que ſur elle-meſme. Si diſ-je
le plus fort de tous les rayons ſe reflechit
ſur toutes les faces du Triangle qu'il ren-

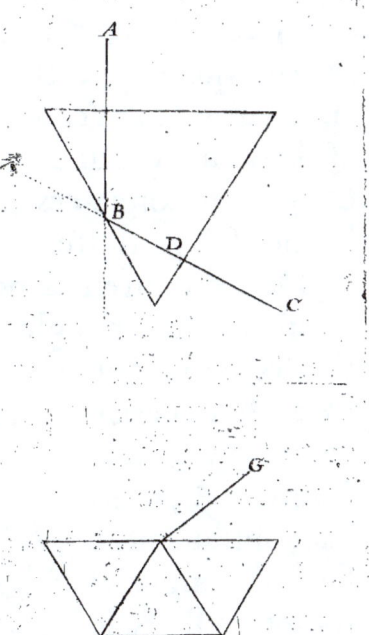

contre , à plus forte raiſon G , qui eſt oblique & briſé & qui par conſequent eſt plus
foible , s'y doit - il reflechir. Et comme il
n'y a rien que la Refraction & la Reflexion
qui puiſſe donner à la Lumiere l'affoibliſſement qui eſt neceſſaire pour la faire paſſer
en Couleur , il s'enſuit que cette Reflexion
eſt la derniere cauſe qui acheue de l'affoiblir
& qui luy donne ces diuerſes teintures qu'elle nous fait paroiſtre.

De ſorte qu'en General il eſt vray que les
Couleurs du Triangle viennent de la Refraction & de la Reflexion que la Lumiere ſouffre en le trauerſant comme on peut voir dans
cette figure, où la
Lumiere **A** , tom-
bant obliquement
ſur le Triangle, ſe
rompt en **B** , & le
trauerſe tout en-
tier ſe portant iuſ-
ques en **C**. Mais
vne partie de ſes
rayons ſe reflechit
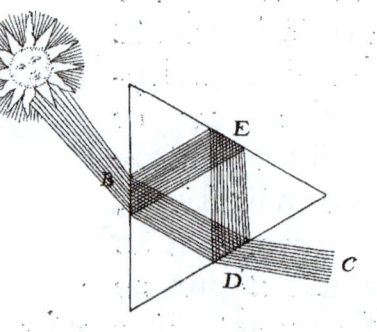
à angles eſgaux ſur la face **D** , & ſe porte ſur
**E** , & de là encore vers **B** , où elle ſe refle-

chit derechef : En forte que par ces diuerfes
Reflexions ils viennent à retomber fur toute
la maffe de la Lumiere qui s'eft rompuë , &
l'imbibent des Couleurs qu'ils ont acquifes
par tous ces mouuemens.

Car comme la Couleur de la vapeur altere la Lumiere de la flamme & la rend rouge ou bleuë de quelque cofté qu'on la regarde : auffi ces rayons reflechis venant à fe mefler auec la maffe lumineufe qui trauerfe le
triangle, l'infectent de leurs Couleurs & la
font paroiftre rouge verte & pourprée fur
tous les fubjects où elle fe repand.

Mais comment cette Lumiere ainfi rompuë & reflechie prend-elle diuerfes Couleurs?
car eftant vne & l'alteration qu'elle fouffre eftant vray - femblablement efgale en tous fes
rayons ; il femble qu'elle ne fe deuroit teindre que d'vne forte de Couleur. Et il ne fert
de rien de dire qu'elle paffe à trauers des parties plus & moins efpaiffes & qu'ainfi elle fe
rend plus & moins opaque : Qu'en effect la
Couleur Rouge qui eft la plus claire & la
plus haute de toutes , part toufiours de la
pointe du Triangle qui a moins d'efpaiffeur,

& que la Pourprée qui eſt la plus obſcure, part de la baſe & de la plus grande profondeur du Triangle. Il eſt diſ-je inutile de recourir à cette cauſe puis que l'opacité & l'eſpaiſſeur, ne font rien pour la diuerſité des Couleurs; vn petit Triangle produiſant les meſmes eſpeces qu'vn plus grand, comme nous auons plus amplement montré dans l'Art. 8.

Il ne faut pas dire auſſi que cela procede de la ſeule Obliquité des rayons qui ſe rompent, & que ceux qui ſont moins obliques eſtant plus forts ſe changent en des Couleurs plus hautes, comme ceux qui ſont plus obliques & par conſequent plus foibles paſſent en des Couleurs plus obſcures. Car ſi cette raiſon eſtoit bonne, il faudroit que l'Obliquité ſe rendant plus grande ou plus petite, les Couleurs ſe changeaſſent à proportion : Cependant en biaiſant & faiſant pancher le Triangle les rayons ſe rendent beaucoup plus obliques ſans changer l'eſpece des Couleurs qu'ils produiſoient auparauant.

Quelques-vns rapportent cela aux angles de la Refraction & diſent que les angles de telle & telle grandeur font paroiſtre vne telle & telle Couleur. Mais outre que la Refle-

xion en peut faire de tout femblables & qui
auront la mefme ouuerture que ceux-là fans
colorer la Lumiere : Puis que l'on a obferué
que toutes les Couleurs du Triangle fe voyent
depuis l'angle qui a 32. degrez iufques à celuy qui en a 78. il n'y a point là de mefure
certaine à prendre, vne mefme Couleur fe
trouuant foubs tant de diuers angles, & vn
mefme angle faifant voir diuerfes efpeces de
Couleurs. Et quand l'obferuation feroit jufte,
le point fondamental de la queftion demeure
toufiours indecis, à fçauoir pourquoy tel angle produit vne telle Couleur.

    Ie fçay bien qu'il y en a qui ont dit & il
eft vray, qu'il y a de ces angles où plus de
rayons concourent, & où il s'en ramaffe dauantage, ET d'autres où le contraire arriue. Mais il
ne s'enfuit pas de là comme ils pretendent,
que les plus hautes Couleurs naiffent du concours & du ramas de plufieurs rayons, comme les plus obfcures viennent des angles où
il s'en fait moins. Car fans parler des angles
de Reflexion où la mefme mefure de Lumiere fe peut trouuer fans prendre Couleur ; ce
concours & ce ramas de rayons rend bien les
Couleurs plus fortes plus viues & plus denfes,

s'il faut ainſi parler ; mais ils ne font rien pour l'eſpece des Couleurs. Et de vray en tournant diuerſement le Triangle on eſlargit ou eſtreſ-ſit l'eſpace qu'occuppe l'Iris ; ET quand il eſt plus eſtroit, les Couleurs en paroiſſent plus fortes , tout de meſme qu'elles ſont plus deſ-chargées & comme plus delayées quand il eſt plus large ; MAIS ce ſont touſiours les meſ-mes eſpeces de Couleur, quelque changement qu'il y ait au concours & au ramas des rayons. Apres tout cette opinion ne conſidere que les angles de la Refraction , quoy qu'il ſoit cer-tain que la Refraction toute ſeule n'eſt point capable de changer la Lumiere en Couleur , de quelque façon qu'elle ſe faſſe , ſoit par des rayons plus ou moins Obliques , ſoit par des angles plus ou moins ouuerts, ſoit par le con-cours de plus ou de moins de rayons.

Que dirons nous donc en vne choſe ſi ob-ſcure & enuironnée de tant de difficultez ; ET apres auoir exclus l'Opacité du verre, l'Obli-quité des rayons , les angles qu'ils font en le trauerſant , & le different concours de Lu-miere qui s'y rencontre ; que ſçaurions nous trouuer dans le Triangle qui puiſſe eſtre cauſe

fe de cette varieté de Couleurs? Car de recourir à la Reflexion & de vouloir qu'elle fe
joigne à toutes ces autres conditions pour produire ce merueilleux phenomene comme
nous auons dit, l'efprit n'en eft pas plus fatisfait , & ne void pas la raifon pour laquelle vn
tel rayon reflechy fe meflant auec ceux qui
font rompus, fait naiftre le Rouge , & vn tel
autre, le Pourpre ou le Verd : Et ce dautant
plus que les cheutes & les angles de tous ces
rayons eftant fouuent femblables , ne laiffent
pas de faire paroiftre des Couleurs differentes.
Neantmoins apres auoir monftré que la Lumiere fe doit affoiblir pour paffer en Couleur,
& que felon les degrez de cet affoibliffement
elle fe change en telle & telle efpece ; nous
pouuons dire affeurement qu'elle s'eft affoiblie
iufques à vne telle mefure quand nous voyons
paroiftre vne telle Couleur , puis que nous
fçauons combien de degrez de Lumiere entrent en chaque Couleur. De forte que les
Couleurs du Triangle eftant lumineufes dans
le Triangle, nous pouuons affeurer fur le calcul que nous auons fait cy-deuant , que la Lumiere s'eft affoiblie d'vn tiers dans le Rouge,
d'vne moitié dans le Verd, de deux tiers dans

M m

le Pourpre, ou fi l'on veut, & c'eft la mefme chofe, que la Lumiere Souueraine eft au Rouge
en proportion s'efquialtere, au Verd en proportion double, au Pourpre en proportion triple.

Et peut eftre que fans vouloir penetrer plus
auant dans la fource de ces diuerfes proportions qu'elle prend, il fuffiroit de dire, que
puifque le Son paffe naturellement à la Quinte, à l'Octaue, & à la Douziefme comme il
paroift dans le refonnement d'vne corde de
Lut touchée a vuide; Auffi la Lumiere fait le
mefme progrez dans les Couleurs efclatantes
paffant au Rouge, au Verd & au Pourpre qui
font toutes dans les mefmes proportions que
ces Harmonies. Car enfin il faut demeurer
d'accord que la Nature ayme certaines mefures dans les chofes qu'elle fait & qu'elle les
garde toufiours fi elle n'eft point empefchée.
De forte que c'eft affez de fçauoir qu'elle diminuë le Son en telles & telles proportions
d'où naiffent ces diuerfes Harmonies, pour dire auec tres-grande probabilité, qu'elle diminuë la Lumiere de la mefme forte & qu'elle en
forme toutes ces Couleurs differentes. Et de
fait quand on a regardé la Lumiere, la clarté
qu'elle laiffe dans l'œil en fe diminuant peu à

peu fait paroiftre toutes les Couleurs de l'Iris commençant au Rouge, paſſant de là au Verd & au Pourpre & finiſſant à l'Obſcurité ; qui eſt vne marque certaine que la Lumiere en ſe diminuant & s'affoibliſſant ſe change en ces Couleurs. De vouloir apres cela trouuer la raiſon pour laquelle ces qualitez ſe diminuent en ces proportions, on peut dire de cette recherche, qu'elle abuſera touſiours les eſprits les plus curieux, & qu'elle ne ſera iamais tentée par les plus ſages ; ET qu'elle eſt de la nature de celles où la raiſon Humaine a plus de gloire de confeſſer ingenuëment ſa foibleſſe que de ſe flatter vainement d'y pouuoir reüſſir & de paſſer au delà des bornes que DIEV a données à l'intelligence des hommes.

Il eſt vray qu'il y a quelques preſomptions qui nous peuuent approcher de ces veritez toutes eſloignées qu'elles ſont de noſtre connoiſſance. Car puiſque la Lumiere ne ſe diminuë que par la Refraction & par la Reflexion, & qu'elle ſouffre dans le Triangle vne Refraction & trois Reflexions, il eſt vrayſemblable que chacun de ces mouuemens diminuë la Lumiere d'vne portion & d'vn de-

gré; DE forte que la Lumiere Souueraine ayant
16. degrez comme nous auons montré, il faut
qu'apres ces quatre mouuemens elle foit re-
duite à 12. degrez qui eft la premiere mefure
où la Lumiere commence à prendre Couleur.
De forte que du moins nous voyons par là
comment elle defcend iufques à l'ordre des
Couleurs.

Mais outre cet affoibliffement que la Refraction & la Reflexion luy donnent toutes feules fans que l'Opacité y contribuë : car puifque la Reflexion toute feule eft capable de l'affoiblir , la Refraction fans doute le peut faire
auffi ; ET ce dautant plus que les rayons deuiennent plus foibles felon qu'ils font plus o-
bliques quoy qu'ils trauerfent vne mefme ou
vne moindre efpaiffeur. Outre cet affoibliffement dif-je , ELLE en fouffre vn autre par l'O-
pacité du Verre ; NON pas que l'Opacité agif-
fe contre elle ou qu'elle fe mefle auec elle,
mais par ce que les rayons les plus foibles ou
les plus groffiers ne la peuuent trauerfer, d'où
vient que ceux qui paffent ont moins de clarté & demeurent veritablement affoiblis comme l'experience fait voir. De forte que la Refraction & la Reflexion qui fe fait fur toutes

les faces du Triangle ne fe doiuent pas confiderer toutes fimples ; mais on y doit encore
adjoufter l'empefchement du diaphane : et
partant fi chaque empefchement diminuë encore la Lumiere d'vne portion, il faudra que
la Refraction & les trois Reflexions ayant chacune leur obftacle, la Lumiere fe diminuë encore de 4. degrez qui joints aux 4. precedens
font 8. degrez de diminution, dans lefquels
confifte la mefure du Verd lumineux. De forte que le Verd fera la premiere Couleur que
la Lumiere doit naturellement prendre dans le
Triangle, & où elle fera le mefme progrez
que le Son qui va tout droit à l'Octaue ; et
que l'ame fait dans l'eftenduë de fes objects
allant immediatement des extremitez au Milieu comme nous auons montré cy-deuant.

Or quoy que toute la Maffe de la Lumiere
deuft prendre cette feule Couleur : neantmoins comme il y a vne grande partie de fes
rayons qui ne fouffre pas efgalement l'alteration que ces mouuemens luy caufent, ils
prennent auffi d'autres teintures. Car les rayons
qui tombent vers la pointe du Triangle fe
changent en Rouge, & ceux qui approchent
de fa bafe fe teignent en Pourpre ; par ce que

ceux-là font moins Obliques & qu'ils trauerfent vne moindre Opacité, d'où il s'enfuit qu'ils
font auffi plus forts & plus clairs & qu'ils doiuent par confequent prendre vne Couleur
plus haute que ceux qui paffent plus prés de
la bafe du Triangle. Et dautant que ces rayons
qui paffent ainfi par la pointe du Triangle fe
rencontrent encore vers la troifiefme pointe
apres la feconde
Reflexion, en for-
te qu'ils paffent
deux fois par la
moindre Opacité
& font par confe-
quent deux fois
exterieurs à l'ef-
gard de ceux qui
font le Verd ; on
doit croire que ces rayons font pour ce re-
gard de 2. degrez plus clairs que ceux du Verd:
et partant fi le Verd à 8. degrez de Lumiere,
le Rouge en doit auoir 10. aufquels fi l'on
adjoufte la force de ces rayons qui eft plus
grande que celle des autres eftans moins Obliques qu'eux ; on trouuera que le Rouge a prés
d'onze degrez, & qu'il eft en proportion s'ef-

quialtere auec la Lumiere Souueraine.

Mais comment y a-il des rayons qui font
plus Obliques que les autres puis qu'ils font
tout parallelles & qu'ils tombent fur vn mefme plan ? certainement ils ne font pas tous parallelles par ce qu'il ny a aucun point dans le
corps lumineux
d'où il ne forte
vne infinité de
rayons & que du
point A, il y a
quelque rayon qui
tombe fur C, &
du point B, il y
en a auffi qui tom-
be en D. Et de fait

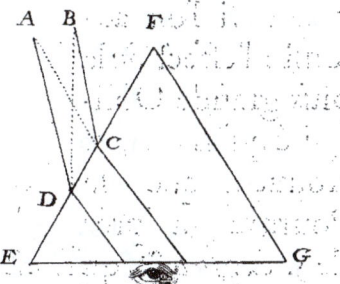

couurant peu à peu le cofté du Triangle E F,
& commençant par E, quand on eft venu
au point D, on void que B, s'obfcurcit :
Or fi cela eft ainfi, il y a des rayons plus O-
bliques que les autres.

On en peut dire autant des rayons qui partent de la bafe du Triangle & qui font le Pourpre dautant que par la Reflexion il fe rencon-

tre qu'ils paſſent deux fois par la plus grande
Opacité à l'eſgard de ceux qui font le Verd,
en ſorte qu'ils ſont deux fois interieurs, au
lieu que le Verd ne l'eſt qu'vne fois; ET par
conſéquent ils doi-
uent eſtre moins
clairs que luy de
deux portions; AVſ-
quelles ſi l'on ad-
jouſte l'effect de la
plus grande Obli-
quité qu'ils ont, on
trouuera que le
Pourpre a prés

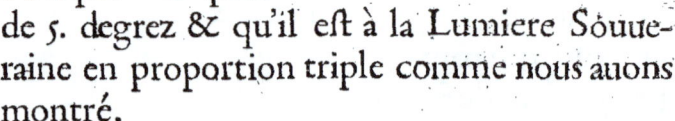

de 5. degrez & qu'il eſt à la Lumiere Ŝouue-
raine en proportion triple comme nous auons
montré.

Enfin apres que ces Couleurs lumineuſes
ont perdu leur eſclat en paſſant dans l'air qui
eſt au delà du Triangle; ELles prennent la
nature des Couleurs ſimples & font paroiſtre
ſur la Muraille le Rouge, le Verd & le Pourpre; LA Lumiere s'affoibliſſant inſenſiblement
iuſques aux degrez où ces eſpeces de Couleurs doiuent eſtre. C'eſt pourquoy elles ne
ſont pas ſi fortes quand elles ſont proches du
Triangle

Triangle que quand elles en font efloignées;
par ce qu'elles n'ont pas encore perdu toute
leur clarté & qu'elles fe confondent auec la
Lumiere exterieure ; Il faut pour les mettre
dans leur jufte mefure & dans leur force naturelle, que par le progrez qu'elles font dans
l'air elles s'obfcurciffent & fe defchargent de
cet efclat, qui comme nous auons dit fait toute la difference qu'il y a entre les Couleurs
lumineufes & les Couleurs fimples.

Or ce que nous venons de dire des Couleurs du Triangle, n'eft qu'à l'efgard de la Lumiere du Soleil qui le trauerfe. Car pour celles que l'on void fur les objects quand on les
regarde à trauers , il y a d'autres confiderations à faire que nous ne voulons pas examiner
icy , n'eftant pas neceffaires à noftre deffein.
C'eft affez de fçauoir qu'elles ne font pas lumineufes dans le Triangle comme celles que
fait la clarté du Soleil; Et que la Lumiere
qu'elles portent auec elles eft autant affoiblie
dans le Triangle , que l'autre l'eft apres eftre
fortië du Triangle ; Et qu'ainfi les Couleurs
qu'elle forme dans le Triangle font dans la
mefme proportion , que celles qui fe voyent

Nn

fur la muraille , fi elles font de mefme efpece ; ce que ie dis , parceque les efpeces en
font fouuent differentes d'auec celles des autres Iris.

Mais c'eft trop s'arrefter à des conjectures
que nous reconnoiffons n'eftre pas affez bien
appuyées pour pouuoir eftablir fur elles vn
jugement certain de ce merueilleux changement : c'eft vn myftere qu'à mon aduis les
hommes ne fçauroient plainement decouurir,
Et ils fe doiuent contenter de fçauoir en general , que la Refraction & la Reflexion en
font les principales Caufes , & que par elles
la Lumiere s'affoiblit iufques à tels & tels degrez dans lefquels la Nature a renfermé les efpeces de chaque Couleur.

Or fi cela fe paffe ainfi dans le Triangle, il
faut que la mefme chofe fe faffe dans le Verre plein d'eau , puifque le mefme effect s'y
rencontre; Et quoy que les differentes fuper-
ficies qui compofent le Triangle n'y foient
pas fi diftinctement marquées , elles s'y trouuent neantmoins , & les diuerfes faces du
Verre font le mefme effect que celles du
Triangle. De forte qu'apres que la Lumiere
du Soleil s'eft rompuë en trauerfant l'eau , la

plus grande partie de ſes rayons paſſe au de-
là du verre ; ET l'autre au lieu de paſſer, ſe reflechit ſur le derriere ou ſur les coſtez ſelon
la cheute & l'incidence qu'ils ont faite ; ET
de là ils retournent vers les parties interieures retombant enfin ſur la maſſe de la Lumiere qui s'eſt rompuë & l'imbibant des
Couleurs qu'ils ont acquiſes par ces diuerſes
Reflexions.

Mais apres auoir ainſi marqué les mouuemens que la Lumiere fait en ces deux phenomenes qui nous ſont les plus connus & les
plus faciles a examiner ; NE pouuons nous pas
maintenant aſſeurer, que les meſmes changemens ſe font dans la nuë où ſe forme l'Arcanciel ; ET que la Lumiere trouuant en elle
les diſpoſitions ſemblables à celle de l'eau &
du chryſtal, elle y ſouffre la meſme alteration.
Car la nuë eſt tranſparente & doit par conſequent donner paſſage aux rayons, ET eſtant
plus eſpaiſſe que l'air, ils s'y doiuent rompre
& biaiſer vers la ligne perpendiculaire comme ils font dans l'eau & dans le verre ; mais
par ce que tout corps denſe qui briſe la Lumiere, la reflechit auſſi, il faut qu'vne partie
de ſes rayons ſe reflechiſſe ſur les differentes

furfaces qu'ils rencontrent dans cette nuë, &
que dans les diuers retours qu'ils font ils retombent enfin fur la maffe lumineufe & fe
meflent auec elle, la teignant des Couleurs
que tous ces mouuemens leur ont données.
Lefquelles toutes enfemble fe refpandent
apres dans l'air & fe font voir fur les nuës ou
fur d'autres corps opaques qu'elles rencontrent dans leur paffage.

Voila pource qui concerne les Couleurs
de l'Iris en generale : le refte qui regarde la difpofition qu'elles ont & les diuers
changemens qui leur arriuent fe verra dans le
Chapitre fuiuant.

# DE LA FIGVRE
## DE L'IRIS.

### CHAPITRE TROISIESME.

I L ny a aucune partie de la Phyſique où la Geometrie ait plus exercé ſon compas & ſa regle & où elle ait plus formé de lignes & de cercles qu'elle a fait en celle-cy. Car ſelon le fondement que chacun a poſé, chacun a auſſi baſty diuerſement ſes Figures, par leſquelles il croit auoir demonſtré & auoir conuaincu l'eſprit & les yeux, que l'Iris ſe doit former en Arc. Mais outre que ces demonſtrations pretenduës eſtant oppoſées entr'elles ſe rendent l'vne l'autre ſuſpectes de fauſſeté, la verité ne pouuant eſtre contraire à elle-meſme; Elles ſuppoſent toutes que l'Iris ſe forme dans la nuë où elle paroiſt, qui eſt vne hypotheſe abſolument fauſſe comme nous auons montré; Et les vnes

284 DE LA FIGVRE DE L'IRIS, errent dans les principes de l'optique, les autres choquent le fens & l'experience.

*Les Centres duSoleil de l'Iris & de l'œil ne sõt pas en vne mefme ligne.*

En effect la plus part mettent pour vn fondement certain & neceffaire, que les centres du Soleil, de l'Iris & de l'œil fe doiuent toufjours rencontrer en vne mefme ligne ; quoy que cela foit contraire aux obferuations que Pic de la Mirande, l'Efcalle, Fromond & cent autres ont faites, qui ont veu beaucoup d'Iris dont vne des cornes eftoit bien plus proche de l'œil que l'autre. Et moy-mefme en ay remarqué vne entre autres dont vne des jambes refpondoit fi directement à mon œil, qu'il s'en falloit peu qu'elle ne luy fuft perpendiculaire. Ioint que Licetus affeure en auoir veu deux vers le midy, le Soleil eftant à l'Occident : ce qui ruïne tout à fait cette ligne pretenduë. Apres tout puis qu'elle ne fe trouue point dans les Iris artificielles, pourquoy fera elle neceffaire dans l'Arcanciel ? Et puis qu'il y a vne nuë deuant le Soleil où les Couleurs de ce Meteore fe forment & d'où elles fe refpandent apres fur les nuës oppofées, pourquoy faut il que l'œil foit en vne autre fituation que lors qu'il void fur les murailles les Iris des Verres & des Triangles qui se font de la mesme sorte.

Daillieurs ils veulent que chacun voye son Iris particuliere, & qu'autant qu'il y a de personnes qui considerent ce Meteore, il y ait autant d'Iris differentes : parce disent ils que l'Axe qui doit passer par l'œil & par le centre du Soleil & de l'Iris, se change en chaque personne ; et que les choses qui se voyent par Refraction & par Reflexion veulent estre considerées soubs vn angle certain & determiné, hors lequel elles ne paroissent plus aux yeux: de sorte que chaque rayon visuel faisant vn angle different auec le rayon du Soleil reflechy ou rompu, il faut que chaque personne voye son Iris particuliere.

*L'Iris ne se multiplie pas par le nombre de ceux qui la voyent.*

Mais puisque l'Iris que les Triangles & les Verres jettent sur la Muraille se void en toutes sortes d'aspects, & que la mesme est veuë par tous ceux qui regardent la muraille où elle est, pourquoy n'en sera-t'il pas de mesme de l'Arcanciel? pourquoy faudra-t'il le multiplier selon le nombre de ceux qui le voyent plustost que cette Iris qui se fait de la mesme façon & par les mesmes causes que luy. Aussi

bien, le premier fondement fur lequel ils ap-
puyent leur conjecture, qui eft cette ligne
qu'ils font paffer par les centres du Soleil des
yeux & de l'Iris, eft faux comme nous venons
de montrer : ET le fecond qui veut que les
chofes qui fe voyent par Reflexion ou par
Refraction ne peuuent eftre apperceuës que
foubs vn certain angle, a fes exceptions. Car
bien que cela foit toufiours vray dans la Refraction & dans la Reflexion mefme qui fe
fait fur des corps polis & qui font de la nature des miroirs ; il ne l'eft pas quand la Reflexion fe fait fur des corps dont les furfaces
font inegales, lefquels font voir la Lumiere
& les Images qu'ils reçoiuent en toutes fortes
d'afpects & foubs quelque angle que ce foit.
De forte que l'Arcanciel paroiffant fur la nuë
qui eft vn corps qui n'eft point de nature
fpeculaire & dont la fuperficie eft toute ine-
gale, il doit fe prefenter aux yeux en toutes
fortes de veuës & ne peut eftre reftraint à ces
angles determinez que demandent les objects
qui fe voyent dans les miroirs.

Et il eft inutile de dire, que puifque l'Iris
fuit ceux qui la fuiuent & qu'elle s'approche
quand on s'efloigne d'elle, il faut qu'elle ait

de

de certains angles affeɕtez lefquels venant à fe
changer changent auffi la fituation qu'elle a-
uoit auparauant. Car cela n'arriue que quand
on la void fur les gouttes de pluye , lefquelles eftant de nature fpeculaire n'en peuuent
reprefenter les Couleurs qu'en certains afpeɕts
& en des lignes determinées. Et ce phenomene fe remarque quand la pluye eft entre nous
& la nuë où paroift l'Iris ; et quand elle eft
entre nous & le Soleil : mais le premier fe
void par Reflexion & l'autre par Refraɕtion
comme la Figure fuiuante montre. Et en l'v-
ne & en l'autre les angles & les afpeɕts en font
determinez : de forte que fi plufieurs perfonnes diuerfement placées voyent l'Arcanciel
fur ces gouttes de pluye , il eft certain que
chacun void le fien propre qui eft different
de celuy qui eft veu d'vn autre.

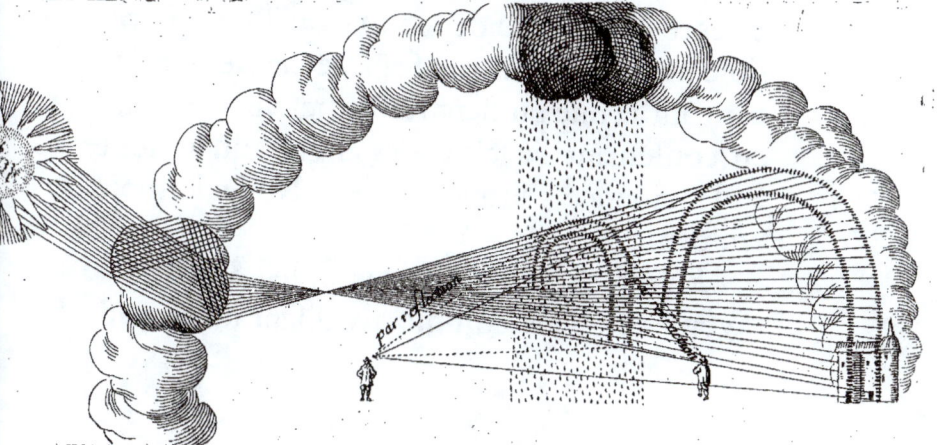

Mais il n'en eſt pas ainſi de l'Iris qui paroiſt
ſur la nuë laquelle ſe void en toutes ſortes de
lignes & d'aſpects comme celles des Triangles pour les raiſons que nous auons dites.

Ces deux Hypotheſes eſtant conuaincuës
de faux ſeruent de prejugé pour les raiſons que
l'on a baſtiës deſſus. A la verité on demonſtre
bien que d'vn point donné hors d'vn plan, on
ne peut tirer beaucoup de lignes ſur ce plan
qu'elles ne faſſent vn cercle ſur luy ſi elles y
tombent à angles eſgaux ; et que par conſequent les rayons du Soleil qui frappent la nuë
à meſmes angles y doiuent former vn cercle.
Mais il ne s'enſuit pas delà que ce cercle ré-
jailliſſe aux yeux , s'il eſt vray comme ils diſent que l'Iris ne ſe voye qu'en des aſpects determinez. Et la raiſon en eſt que les angles de
Reflexion ſont touſiours eſgaux à ceux de la
cheute & de l'incidence ; et qu'il eſt impoſſible que les rayons qui font ce cercle en tombant ſur la nuë puiſſent retourner vers les yeux
en conſeruant l'égalité des angles qu'ils font
en l'incidence ; ſuppoſé que la Reflexion ſoit
vniforme.

En effect que A , ſoit le Soleil & que ſes
rayons tombent comme ils diſent ſur la nuë

plate B.V.Y. Il est vray que les rayons qui auront les mesmes angles d'incidence formeront
de necessité vn cercle sur elle. Mais il n'est pas
vray que l'œil puisse remarquer ce cercle en
quelque situation qu'il se mette, par ce qu'il
faudroit que tous les rayons qui le composent
se reflechissent vers luy. Ce qui est tout à fait
impossible ; car le rayon A B, pour conseruer l'égalité des angles d'incidence & de reflexion se doit par necessité reflechir en C,
& A D en E, & A F en *. & ainsi des autres
sans pouuoir concourir tous ensemble en vn
seul point. Et par consequent, que l'œil soit
placé dans la ligne perpendiculaire A L, qui
passe par les centres du Soleil & de l'Iris comme ils pretendent, ou en quelque autre lieu
que ce soit, il ne poura iamais receuoir que le
rayon qui se deura reflechir en cet endroit.
Ainsi il ne poura voir qu'vn point de ce cercle, bien loin d'en pouuoir apperceuoir la
moitié ou vne partie, telle qu'elle se remarque dans l'Arcanciel.

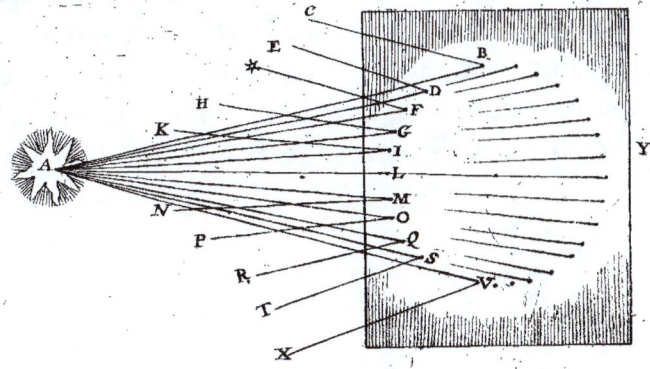

Il est vray que si la nuë estoit concaue comme quelques-vns se sont imaginez, ce concours de rayons se pouroit faire dans l'œil, mais telle concauité ne se peut trouuer dans la nuë comme nous auons montré.

*Que l'Iris ne se fait pas dans les gouttes de pluye.* Comme on a donc veu que la cause de la Figure de l'Iris ne se pouuoit trouuer dans la Nuë plate ou concaue, on a pensé que les Gouttes de pluye dans lesquelles elle se resout, pouuoient rendre raison de ce phenomene. De sorte que les vns ont dit, que comme il y a vne infinité de rayons qui trauersent chaque Goutte de pluye & qui en se rompant se reünissent en son fonds, de là ils se reflechissent de tous costez à angles esgaux en sorte qu'il y en a tousiours quelqu'vn qui se porte à l'œil ; Et que tous les autres rayons qui partent des autres Gouttes dans les mesmes angles doiuent former vn cercle pour la raison que nous auons dite.

D'autres ont remarqué qu'vne bouteille pleine d'eau exposée au Soleil fait paroistre vn point Rouge en vn certain angle de reflexion, Et que la Lumiere faisant le mesme effect sur les Gouttes de pluye dont la nuë eſt toute chargée & qui ſont dans la ſituation que cet angle demande , produit le cercle Rouge que nous voyons dans l'Arcanciel.

Mais ſans retoucher à ce que nous auons dit contre ces Gouttes ; Outre qu'il faudroit que l'Iris ne paruſt que quand il pleut ; qu'on ne la viſt iamais que ſur ces Gouttes ; et que l'œil fuſt eſgalement eſloigné du cercle qu'elle fait , afin que ſes rayons retournaſſent vers luy à angles eſgaux ; qui ſont des choſes qui combatent l'experience comme nous auons montré cy-deuant. Il ne ſuffit pas d'auoir trouué dans la bouteille d'eau vn point Rouge par lequel on donne raiſon du cercle Rouge qui ſe void dans l'Iris ; il faudroit encore y remarquer vn point Verd & vn autre de couleur Pourprée , pour ſatisfaire aux deux autres cercles qui ſont peints de ces deux ſortes de Couleurs. Et comme cela ne ſe peut faire en quelque ſituation qu'on ſe mette , & ſoubs quelque angle que l'on regarde la bouteille , il s'enſuit qu'on ne peut trouuer la cauſe des Couleurs ny de la Figure de l'Iris par ce phenomene.

Quant à l'opinion d'Albert le grand qui eſt
Oo iij

L'Iris ne se
fait pas dãs
les vapeurs
qui font au
deuant de
la nuë.

à mon aduis celle qui approche le plus prez
de la verité, par ce qu'elle ne veut pas que
l'Iris se fasse dans la nuë où elle paroist, mais
dans des vapeurs qui font au deuant, dans lesquelles la Lumiere se change en Couleurs &
les porte apres sur la nuë qui est derriere elles:
Nous auons montré au commencement de cet
ouurage qu'elle ne satisfaisoit pas à toutes les
apparences de ce Meteore, & principalement
à sa Figure. Dautant qu'elle met les vapeurs
trop proches de la nuë pour pouuoir former
vn si grand Arc; l'experience nous apprenant
que plus le Verre plein d'eau est proche de la
muraille, plus les cercles de son Iris font petits; ET que quand on esparpille l'eau deuant
le Soleil, l'Arc qu'il produit est fort estroit,
par ce que les rayons n'ont pas la liberté de
s'estendre & de s'escarter iusques où il faudroit
pour former vn plus grand cercle; tout de
mesme que lors qu'ils passent par vn trou, la
Figure du Soleil qu'ils portent auec eux est
plus grande ou plus petite, selon que la muraille où ils s'arrestent est plus proche ou plus
esloignée du trou. Et selon que l'on s'approche, ou que l'on s'esloigne des chandelles,
les Couronnes qui se voyent à l'entour font

plus grandes ou plus petites.

    Enfin ceux qui difent que l'Arcanciel a la
Figure circulaire par ce que c'eft l'Image du
Soleil ; ne fçauroient rendre la raifon pour laquelle cette image ne fe reprefente que dans
les bords du cercle ; ny pourquoy elle ne paroift point en tout l'efpace qu'il enuironne.
Car dans les autres phenomenes qui ont la Figure du Soleil comme les Parelies & le rond
que fait la Lumiere fur la muraille en paffant
par vn trou ; tout ce qui eft enclos dans la
circonference de leur cercle eft efclairé & lumineux. Et s'il eft vray comme quelques-vns
ont affeuré que pendant que le Soleil eft en
éclipfe & la Lune en fon croiffant l'vn & l'autre forme des Arcanciels qui ont la portion
d'vn cercle parfait ; s'il eft encore vray que
l'on ait veu des Iris dont la Figure n'eftoit pas
parfaitement courbée en Arc ; enfin fi les
Couleurs du Triangle & de ces Meteores
qu'on appelle Verges,qui deuroient porter l'i-
mage du Soleil auffi bien que l'Iris , ne font
pas circulaires;on ne fçauroit rapporter la Figure de l'Arcanciel à celle du Soleil.

    En effect les Couleurs que la Lumiere pro-

*L'Iris n'eft pas circulaire a caufe que c'eft l'Image du Soleil.*

duit ne font point determinées de foy à aucune Figure particuliere. Car outre qu'il y en a
qui l'ont toufiours droite comme celle des
Triangles & des Verges ; les vnes font circulaires comme les Couronnes, les autres n'ont
qu'vne portion de cercle comme l'Arcanciel,
& l'Iris des Verres pleins d'eau, des Fontaines & des liqueurs qu'on efparpille auec la
bouche deuant le Soleil. De forte qu'on peut
dire que la Figure de tous ces phenomenes
depend abfolument du Milieu par où paffent
les rayons, & des diuerfes cheutes que la Lumiere y fait, & non point de la Figure du
corps lumineux qui les produit, puis que la
flamme de la chandelle qui eft pyramidale
fait vne Couronne parfaitement ronde.

Or s'il faut chercher la caufe de celle qu'à
l'Arcanciel en quelque autre fubject qui nous
foit plus familier & plus connu que luy, il
n'y en a point qui nous y puiffe mieux feruir
que l'Iris des Verres pleins d'eau, laquelle a
toutes les mefmes apparences qui fe remarquent dans ce Meteore. Car elle n'a qu'vne
portion de cercle comme luy, comme luy
elle paroift fouuent double, & quand cela arriue

riue celle qui eſt la plus petite a ſes cercles plus larges, ſes Couleurs plus viues & les a diſpoſées tout au contraire de celle qui eſt la plus grande, tout de meſme que l'Arcanciel. Cherchons donc la maniere auec laquelle le Soleil cauſe ſes effects dans les Verres pleins d'eau, pour voir ſi elle ſe poura appliquer à la Nuë où ſe forme l'Iris.

Il faut donc remarquer, que lors que l'on expoſe au Soleil vn Verre plein d'eau, en ſorte que les rayons tombent ſur la ſurface de l'eau par l'ouuerture du Verre; Apres qu'ils ſont deſcendus au fonds & qu'ils ont repaſſé dans l'air, ils forment vne Iris qui a les Couleurs placées comme celles de l'Arcanciel ayant le Rouge en dehors & le Pourpre en dedans.

*Comment ſe fait l'Iris des Verres pleins d'eau.*

Mais lors que les rayons frappent le deuant du Verre & qu'ils le trauerſent plus horiſontalement, ils forment vne autre Iris qui eſt beaucoup plus grande & qui a les Couleurs diſpoſées tout au contraire de la precedente, ayant le Rouge en dedans & le Pourpre en dehors; Et toutes leſquelles ſont beaucoup moins viues que les autres.

Pp

Or on ne peut
douter que ces di-
uerſes cheutes des
rayons ne ſoient la
cauſe de ces deux
Iris ; puis que ſi
l'on met quelque
corps ſur l'ouuer-
ture du Verre qui
empeſche que la

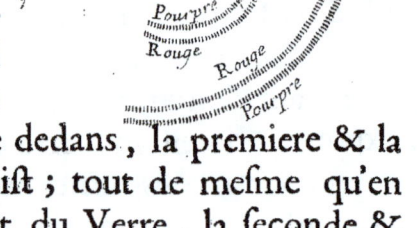

Lumiere ne tombe dedans, la premiere & la
plus petite diſparoiſt ; tout de meſme qu'en
couurant le deuant du Verre, la ſeconde &
la plus grande s'éuanoüit.

Auſſi ne paroiſſent-elles pas enſemble ſi le
Soleil n'eſt en telle ſituation que ſes rayons
puiſſent en meſme temps tomber ſur la ſurface de l'eau & ſur le deuant du Verre ; car
lors qu'il eſt trop bas pour pouuoir jetter ſes
rayons ſur la ſurface de l'eau & les faire paſſer
iuſques au fonds, la premiere Iris ne paroiſt
point ; non plus que la ſeconde quand il eſt
trop eſleué, & quand ſa Lumiere ne peut penetrer en trauers le corps du Verre.

Il eſt encore certain que les rayons qui
forment l'vne & l'autre ſe reüniſſent en cer-

tains points au delà du Verre où ils font vne
grande clarté , & que de là ils fe refpandent
en Arc qui eft plus grand ou plus petit felon
que le corps qui les reçoit eft plus ou moins
efloigné du Verre. Et cette vnion vient des
diuerfes cheutes que les rayons font fur la fuperficie concaue ou conuexe du Verre , lefquels venant à paffer dans l'air, fe rencontrent
neceffairement l'vn l'autre & dans le point de
cette rencontre fe fait l'vnion dont eft queftion.

Mais comme cette rencontre ne fe peut faire qu'ils ne fe coupent & ne fe croifent en
allant plus auant, c'eft vne neceffité que ceux
qui tiennent le def-
fus auant qu'ils s'v-
niffent,prennent le
deffous apres que
l'vnion s'en eft fai-
te. De forte que le
rayon B, qui eftoit
le plus haut auant
qu'il fe croifaft auec
le rayon A , eft le
plus bas apres l'interfection , & A , deuient le
plus haut.

Pp ij

Cela ſe peut confirmer par l'experience. Car ſi l'on couure peu à peu le deuant du Verre en commençant par le haut, le Rouge de la grande Iris diſparoiſt le pre- mier; au contraire en cómençant par le bas, le Pourpre eſt le premier qui ſe cache. Et dans la petite Iris ſi l'on couure le coſté droit de l'ouuertu-

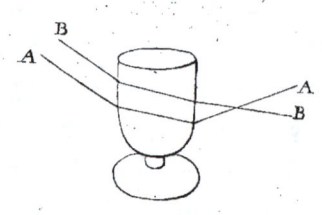

re du Verre, la corne de l'Iris qui eſt à gau- che diſparoiſt, comme celle qui eſt à droit ſe perd quand on couure le coſté gauche de l'ouuerture. De ſorte qu'on ne peut douter que les rayons ne ſe coupent & ne ſe croiſent en ſortant du Verre.

Cela eſtant ainſi poſé, il eſt facile de trouuer la cauſe de la Figure & de la Diſpoſition des Couleurs qui ſe voyent en ces deux Iris. Car comme dans la premiere les rayons tombent obliquement ſur la concauité du Verre qui leur eſt oppoſée & qui fait vne portion de cercle; quand ils viennent à paſſer au delà, il faut qu'ils conferuent la mefme Figure qu'ils ont prife dans cette cheute , puifqu'ils vont toufiours en droite ligne & qu'ils gardent toufiours la mefme inclination des angles de la Refraction qu'ils y ont foufferte ; et par confequent ils ne peuuent former vn cercle entier leur cheute ne fe faifant que fur vne portion de cercle. Il n'en eft pas ainfi quand ils paffent à trauers vne bouteille d'eau , car l'Iris qu'ils font eft toute ronde comme la bouteille, par ce qu'ils tombent fur toute la rondeur & qu'ils font contraints apres l'interfection de garder la mefme Figure.

La mefme chofe fe fait à proportion dans la feconde Iris quand les rayons tombent fur le deuant du Verre qui fait auffi vne portion de cercle : car apres auoir trauerfé tout le Verre & s'eftre croifez en paffant au delà, ils conferuent la mefme Figure qu'ils ont en leur premiere cheute.

On void donc par ce difcours la raifon pour laquelle ces deux Iris font courbes & n'ont qu'vne portion de cercle, et il eft facile encore d'en tirer celle qui montre pourquoy l'vne eft plus grande que l'autre. Car comme les

rayons qui frappent le deuant du Verre trauerſent l'eau plus horiſontalement, il faut qu'ils
tombent au deſſus de ceux qui paſſent par
l'ouuerture du Ver-
re & qui deſcen-
dent au fonds ; ET
par conſequent ils
enferment ces der-
niers dans le cercle
qu'ils forment &
font vn plus grand
Arc , comme on
peut voir dans cet-
te Figure.

Mais pourquoy ces Cercles ſont ils reſtraints
à vn ſi petit eſpace & pourquoy les Couleurs
ne rempliſſent-elles toute l'eſtenduë qu'ils
enferment ? certainement cela ne peut venir
daillieurs que de l'vnion & du concours des
rayons qui ſe fait aux lieux où ces Cercles &
ces Couleurs paroiſſent. Car on void mani-
feſtement ſur vne feüille de papier que l'on
met au derriere du Verre & que l'on eſloigne
peu à peu, que les rayons qui forment les
Couleurs ſe tiennent vnis en vne certaine diſtance au delà de laquelle ils s'eſcartent les

vns des autres & ne reprefentent que confu-
fement les Couleurs. Or cela procede de la
cheute & du ramas qui s'en eft fait au fonds
du Verre : Car dans le grand nombre qui y
tombe & dans les diuerfitez de l'incidence que
chacun y fait, quand ils viennent à en fortir,
ils s'vniffent en diuers endroits & par tout où
cette vnion fe fait, elle fait voir les Couleurs;
mais quand il ne s'en fait plus, ou quand elles
fe fait de peu de rayons, elles difparoiffent. Et
c'eft encore la raifon pour laquelle la grande
Iris eft plus eftroite que la petite, par ce que
la Figure conuexe du Verre qui reçoit les
rayons ne les ramaffe pas en fi grande quantité
que la concaue & que l'vnion ne s'en peut faire qu'en vn petit efpace.

Or ce ramas & ce concours de rayons rend
les Couleurs fenfibles qui ne le font plus
quand ils s'efcartent & ce des-vniffent. Car
bien que la Couleur foit vn affoibliffement de
Lumiere, cela s'entend d'vn affoibliffement &
d'vne diminution interieure & effentielle, &
non de celle qui eft accidentelle & exterieure comme nous auons dit page 105. Ainfi la
Lumiere fe doit affoiblir interieurement pour
former les Couleurs de l'Iris, mais il faut

qu'elle ait aſſez de cette force exterieure qui la rend plus claire & plus eſclatante afin que les Couleurs paroiſſent ; c'eſt pourquoy la clarté des chandelles en trauerſant le Triangle ne fait paroiſtre aucun Iris : De ſorte que les rayons qui ont paſſé à trauers le Verre plein d'eau ſe doiuent reünir au lieu où ſon Iris paroiſt autrement ils ſont trop foibles pour rendre ſenſibles les Couleurs qu'ils portent auec eux.

*D'où vient la diſpoſitiõ des couleurs de l'Iris des Verres.*

Quant à la diſpoſition des Couleurs , preſuppoſant ce que nous auons dit cy-deuant, que les rayons les plus forts & qui par conſequent ſont les plus clairs forment les plus hautes Couleurs ; d'où vient que dans les Couronnes & dans l'Iris que l'on fait en eſparpillant de l'eau au deuant du Soleil , le Rouge eſt en dedans,par ce que le rayon qui le forme eſt plus fort & plus clair eſtant plus prez du corps lumineux lequel eſt comme le centre à l'entour duquel l'Iris eſt compaſſée;qu'au contraire dans le Triangle le Rouge eſt en dehors , le rayon qui le produit paſſant par la pointe du Triangle qui eſt moins opaque & plus eſclairée que la profondeur. Apres auoir diſie preſuppoſé ces veritez , il ſera facile de remarquer ; que la Lumiere tombant obliquement

ment fur l'ouuerture du Verre, tout le deuant
qui eft plus proche du Soleil eft plus efclairé
que le derriere & que par confequent les
rayons qui paffent plus prez de cet endroit
fe reffentent de cette clarté & font plus clairs
que les autres qui paffent vers le derriere du
Verre. De forte que B, eft plus fort & plus
clair que A, & doit par confequent former le
Rouge; comme A, qui eft plus efloigné de la
partie la plus efclairée eft plus obfcur & plus
foible & doit produire le Pourpre.

Au contraire quand la Lumiere frappe le
deuant du Verre , tout le haut de l'eau qui
eft plus proche du
Soleil & qui eft
plus efclairé que
le fonds, eft cau-
fe que le rayon C,
qui eft plus prez
de la furface de l'eau
eft plus fort & plus
clair & doit par
confequent former
le Rouge , & D,
le Pourpre.

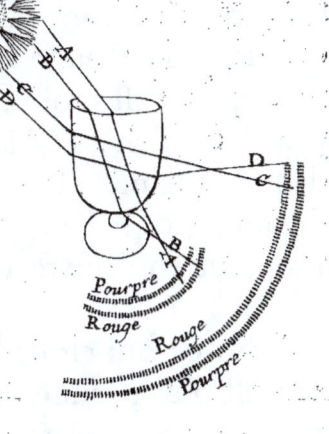

Qq

Mais par ce que tous ces rayons se croisent en sortant du Verre, il faut de necessité qu'ils changent de situation & que ceux qui estoient au dessous prennent le dessus & partant que A, qui fait le Pourpre dans la petite Iris soit au dessous a-pres l'intersection puisqu'il tenoit le dessus en trauer-sant l'eau : ET que B, qui forme le Rouge soit au des-

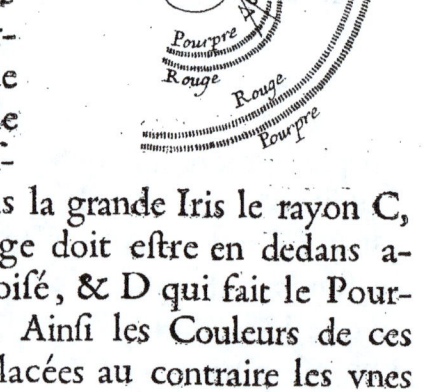

sus : comme dans la grande Iris le rayon C, qui cause le Rouge doit estre en dedans a-pres qu'il s'est croisé, & D qui fait le Pour-pre , en dehors. Ainsi les Couleurs de ces deux Iris seront placées au contraire les vnes des autres & le Rouge qui occuppe le Cercle interieur en l'vne, fera l'exterieur dans l'autre.

Pour ce qui est de la viuacité des Couleurs qui est plus grande dans la petite Iris , cela procede non seulement de ce que les rayons y

font plus courts, l'experience nous faifant voir
que plus ils s'alongent & plus ils s'affoibliffent;
c'eft pourquoy l'Iris du Verre plein d'eau s'é-
uanoüit à la fin quand elle eft trop efloignée:
mais cela vient encore de ce que les rayons
font plus ramaffez dans celle - cy qu'en
l'autre qui eft plus grande , par ce que la Figure concaue fur laquelle ils tombent , a la
vertu de les reünir dauantage que la conuexe
qui eft au deuant du Verre. Auffi l'vnion s'en
fait en vn point ou ils concourent tous , au
lieu que dans la grande , l'vnion fe fait en vne
ligne qui eft parallelle au diametre de l'eau expofé au Soleil comme on peut voir en mettant vne feüille de papier au derriere du
Verre.

Il eft maintenant queftion de fçauoir fi l'on
peut appliquer à l'Arcanciel ce que nous venons de dire de ces deux Iris ; car s'il ny a rien
qui le puiffe empefcher il feroit inutile d'aller
chercher aillieurs les caufes de la Figure & de
la Difpofition des Couleurs que nous y remarquons ; et ce feroit obfcurcir la verité fi apres
nous auoir paru clairement dans deux phenomenes qui nous font fi connus & qui font fi

306 De la Figvre de l'Iris,
semblables à ceux de ce Meteore , nous la
voulions tirer d'autres principes moins éui-
dens , & l'eftablir fur des raifons imaginaires,
au prejudice d'vne experience fi certaine & fi
conuaincquante.

Premierement il eft certain que la Nuë qui
eft deuant le Soleil peut receuoir fes rayons
de la mefme forte que le Verre plein d'eau, &
comme celuy-cy les reçoit de haut en bas, ou
de trauers felon que le Soleil eft plus ou moins
efleué, cette Nuë auffi fe peut trouuer en telle fituation que les rayons tomberont fur elle
de la mefme maniere ; de forte que fi le Soleil la regarde feulement du cofté qui luy eft
oppofé les rayons la trauerferont horifontale-
ment comme ils font en tombant fur le deuant du Verre ; mais s'il la regarde en fa partie fuperieure , leur cheute fera plus verticale
& ils la trauerferont de haut en bas comme
quand ils tombent fur l'ouuerture du Verre.
Enfin fi le Soleil peut efclairer en mefme
temps le deuant & la partie fuperieure de la
Nuë, il la trauerfera par ces deux differentes
cheutes de rayons & les vns iront de haut en
bas & les autres de trauers.

On ne peut aussi contester que la Figure de
cette Nuë ne puisse estre semblable à celle du
Verre. Car comme ces sortes de corps prennent facilement la Figure ronde au jugement
mesme des yeux, la partie qui sera exposée
au Soleil sera conuexe tout de mesme que le
deuant du Verre, & celle qui luy sera oppo-
sée aura sa concauité interieure comme le
fonds du Verre. De sorte que si ces Figures
causent quelque alteration à la Lumiere qui
trauerse le Verre, il faut de necessité qu'elles
fassent le mesme effect dans la Nuë & par consequent qu'elles fassent croiser les rayons en
sortant hors d'elle, qu'elles les fassent respandre & se terminer en Arc sur les corps qui se
trouueront dans leur passage, & qu'elles dis-
posent les Couleurs dans le mesme ordre

Qq iiij

qu'elles se voyent dans l'Iris des Verres pleins d'eau.

Or cette Rondeur de la Nuë est absolument necessaire pour former l'Iris en Arc, puisque la Figure de toutes les apparences de Couleurs que la Lumiere produit dépend du milieu par où elles passent comme nous auons dit ; Et c'est sans doute la raison pour laquelle on void rarement ce Meteore quand il fait de grands vens ; par ce qu'ils corrompent cette forme ronde par l'agitation & le mouuement qu'ils causent dans la Nuë. Et de là vient encore qu'il y a souuent des Nuës qui apparemment sont propres à changer la Lumiere en Couleur, qui pourtant ne produisent point l'Iris, par ce qu'elles n'ont pas la Figure qui est necessaire à sa production, & font seulement paroistre ou les verges ou quelques confusions de Couleurs que l'on remarque souuent dans ces corps-là.

Il est encore necessaire que les rayons s'vnissent & se croisent en sortant de la Nuë, autrement il faudroit que le Rouge fist tousjours le Cercle interieur de l'Iris & que le Pourpre fust tousiours en dehors comme il arriue quand elle paroist double. Car puisque l'Iris simple se fait ordinairement quand la Lumiere du Soleil trauerse le bas d'vne nuë qu'elle ne peut penetrer dans sa plus grande profondeur à cause de l'espaisseur qu'elle a, comme i'ay souuent obserué ; il faut que le rayon qui produit le Rouge soit le plus clair & par consequent que ce soit celuy qui passe par le bas & par l'extremité de la Nuë, par ce qu'il rencontre moins d'opacité & qu'il est plus esclairé que ceux qui la trauersent par le haut; tout de mesme que dans le Triangle celuy qui passe par la pointe est le plus clair & forme tousiours leRouge. Or si cela est ainsi le Rouge sera au dessous des autres Couleurs,& fera le cercle interieur de l'Iris : cependant il paroist au dessus & est tousiours exterieur; il faut donc qu'il change de place & cela ne se peut faire que par l'intersection & le croisement des rayons.

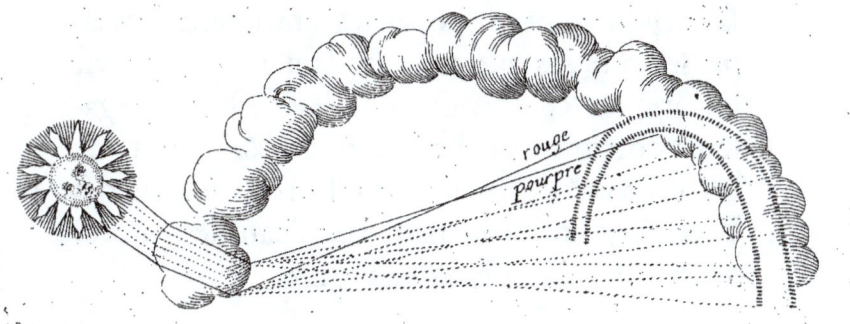

On en peut dire autant de l'Iris redoublée qui a touſiours le Rouge en dedans, car le rayon qui le produit eſt le plus haut en tra-uerſant la Nuë : Mais venant à ſe croiſer il prend le bas & forme le cercle interieur.

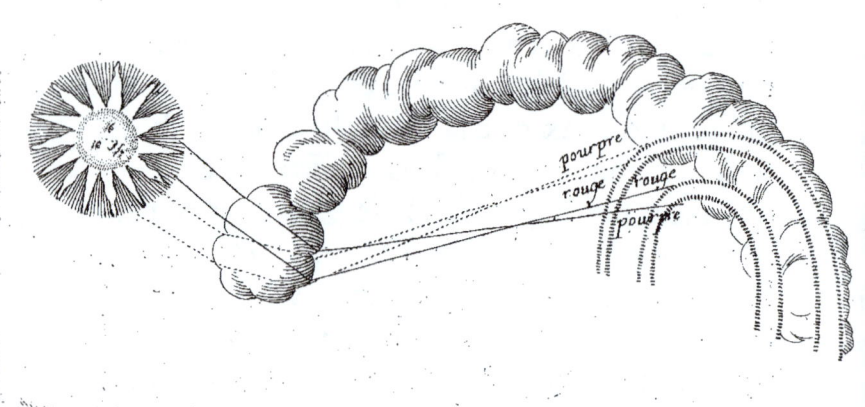

Auec tout cela, il faut que le corps de la Nuë ſoit d'vne conſiſtence eſgale & vniforme ſans qu'il y entre des parties qui ſoient plus eſ-paiſſes que les autres & qui ſoient de diuerſe Figure; car cela rendroit la Refraction inega-le & corromproit les Couleurs & laFigure de l'Arc, tout de meſme qu'il arriue à l'Iris des Verres quand l'on met dans l'eau des pieces de chryſtal de differente Figure.

II

Il faut encore que le corps de la Nuë soit
assez grand & estendu ; car comme vn petit
Triangle quoy qu'il produise les mesmes Couleurs qu'vn plus grand, ne les rend pas neantmoins si esclatantes que celuy-cy ; ET que plus
il y a d'eau dans le Verre, plus l'Iris est viue
& se jette plus loin : AUSSI quoy que la Nuë
pour petite qu'elle soit puisse former les Couleurs de l'Arcanciel , neantmoins elle ne les
peut rendre assez fortes pour se respandre sur
les nuës qui luy sont opposées , si elle n'a vne
masse considerable qui soit assez ample pour
receuoir beaucoup de rayons, lesquels deuenus
plus forts par le nombre & par le concours
qu'ils font, se portent & se respandent plus
loin. Et c'est pour cela sans doute que toutes nos
Iris artificielles ne se voyent que de fort prez,
par ce qu'elles se font toutes en des corps qui
sont de petite estenduë & qui ne reçoiuent
que fort peu de rayons.

Cette grandeur de la Nuë doit pourtant
estre proportionnée à la force des rayons, car
si elle est si profonde ou si espaisse qu'ils ne la
puissent penetrer, il ne se formera point d'Arcanciel : c'est pourquoy on le void moins sou-

R r

uent durant l'Hyuer qu'au Prin-temps & à
l'Automne, par ce que les Nuës font trop
grandes & trop efpaiffes en cette faifon. Et c'eft
en cela que l'Iris eft vn figne naturel que la
pluye ne peut eftre grande ny de longue durée, par ce que les Nuës qui le forment ne
font pas affez groffes ny affez chargées d'eau
pour produire cet effect.

Il arriue neantmoins tres-fouuent que la
Nuë fe trouuant fort grande & fort efpaiffe,
la Lumiere ne laiffe pas d'y trouuer paffage
par fes extremitez ; de forte que quand elle
trauerfe le bas de la Nuë, elle produit l'Arcanciel ordinaire qui a le Rouge en dehors ; et
lors qu'elle paffe par le haut, l'Arcanciel a le
Rouge en dedans pour les raifons que nous
auons dites.

Mais on pouroit objecter, que fi cela eftoit
veritable l'on pouroit voir l'Iris toute feule
ayant le Rouge en dedans ; car il fe peut faire
que la Lumiere trauerfant le haut de la Nuë
& ne trouuant point de paffage par le bas,
produira l'Arcanciel qui aura le Rouge en dedans ; tout de mefme que paffant feulement
par le bas elle le produit ayant le Rouge en

dehors. Cependant il n'y a aucune obferuation qui marque que l'on ait veu l'Iris fimple
ayant le Rouge en dedans & le Pourpre en
dehors.

Mais quoy que nous ne trouuions point
dans les efcrits des Philofophes qu'on ait veu
cette Iris, il ne s'enfuit pas pour cela qu'il ne
s'en foit formé fouuent de pareilles dans les
Nuës. Car puis que la grande Iris des Verres
pleins d'eau qui a fes Couleurs difpofées de la
forte, paroift fouuent fans que la petite fe
voye, il en peut autant arriuer a l'Iris celefte;
ET il ne faut pas s'eftonner fi lors qu'elle a paru on n'a pas pris garde à l'ordre de fes Couleurs, puis que ceux qui ont dit en auoir veu
vne troifiefme qui enuironnoit les deux autres, auoüent ingenuëment n'auoir pas remarqué comment les Couleurs en eftoient difpofées. Comme c'eft vn Meteore qui eft de peu
de durée, on ne s'aduife pas toufiours d'en confiderer tous les accidens, ny toutes les circonf-
tances ; ET ie m'affeure qu'il y en a beaucoup
qui ont veu l'Iris des fontaines, des chandelles & des Verres, qui ne fçauroient dire l'ordre & la difpofition de leurs Couleurs.

Apres tout s'il en faut demeurer aux obfer-

Rr ij

uations communes, on doit dire que comme
la feconde Iris qui a le Rouge en dedans, fe
fait quant les rayons trauerfent la Nuë hori-
fontalement , tout de mefme que lors qu'ils
paffent par le deuant du Verre;il eft impoffible fi la Nuë eft grande & fort efpaiffe,qu'ils
la puiffent trauerfer ainfi ; par ce qu'il faudroit
qu'ils penetraffent toute fa profondeur dans
laquelle il eft certain qu'ils feroient offufquez.
Ainfi elle ne fçauroit paroiftre que lors que la
Nuë eft mediocre ; ET alors la premiere & la
plus petite la doit accompagner ; Ainfi elle ne
peut eftre remarquée toute feule comme l'autre.

On pouroit encore adjoufter à ces conditions que la Nuë doit auoir la mefme confiftance que l'eau qui eft dans les Verres & par
confequent qu'elle fe doit fondre en pluye.
Mais puis que les Couronnes qui fe voyent à
l'entour des chandellles & que les Couleurs
qui paroiffent au leuer & au coucher du Soleil fe font dans les vapeurs toutes fimples ; il
n'eft point neceffaire que la Nuë fe change en
eau pour former l'Arcanciel qui paroift fouuent fans qu'il pleuue. Il eft vray que lors
qu'elle eft en cette difpofition elle produit de

plus viues Couleurs ; & par ce que la tranfparence en eft plus vniforme & par ce que la
Refraction y eft plus grande, l'eau eftant plus
denfe que les vapeurs.

Concluons donc que l'Arcanciel fe fait de
la mefme forte que l'Iris des Verres pleins
d'eau, et que les mefmes caufes & les mefmes
conditions qui font neceffaires à la production de celle-cy, fe doiuent rencontrer à la naiffance de ce Meteore. De forte que la Nuë
doit receuoir la Lumiere de la mefme maniere que le Verre , & doit auoir la mefme Figure pour faire croifer les rayons , pour les
difpofer en Arc, & pour mettre les Couleurs
dans l'ordre qu'elles ont.

Et certainement quand il ny auroit autre *La 2. Iris ne*
conformité entre ces deux phenomenes , que *fe fait point*
le redoublement de l'Iris qui fe fait en l'vn & *par Refle-*
en l'autre ; et que pour fçauoir la caufe du fe- *xion.*
cond Aranciel on n'eft point obligé de recourir à la Reflexion du premier, puis qu'il
eft certain que la feconde Iris des Verres ne fe
fait point ainfi ; quand il ny auroit difie que
cette feule conformité entre ces deux pheno-

menes , elle suffiroit pour faire croire qu'ils se
font tous deux d'vne mesme façon. En effect
il n'y a rien de si peu soustenable en tout ce
que l'on a dit de l'Arcanciel que cette Réfle-
xion pretenduë. Car il faudroit puisqu'elle est
la cause du renuersement des Couleurs, qu'elle le fust aussi du renuersement de la Figure
& qu'ainsi le second eust les cornes vers le Ciel
comme le premier a les siennes vers la terre.
Dailleurs il faudroit que la Nuë sur laquelle
se fait cette Reflexion fust vn miroir parfaict
ce qui est contre la nature des vapeurs : Et
quand elle le seroit, il faudroit que les rayons
qui font les Couleurs de la premiere Iris se reflechissent esgallement vers la Nuë où la seconde se fait , & vers l'œil qui les regarde.
Ce qui est tout à fait impossible ; vn miroir
ne pouuant reflechir vn mesme object en des
lieux opposez : par ce qu'il faut que l'angle de
la reflexion soit esgal à celuy de l'incidence, et
que le rayon qui fait telle couleur n'ayant
qu'vne incidence, ne peut se reflechir que vers
vn seul endroit. Enfin il faudroit que la seconde Iris fust tousiours esgalement distante
de la premiere ; par ce que la reflexion se fait
en des angles determinez qui ne se peuuent

changer : Cependant les obſeruations que l'on a faites nous apprennent que la diſtance qui eſt entre elles, eſt tantoſt plus grande & tan-toſt plus petite.

Quelques-vns qui ont veu les abſurditez de cette opinion ont taſché de trouuer d'autres cauſes de ce redoublement ; mais quelque effort qu'ils y ayent fait ils n'y ont pas mieux reüſſi ; et quoy qu'ils ſatisfaſſent à quelques-vnes de ces difficultez, il en demeure touſiours d'autres qu'ils ne peuuent reſoudre. Mais il n'y en a pas vne qu'on ne leue en le rapportant à la meſ-me cauſe qui fait le redoublement de l'Iris des Verres pleins d'eau : de ſorte que ce ſeroit vn aueuglement ou vne opiniaſtreté, ſi dans la re-cherche d'vne verité ſi cachée on ne ſe laiſ-ſoit pas conduire par vn phenomene ſi ſenſi-ble.

Ramaſſant donc enſemble ce que nous en auons dit en diuers endroits, nous pouuons aſ-ſeurer que l'Iris ne ſe forme iamais qu'il ny ait vne Nuë entre le Soleil & le lieu où elle pa-roiſt ; que cette Nuë ne doit pas eſtre ſi gran-de ny ſi eſpaiſſe que la Lumiere ne la puiſſe penetrer, ny ſi petite qu'elle ne ſoit capable de receuoir beaucoup de rayons ; qu'il faut qu'elle foit expofée au Soleil de telle forte que fes rayons la trauerfent obliquement de haut en bas, comme quand ils tombent fur l'ouuerture du Verre ; et qu'elle doit eftre ronde comme il eft en fon fond. Car ayant toutes ces conditions la Lumiere venant à la penetrer, s'affoiblit en certaines proportions & prend les Couleurs de l'Iris par la Refraction & par les diuerfes Reflexions qu'elle y fouffre. En forte neantmoins que le rayon qui paffe par la partie la plus proche & la plus efclairée du Soleil, fe teint en Rouge ; et celuy qui paffe par la partie la plus obfcure, fe change en Pourpre & celuy du milieu en Verd : mais tous ces rayons rencontrant le fond de la Nuë qui eft rond, fe croifent quand ils en fortent, changent ainfi l'ordre & la difpofition des Couleurs mettant le Rouge au deffus qui eftoit auparauant au deffous, & fe refpandent en Arc qui eft plus grand ou plus petit felon qu'ils s'efloignent du point où ils fe font croifez.

Que s'il arriue que la Nuë ait du cofté qu'elle eft expofée au Soleil, vne Figure inefgale & irreguliere, comme fi elle eft plate en vn endroit

droit & ronde en l'autre , ou qu'elle ait deux
differentes rondeurs ; Alors l'incidence des
rayons ſe change & il faut qu'vne partie des
rayons la penetre de haut en bas & l'autre en
trauers ; comme il arriue au Verre plein d'eau:
Ainſi il ſe fait vn double Arcanciel qui a ſes
Couleurs diſpoſées au contraire du premier,à
cauſe que le rayon qui paſſe par la partie ſu-
perieure de la Nuë eſtant plus eſclairé produit
le Rouge , & celuy qui la trauerſe par le milieu ſe change en Pourpre ; Et tous deux venant à ſe croiſer, changent de ſituation , le
Rouge ſe mettant au deſſus ; forment vn plus
grand Arc eſtant plus eſleuez que ceux qui
tombent de haut en bas ; & font les Couleurs
plus terniës , les rayons y eſtant moins ramaſſez & frappant la veuë de plus loin.

Ces veritez ainſi eſtabliës ne laiſſent aucune
difficulté en cette matiere qu'on ne puiſſe facilement reſoudre & meſme font voir clairement les cauſes des apparences les plus extraordinaires qu'on ait remarquées en ce Meteore.

*Pourquoy*
*l'Iris pa-*
*roiſt ail-*
Car quand l'Iris paroiſt ſur les arbres, ſur le *lieurs que*
broüillard , ſur la terre , cela vient de ce que *ſur la Nuë.*

320 DE LA FIGVRE DE L'IRIS,
ces corps fe rencontrent dans le paſſage des
rayons qui ſortent de la Nuë. Et il arriue quelquefois que le Soleil & cette Nuë ſont ſi proche du Zenit que l'Arc tombe immediatement ſur la terre, ne rencontrant point d'autre
corps en l'air qui le puiſſe receuoir : ſouuent
auſſi l'Arc paſſe au delà des Nuës qui le ſouſtiennent & deſcend iuſques ſur les arbres, ſur
les maiſons & ſur la terre meſme où il paroiſt
eſtendu.

Il peut pa-
roiſtre
beaucoup
d'Iris en-
ſemble.
Dailleurs on void par là que l'Arcanciel peut
paroiſtre vers le Midy le Soleil ſe couchant,
comme a obſerué Lycetus ; qu'on en peut
voir meſme iuſques à trois pendant l'Hyuer,
l'vn à l'Orient, l'autre au Nort, & l'autre à
l'Occident comme Albert le Grand, Auerſa, &
autres ont remarqué ; quoy que l'on ait tenu cela comme vne choſe impoſſible à cauſe
que les centres du Soleil de l'Iris & de l'œil
doiuent eſtre à ce qu'ils diſent en vne meſme
ligne ; mais ce fondement eſt faux comme
nous auons montré. Le premier de ces phenomenes deſpend donc de la ſituation de la
Nuë qui doit eſtre vers le Midy & en auoir
d'autres plus auancées où les Couleurs s'arreſ-

tent & se fassent voir : et pour l'autre il demande autant de Nuës differentes & diuersement placées qu'il paroist d'Arcanciels.

Ce que l'on dit mesme qu'il s'en est veu
deux sur vne mesme Nuë qui se croisoient &
se couppoient l'vn l'autre, n'est pas contraire
à nos principes, quoy qu'il ne se puisse soustenir dans les autres opinions. Car cela peut estre arriué par la rencontre de deux Nuës qui se
sont trouuées au deuant du Soleil, chacune
ayant donné passage aux rayons en differens
biais, & en ayant causé l'intersection en deux
diuers endroits ; d'où il a fallu qu'il se soit fait
deux Iris, lesquelles ont deu necessairement
se coupper sur la Nuë ou ils ont paru ; par ce
que deux cercles dont les centres sont renfer-
mez dans la circonference de l'vn & de l'autre
doiuent necessairement se croiser s'ils se rencontrent sur vn mesme plan.

*Deux Iris se peuuent croiser l'vn l'autre.*

On peut encore rendre raison de l'irregularité des Figures que l'on a remarquées dans
l'Iris, car Vitellio asseure d'en auoir obserué
quelques-vnes qui formoient vn cercle entier;
on en a veu qui auoient les cornes en haut

Sf ij

d'autres qui auoient vn coſté plus courbe que l'autre ; d'autres qui eſtoient en demy cercle ouale.

*L'Iris peut paroiſtre toute ronde.*   Pour le premier, ou Vitellio a pris les Couronnes pour des Iris, ou bien cela eſt arriué par la rondeur parfaite de la Nuë ſur laquelle la Lumiere eſt tombée, de la meſme façon que lors qu'elle paſſe à trauers vne bouteille d'eau toute ronde, elle forme vne Iris dont le cercle eſt entier, mais dont le diametre eſt plus petit que celuy de l'Iris des Verres.

*L'Iris peut paroiſtre renuerſée.*   Quant au renuerſement des cornes de l'Arcanciel, i'approuue bien ce que quelques-vns ont dit que cela ſe fait par la Reflexion des rayons du Soleil donnant ſur l'eau de la Mer ou de quelque lac : Mais cela ne ſuffit pas pourtant ſi l'on ne montre comment ces rayons ſe colorent : Car la ſeule Reflexion ne les change pas en couleur, & ils ne la prennent pas auſſi dans la Nuë où l'Arcanciel paroiſt renuerſé, autrement il faudroit qu'il euſt la meſme Figure qu'il a ordinairement. De ſorte qu'il eſt neceſſaire que l'Arcanciel ſe faſſe premierement dans vne Nuë comme il ſe

fait d'ordinaire & que ne se trouuant aucun
autre corps qui le reçoiue que l'eau de la Mer
ou d'vn lac, il réjaillisse apres sur quelque
Nuë qui se trouue proche de la surface de
l'eau, ou plustost sur les gouttes de pluye
dans lesquelles elle se resout, & qui estant de
nature speculaire represente l'image de l'Iris
qui est tombée sur l'eau, à la maniere que
font les miroirs, c'est à dire auec la Figure &
les Couleurs renuersées.

Enfin quand il y a vne des cornes qui pa-roiſt plus courbe, cela procede de la Figure irreguliere de la Nuë ſur laquelle elle paroiſt: car ſi elle a des eminences & des profondeurs conſiderables, l'Iris qui ſe couche ſur elle & qui ſuit le plan qui la doit ſouſtenir, cache quelques-vnes de ſes parties dans les concaui-tez qu'elle rencontre & fait ainſi paroiſtre ſon cercle moins ouuert en ces endroits.

Et quant à la Figure ouale qu'on y remar-que elle ſe fait par les rayons qui ont coulé ſur des Nuës eſtenduës en long, leſquelles en allongent le cercle, comme il arriue à l'om-bre d'vn globe qui prend la meſme Figure quand elle s'eſtend ſur quelque plan.

Ce qui poura faire plus de difficulté c'eſt que le cercle dont l'Iris fait vne portion, ſem-ble eſtre touſiours de meſme grandeur. Car ſi elle ſe fait comme nous auons dit, par le croi-ſement des rayons, il faudra que l'Arc qui s'en formera paroiſſe plus grand ou plus petit ſelon qu'il ſera plus ou moins eſloigné du point de l'interſection. Mais cette ſuppoſition eſt conuaincuë de faux par l'experience & par le teſmoignage de ceux qui ont traité de ces

matieres : car les anciens Philofophes ont creu
que le demy diametre de l'Iris eſtoit de 42.
degrez , Vitellio & quelques autres l'ont fait
de 45. Porta n'en a trouué que 32. l'en ay obſerué vne qui en auoit plus de 60. comme
ie diray cy-apres : ET meſmes Ariſtote & tous
ceux qui ſont venus apres luy aſſeurent que
l'Arcanciel qui paroiſt proche de l'oriſon, quoy
qu'il ſoit plus petit que lors qu'il eſt plus eſleué , fait touſiours vne portion d'vn plus
grand cercle. De ſorte que c'eſt vne choſe certaine & qui ne peut eſtre conteſtée que le
cercle de l'Iris n'eſt pas touſiours eſgal & qu'il
eſt tantoſt plus eſtroit & tantoſt plus large,
tout de meſme que celuy des Verres pleins
d'eau , des fontaines , & des Couronnes.

Il faut neantmoins confeſſer que cette difference n'eſt pas grande & que c'eſt en cela
qu'on pouroit objecter auec quelque apparence de raiſon que le principe que nous auons
poſé, ne peut eſtre veritable. Car ſi les rayons
ſe croiſent en vn certain point , & que delà
ils s'eſcartent & ſe reſpandent en Arc ; il faudra que cet Arc prenne toutes ſortes de gran-
deurs ſelon qu'il s'eſloignera de ce point ; ET
que les Nuës qui ſe trouueront en ſon paſſa-

ge , comme cela peut ſouuent arriuer , le faſſent voir non ſeulement de 45. degrez de de-
midiametre, qui eſt ſa plus grande hauteur a
ce qu'ils diſent , mais encore de 20. de 10. de
5. & de moins encore, qui ſont des choſes que
l'on n'a iamais veuës.

Mais il eſt facile de leuer cette difficulté ſi
l'on conſidere que le point de l'interſection
ſe fait au deſſous de l'eſpace où les Nuës ſont
renfermées & qu'ainſi les rayons tombant de
haut en bas comme nous auons dit, ne ſe peuuent croiſer au ſortir de la Nuë qu'en vn endroit qui ſoit encores plus bas qu'elle. De ſorte que venant à ſe reſpandre dans l'air , ils ny
peuuent rencontrer aucune Nuë que celle qui
eſt oppoſée à ce point d'interſection & au Soleil.

Et c'eſt la raiſon pour laquelle l'Arcanciel
fait vne portion d'vn cercle qui pour l'ordinaire eſt de meſme grandeur ; par ce que l'eſpace où les Nuës ſont renfermées, eſtant eſgalement eſloigné de la terre ſelon les ſaiſons, eſt
en quelque façon ſpherique , & que l'on ne
peut aſſigner d'endroits oppoſez en vn cercle
qui ne ſoient eſgalement diſtans l'vn de l'autre.

Mais

Mais auſſi comme cette ſphere de Nuës n'eſt
pas ſi reglée en ſa Figure, qu'il n'y en ait quelques-vnes de plus baſſes ou de plus hautes, il
peut arriuer qu'il y en aura de plus ou de
moins eſloignées du lieu où les rayons ſe coupent, & en ce cas l'Iris fera vne portion de
cercle vn peu plus grand ou vn peu plus petit.

On peut rapporter icy la Figure de cette
Iris redoublée que Fromond dit auoir remarquée en 1625. laquelle paroiſſant ſur vne Nuë
eſloignée d'enuiron vn quart de lieuë, vne de ſes
cornes vint à s'approcher ſi prés de luy, qu'il n'y
auoit pas plus de 30. pas de diſtance, & vint
enfin iuſques à prés de dix pas; En ſorte neantmoins que la ſeconde Iris ſembloit s'eſtreſſir
& s'approcher de la premiere à meſure qu'elle s'auançoit. Car cela ne venoit que de la
pluye qui tomboit entre luy & la Nuë qui la
ſouſtenoit ; Laquelle à meſure qu'en tombant
elle s'approchoit de luy, faiſoit paroiſtre la
partie de l'Iris qui eſtoit receuë ſur les gouttes plus proche & en ſuitte plus eſtroite ; le
point de l'interſection eſtant alors moins eſloigné : c'eſt pourquoy quand la pluye fuſt
ceſſée, elle reprit ſa premiere place & ſa pre-

Tt

miere Figure comme il remarque luy-mefme.

Il y a neantmoins vne autre chofe qui peut eflargir le cercle de l'Arcanciel, à fçauoir quand les rayons tombent moins obliquement fur la premiere Nuë : Par ce qu'en venant à la trauerfer, ils s'eftendent & s'eflargiffent : ET alors non feulement le cercle s'augmente, mais encore les bandes des Couleurs paroiffent plus larges. Car cette verité outre qu'elle eft demontrée dans l'optique, fe peut prouuer par l'experience des Triangles & des Verres pleins d'eau ; puis que fi l'on tourne le Triangle, ou fi l'on fait pancher le Verre en forte qu'ils reçoiuent les rayons moins obliquement qu'ils ne faifoient, le cercle & les bandes des Couleurs qu'ils produifent s'eflargiffent. Et c'eft là fans doute la raifon pour laquelle l'Arcanciel qui eft fort proche de l'orifon fait vne portion d'vn plus grand cercle ; DAUTANT que le Soleil deuant eftre fort haut pour produire cette Iris, & la Nuë où elle fe doit former fe trouuant proche de luy, il faut que fes rayons la penetrent moins obliquement, ET par confequent que la maffe de la Lumiere qui paffe à trauers & qui s'eft rompuë, s'eften-

*L'Iris qui rafe l'orifon eft plus large & fait partie d'vn plus grand cercle.*

de, s'eflargiffe & rende ainfi le cercle plus grand
& les bandes des Couleurs plus larges.

Ie fçay bien que l'opinion commune affeure que cette apparence eft vne pure tromperie de l'œil qui reduit toufiours autant qu'il
peut les lignes courbes aux droites , d'où vient
que la terre & la mer quoy que rondes femblent eftre plates ; et qu'ainfi nous faifant paroiftre l'Arc moins courbe qu'il n'eft , il nous
fait croire auffi que le cercle en doit eftre plus
grand. Mais cette raifon feroit peut-eftre bonne s'il n'y auoit que la grandeur du cercle à
confiderer ; Il y a encore la largeur des bandes, où l'œil ne nous abbufe point , eftant en
effect plus grande en cette Iris qu'elle n'eft
aux autres : de forte que cette raifon qui ne fatisfait pas à cette apparence , n'eft point rece-
uable & ne montre point la veritable caufe
de ce phenomene.

Quelques-vns ont creu que l'efpece & l'i-
mage de cet Arcanciel fe rompt en paffant par
les vapeurs qui font entre nous & luy,& que
cette Refraction le fait paroiftre plus grand,
comme il arriue aux Aftres qui fe leuent ou
qui fe couchent. Mais fi cela eftoit veritable,
il faudroit que les cornes de toutes les Iris qui

Tt ij

tombent fur l'orifon paruffent plus larges que le haut de l'Arc, puifqu'elles doiuent auoir la mefme Refraction & trauerfer les mefmes vapeurs ; ce qui neantmoins eft contraire à l'experience.

Et l'exemple des Aftres eft inutile icy, parce qu'il n'y a pas tant de vapeurs entre cette Iris & nous , qu'il y en a entre les Aftres ; LA Nuë où elle paroift eftant fort proche , & le plus grand efloignement qu'on ait remarqué dans l'Arcanciel ne paffant point trois milles de diftance ; DE forte qu'il n'y a pas affez de vapeurs dans fi peu d'efpace pour caufer vn fi grand changèment comme il paroift dans la grandeur du cercle & dans la largeur de fes bandes. Il faut donc en reuenir à la caufe que nous en auons donnée qui eft indubitable eftant fondée fur les maximes de l'optique & confirmée par l'exemple des Couleurs des Verres & des Triangles comme nous auons dit.

*Qu'elle eft la plus grande hauteur de l'Iris.*    Il ne faut pas oublier icy à dire ce que nous penfons de la plus grande Hauteur de l'Iris, c'eft a dire de combien elle s'efleue fur l'orifon quand elle paroift au coucher ou au leuer du Soleil. Car les obferuations que l'on en a fai-

tes eftant differentes , il faut ou qu'il y en ait
de fauffes, ou qu'eftant toutes veritables on
trouue la raifon pour laquelle la mefure de ce
phenomene eft diuerseen diuers temps. Tous
les anciens Philofophes l'ont faite de 42. degrez , Vitellio , Kepler & Maurolicus l'ont
mife à 45. Porta n'en a trouué que de 38. Et
ie fuis affeuré d'en auoir veu vne en 1625. qui
alloit iufques au delà du foixantiefme. Car
quoy que ie ne l'aye pas mefurée exactement,
fi eft-ce qu'au jugement de mes yeux il s'en
falloit peu qu'elle n'occupaft la moitié de l'he-
mifphere : Deforteque ie tiens pour certain qu'elle paffoit de beaucoup la plus grande mefure
qu'on luy a donnée. Quoy qu'il en foit il n'y
a pas d'apparence que tous les Anciens fe foient
trompez dans leur calcul , & que Porta qui a
efté fort expert & exact obferuateur, fe foit
mefconté au fien. Et partant il faut tenir pour
conftant que la hauteur de l'Iris qui fe forme
quand le Soleil fe leue ou fe couche, n'eft pas
toufiours efgalle & qu'elle eft tantoft plus
grande & tantoft plus petite ; et que cette diuerfité vient principalement de la fituation de
la Nuë qui eft deuant le Soleil ; car bien qu'il
foit en fon Occident & qu'il rafe tout à fait

Tt iij

l'orifon, cette Nuë peut eftre plus efleuée &
former vne plus grande portion de cercle,
comme elle en forme vne moindre, fi elle fe
trouue plus baffe. D'où il fenfuit que la maxime que l'on a pofée, que l'œil void toufiours
l'Iris par vn angle demidroit & qu'il eft autant efloigné du cercle de l'Iris que fon centre
eft efloigné de la circonference, n'eft pas
toufiours veritable comme d'autres ont defia
remarqué.

*Qu'elle eft
la diftance
des deux
Iris:*

Vne pareille difficulté fe trouue pour la
diftance qu'il y a entre la premiere & la feconde Iris, que l'on tient communement eftre
toufiours efgale. Mais puis que Maurolicus la
fait de 7. degrez & $\frac{1}{4}$; que Porta ne luy en donne
que 4. Que Formond confeffe qu'elle luy paroiffoit plus petite à mefure qu'il voyoit les deux
Iris s'approcher de luy; ET que mefme Auerfa
en a obferué qui n'auoient aucune feparation
entre elles; il faut tenir pour affeuré que cét
efpace n'eft pas toufiours efgal & qu'il eft tantoft plus large & tantoft plus eftroit. Or cette diuerfité vient de deux caufes, la premiere
eft le different paffage que les rayons font à
trauers la Nuë où l'Iris fe forme, car felon que

ceux qui font la feconde paffent plus prés
ou plus loin de ceux qui caufent la premiere,
la diftance en eft plus grande ou plus petite,.
Et ce different paffage procede en partie de
la diuerfe incidence qu'ont les rayons en tombant fur la Nuë;en partie de la diuerfe Refraction qu'ils fouffrent quand ils en fortent : ce
qui prouient des diuerfes Figures qu'elle peut
auoir. L'autre caufe eft l'efloignement du point
de l'interfection ; car plus l'Iris double eft efloigné de ce point , plus les cercles en font
grands & plus la diftance qui eft entre l'vne
& l'autre,eft large. C'eft ainfi que l'efpace que
Fromond remarquoit entre fes deux Iris luy
paroiffoit plus petit quand elles s'approchoient
de luy par le moyen de la pluye,& qu'il retour-
na à fa premiere grandeur quand elles repri-
rent leur premiere place,la pluye eftant ceffée
comme nous auons dit cy-deuant.

Il nous refte deux chofes à examiner dont
les caufes font à mon aduis plus cachées que
de quelque autre apparence qu'il y ait en ce
Meteore. La premiere , pourquoy lors que
l'Arcanciel eft fort vif & efclatant , il s'y fait
vne quatriefme bande de Couleur Iaune qui

*D'où vient
la quatrief-
me bande
jaune.*

est entre celles du Rouge & du Verd. Car si
l'on considere l'ordre naturel des Couleurs le
jaune n'est pas en sa place & ne garde pas le
rang que le partage de Lumiere a donné à
toutes les autres ; puis qu'il est constant qu'il
est plus lumineux que le Rouge , & qu'il deuroit par consequent estre au dessus de luy,
comme le Rouge est au dessus du Verd & le
Verd au dessus du Pourpre. La raison mesme
qu'on a donnée de cét effect & qui est generalement approuuée de tous les Philosophes,
augmente la difficulté : car ils disent tous a-
pres Aristote que cette Couleur n'est pas du
genre des autres & qu'elle n'est pas reelle
comme elles ; mais que c'est vne tromperie de
l'œil qui juge que l'extremité du Rouge qui
touche le Verd, est blanche ; la proximité d'v-
ne couleur plus obscure luy faisant paroistre
l'autre plus claire qu'elle n'est : et qu'il en arriue comme dans les nuances , où le voisina-
ge des Couleurs abuse souuent les yeux leur
faisant paroistre vne couleur pour vne autre.

Mais s'il faut juger de la nature de cette
Couleur par les Iris artificielles, on trouuera
qu'elle est aussi reelle que pas vne des autres.
Car

Car dans les Couleurs du Triangle entre le
Rouge & le Verd, il y a touſiours quelque eſpace qui eſt jaune, & qui eſt incomparablement plus clair & plus lumineux que le reſte;
EN ſorte que les objeċts qui ſont dans cet eſpace ſont plus eſclairez & ſe font voir plus diſ-
tinċtement que ceux qui ſont ſoubs les autres
Couleurs. Or ſi ce n'eſtoit qu'vne erreur &
vne tromperie de l'œil, cet eſpace ne ſeroit pas
plus eſclairé que celuy qui occupe le Rouge;
PUIS que dans la ſuppoſition, le Iaune que
l'on y void n'eſt rien que le Rouge qui ſemble eſtre plus clair à cauſe du voiſinage du
Verd; mais qui en effeċt ne l'eſt pas dauantage. Dailleurs ſi ce voiſinage eſtoit cauſe de
ce changement, il faudroit que ce meſme
Rouge paruſt Iaune du coſté qu'il eſt enui-
ronné de la Nuë, auſſi bien que du coſté qu'il
touche le Verd; parce que la Nuë qui doit
eſtre fort eſpaiſſe & fort noire pour faire paroiſtre cette quatrieſme couleur, eſt plus ob-
ſcure que n'eſt le Verd & doit par conſequent
rendre le Rouge plus clair que celuy-cy ne
peut faire. Il faudroit encore qu'en regardant
les objeċts à trauers le Triangle, le Rouge
qui tient le milieu & qui eſt immediatement

au deſſus du Bleu , euſt ces extremitez jaunes
puis que le Bleu eſt vne Couleur plus brune
que le Verd. Si c'eſt donc vne Couleur veritable , d'où vient qu'elle n'eſt pas en ſon rang?
et pourquoy toutes les autres eſtant placées ſelon l'ordre que l'affoibliſſement de la Lumiere
leur donne, celle-cy change-t'elle cette diſpoſition & prend-elle la place qu'vne Couleur plus
brune deuroit occuper ? Voyons ſi le Triangle qui fait voir quelque choſe de ce phenomene nous en pourra donner quelque connoiſſance. A ce deſſein nous preſuppoſons que puiſque le Iaune a plus de portions de Lumiere
que le Rouge & le Verd , les rayons qui le
produiſent doiuent eſtre les plus forts ; et parce que la Refraction eſt celle qui principalement affoibliſt la Lumiere en ces rencontres,
il faut que s'ils ſont plus forts ils ſouffrent
moins de Refraction ; et par conſequent qu'ils
ſoient moins obliques que ceux qui forment
les autresCouleurs.Si nous pouuons donc montrer que les rayons qui ſont entre le Rouge &
le Verd tombent moins obliquement ſur le
Triangle , nous montrerons en meſme temps
pourquoy le Iaune eſt entre le Rouge & le
Verd. L'obſeruation que nous auons apportée

cy-deuant des Couleurs que l'on void à trauers
le Triangle dont les plus hautes s'obscurcis-
sent quand on couure peu à peu le bas de la
premiere face du Triangle ; тоut de mesme
qu'il arriue à celles qui sont les plus basses
quand on couure peu à peu le haut. Cette ob-
seruation disie fait voir euidemment que de
tous les points du corps lumineux il y a des
rayons qui tombent sur toutes les parties de
la face du Triangle & par consequent que de
A , qui est la partie droite de l'object & dont
le rayon tombe sur C , il y en a vn autre qui
tombe sur D : par ce qu'en couurant D , on
obscurcit A. Or il est certain que le rayon AD,
est plus oblique à l'œil E , que BD , par ce
que l'angle A D C , est pluspetit que BDC,
faisant partie de celuy-cy ; Et comme tous les
rayons qui tombe-
ront apres, de A,
vers C , feront des
angles plus larges,
il s'ensuit qu'ils doi-
uent estre moins
obliques ; Et par
consequent ceux
qui tóberont surF,

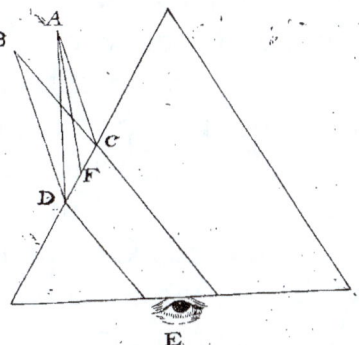

seront moins obliques que ceux qui tomberont
sur D. Or les rayons qui tombent sur F, font
le Iaune; il faut donc que le Iaune se fasse par
des rayons moins obliques qui par consequent
sont plus forts.

D'où il faut tirer cette consequence que la
bande Iaune qui se void dans l'Arcanciel se
doit faire par de semblables rayons puis que
les Couleurs de ce Meteore sont produites de
la mesme façon que celle des Triangles comme nous auons montré.

On nous pourroit neantmoins objecter que
si cette raison estoit bonne, il faudroit que cette bande Iaune parust en toutes les Iris, quoy
qu'elle ne s'y remarque que lors que la Nuë
est fort espaisse & fort noire. Mais si l'on considere bien les Couleurs de l'Arcanciel on verra tousiours le Iaune entre le Rouge & le
Verd & la noirceur de la Nuë ne sert qu'à le
faire paroistre dauantage. Car comme cette
Couleur est la plus lumineuse de toutes, elle
se confond facilement auec la Lumiere, si le
subject où elle est receuë ne l'empesche par
son obscurité ; C'est pourquoy si les Couleurs
du Triangle tombent sur vn lieu fort esclairé,
elles ne paroissent point du tout, vne grande

Lumiere abſorbant celle qui eſt plus petite.

La reſolution de l'autre difficulté que nous
auons à propoſer, à ſçauoir, pourquoy le Rouge de l'Iris ſe change en Iaune quand l'Iris
commence à s'éuanouïr & à ſe diſſiper, depend du principe que nous venons d'apporter;
ce qui ſert meſme à le confirmer. Car ce changement de Couleur ne vient que de ce que la
Lumiere qui formoit le Rouge, vient à tomber moins obliquement ſur le lieu où paroiſt
l'Iris ; le mouuement du Soleil ou celuy de
la Nuë à trauers laquelle il paſſe changeant la
ſituation des rayons. Car ſi le Soleil par exemple eſtant eſleué ſur l'oriſon, rencontre vne
Nuë plus baſſe qu'il trauerſe obliquement, lors
que cette Nuë montera & qu'elle s'approchera de luy, il faudra que la cheute de ſes rayons
ſoit moins oblique & que la Refraction en
ſoit moindre & par conſequent la Couleur
qu'vne grande obliquité & vne grande Refraction cauſoient, ſe changera en vne autre
qui procede d'vne moindre obliquité & d'v-
ne plus petite Refraction : c'eſt pourquoy non
ſeulement le Rouge ſe change en Iaune, mais
toutes les autres Couleurs de l'Arcanciel, et
V v iij

à la fin elles paroiſſent toutes blanches quand les rayons paſſent tout droit & ne ſouffrent plus qu'vne legere Refraction.

VOILA où finit ce Grand & admirable Meteore, & c'eſt là où doit finir noſtre diſcours. Car quoy qu'il nous reſte encore beaucoup de choſes à dire ſur ce ſubject, & que meſmes il y en ait de celles que nous auons propoſées qui meriteroient plus d'eſclairciſſement que nous ne leur en auons donné : nous auoüons franchement que nous ne ſommes pas capables de chaſſer toutes les tenebres, & de leuer tous les voiles qui cachent le ſecret de cette merueille. Mais quelque obſcurité que nous y laiſſions, c'eſt touſiours beaucoup à mon aduis d'y auoir porté quelque nouuelle clarté & d'auoir adjouſté quelque choſe à ce que tant de ſiecles, & tant de grands hommes ont ſi ſoigneuſement examiné. Auſſi eſt-ce le deſtin de la verité qui eſt cachée dans la nature, qu'elle ne ſe découure que peu à peu, & qu'elle eſt quelquefois pluſtoſt apperceuë par les eſprits mediocres que par les plus eſleuez & les plus clair-voyans.

FIN.

# TABLE
# DES CHAPITRES,
## ET ARTICLES.

TABLE DES CHAPITRES,

*Qu'elle*

X x

# TABLE DES CHAPITRES

# NOVVELLES
# OBSERVATIONS
## ET CONIECTVRES
### SVR LA NATVRE
## DE L'IRIS.

QVOY qu'il n'y ait rien dans la Nature qui ne soit admirable, & que les plus petites choses qui s'y trouuent portent auec elles les marques & les traits de la Sagesse incomprehensible de celuy qui les a faites : Il y en a pourtant quelques-vnes qui attirent plus generalement l'admiration des hommes, & qui ne se peuuent iamais presenter à leurs yeux qu'elles ne jettent l'estonne-

A.

ment dans leur efprit. Mais il faut auffi confeffer qu'il ny en a point qui ait efté fi fouuent & fi iuftement admirée que l'Arc que le
Soleil peint dans les nuës , ayant paffé dans
tous les fiecles parmy les fçauans , auffi bien
que parmy les ignorans , pour le plus merueilleux ouurage & pour le plus rauiffant object qui pouuoit eftre expofé à la veuë des hommes. On peut mefme dire que Dieu a confir-
mé la creance qu'ils en ont euë quand il l'appelle le fidelle tefmoin de fa magnificence ; &
quand pour fe rendre plus augufte, il s'en fert
de couronne, & en fait le thrône de fa gloire :
comme s'il n'auoit rien trouué dans l'vniuers
qui nous peuft faire conceuoir l'efclat & la
grandeur ineffable de fa Majefté , que cét admirable enfant de la lumiere. Auffi a-t'il cet
auantage qu'en rauiffant l'efprit par les merueilles de fa naiffance, il charme les yeux par fa
beauté ; et que fans donner la terreur que d'autres pareils fpectacles laiffent ordinairement
dans l'ame , il infpire vne joye fecrete dans
le cœur, & femble n'auoir efté fait que pour
l'ornement du ciel & pour les delices de la
terre. De forte qu'il ne faut pas s'eftonner fi auec
ces grandes qualitez il a fait naiftre en toutes

Sur ces fondemens nous pouuons maintenant satisfaire exactement à ce que nous auons
promis touchant la Quantité de Lumiere qui
entre dans les Couleurs ; & dire, Que la Lumiere Souueraine est seize fois plus lumineuse
que le Noir.

12. fois plus que le Pourpre.

10. fois & deux tiers plus que le Bleu.

8. fois plus que le Verd.

6. fois plus que le Rouge.

5. fois & vn tiers plus que le Iaune.

4. fois plus que le Blanc.

3. fois plus que le Pourpre lumineux.

2. fois & deux tiers plus que le Bleu lumineux.

2. fois plus que le Verd lumineux.

1. fois & demie plus que le Rouge lumineux.

1. fois & vn tiers plus que le Iaune lumineux.

D'où il s'ensuit, que puisque la lumiere Souueraine est seize fois plus lumineuse que le Noir,
le Noir en fait la seiziesme partie , & partant
qu'il a vn degré des 16. qui sont dans la lumiere
Souueraine. Que puis qu'elle est douze fois plus
lumineuse que le Pourpre , le Pourpre en faict
aussi la douziesme partie , & par consequent
qu'il a vn degré & vn tiers de lumiere , qui est

Gg

iuſtement la douziefme partie de 16. Et par la
mefme raiſon que

Le Bleu en a............   1 & demy.
Le Verd en a...........   2
Le Rouge en a...........   2 & deux tiers.
Le Iaune en a ..........   3.
Le Blanc en a ..........   4
Le Pourpre lumineux en a... 5 & vn tiers.
Le Bleu lumineux en a.....   6.
Le Verd lumineux en a.....   8.
Le Rouge lumineux en a....  10 & deux tiers.
Le Iaune lumineux en a.....  12.

Et pour mettre tout cela en ſon Ordre naturel.

La lumiere Souueraine a      16. degrez.
Le Iaune lumineux en a        12.
Le Rouge lumineux en a  .    $10\frac{2}{3}$
Le Verd lumineux en a  .     8.
Le Bleu lumineux en a..      6.
Le Pourpre lumineux en a     $5\frac{2}{3}$
Le Blanc en a...........     4.
Le Iaune en a ...........    3.
Le Rouge en a...........     $2\frac{2}{3}$
Le Verd en a ............    2.
Le Bleu en a  ...........    $1\frac{1}{2}$
Le Pourpre en a ..........   $1\frac{1}{3}$
Le Noir en a............. 1.

Fin de la Table.

De l'Imprimerie de IACQVES LANGLOIS, Im-
primeur ordinaire du Roy.

## EXTRAICT DV PRIVIEGE DV ROY.

PAr Lettres Patentes le Roy a permis au fieur de LA
CHAMBRE, Confeiller de fa Majefté en fes
Confeils, & fon Medecin ordinaire, de faire imprimer
en telle marge & charactere qu'il voudra vn Liure inti-
tulé, *Nouuelles Obferuations & Coniectures fur l'Iris,*
auec deffenfes à tous Libraires, Imprimeurs & autres
d'imprimer, faire imprimer, ny vendre ledit Liure durant le temps & efpace de dix ans, fans le confentement
dudit fieur de LA CHAMBRE, fur peine de trois mille liures d'amende, confifcation des exemplaires, de
tous defpens dommages & interefts, comme il eft plus
au long contenu efdites Lettres de Priuilege. Donné à
Paris le dernier iour de Feurier, mil fix cens cinquante.

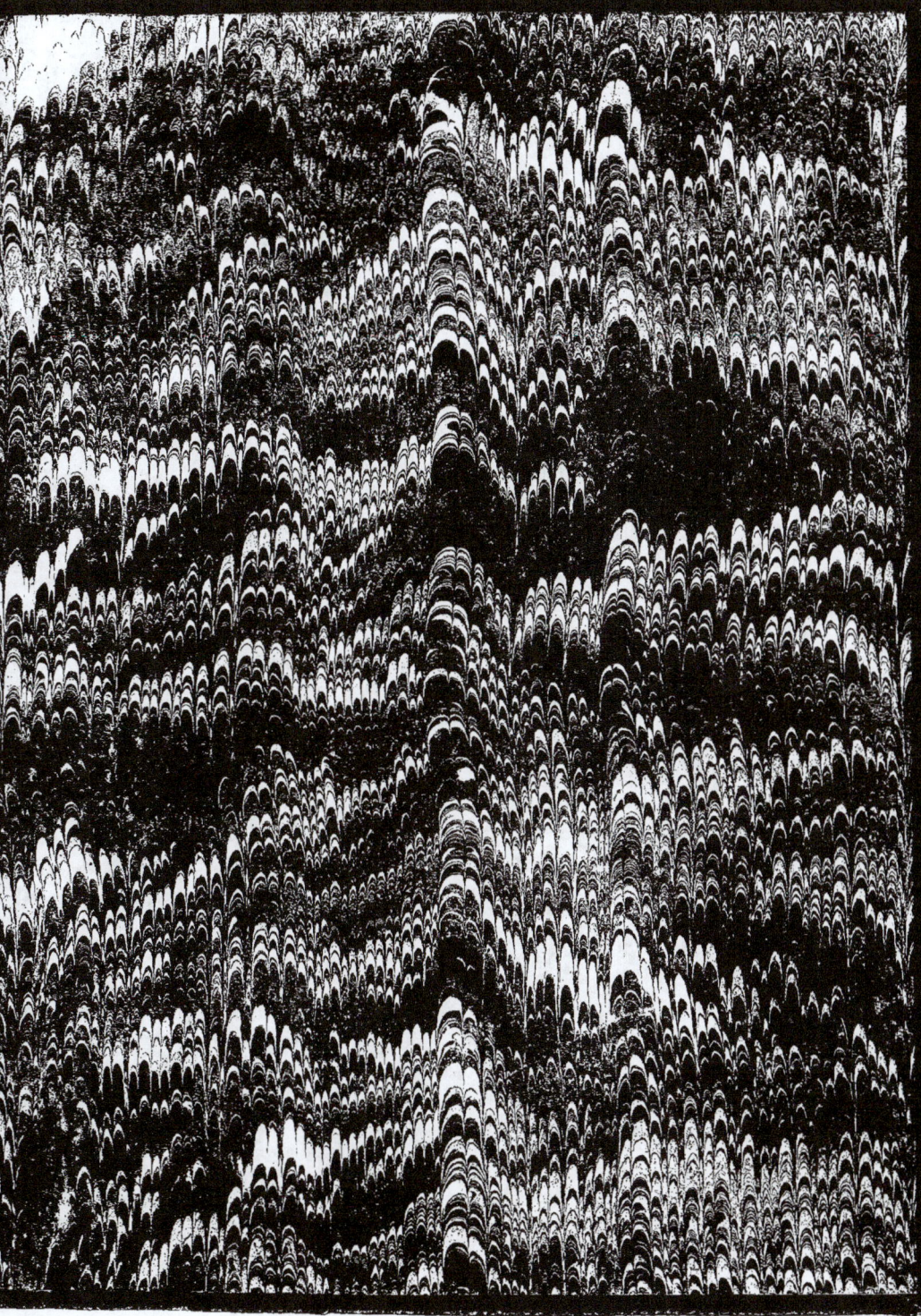

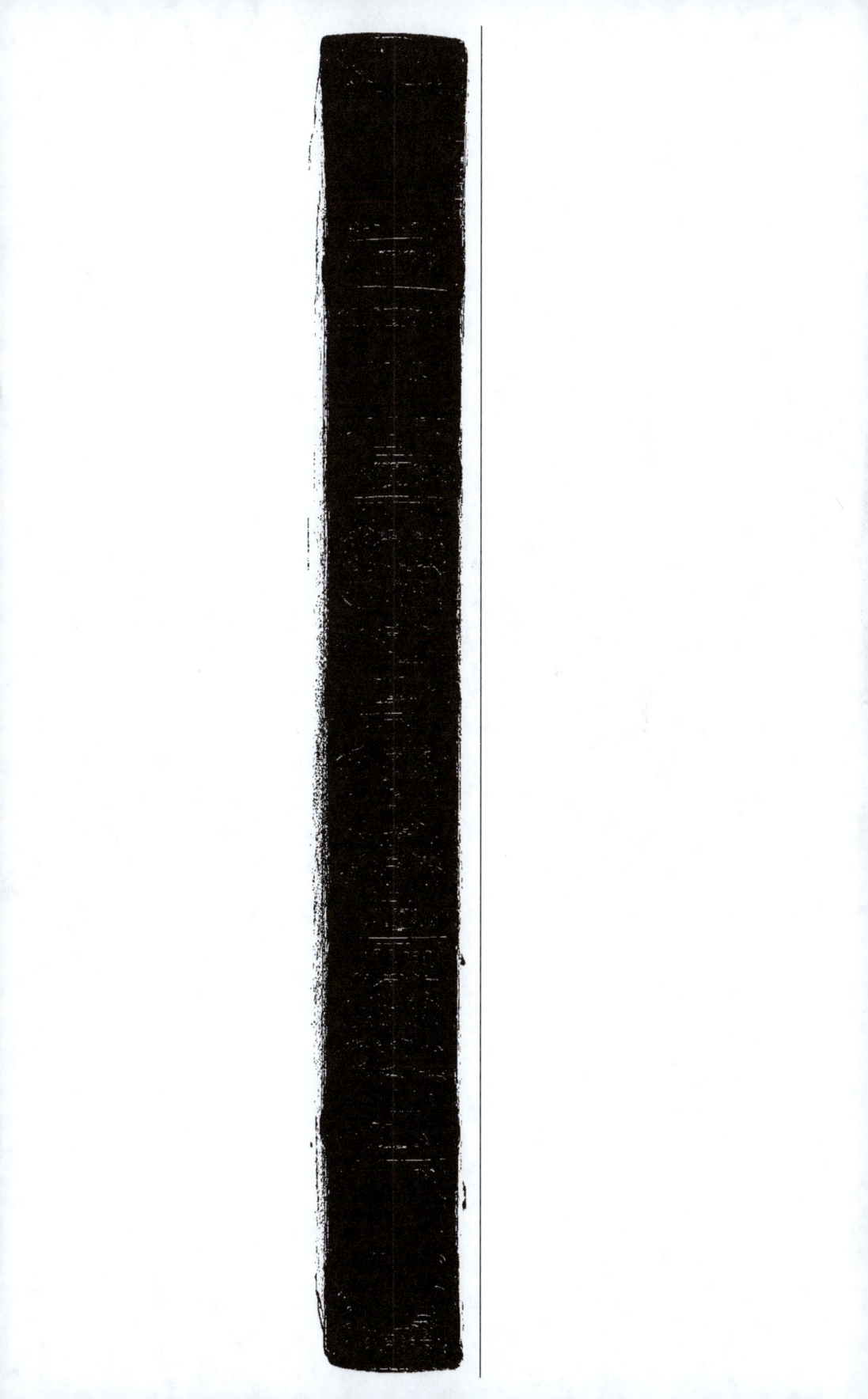

www.ingramcontent.com/pod-product-compliance
Lightning Source LLC
Chambersburg PA
CBHW070301030726
47505CB00004B/879